U0901828

大周互娱
DA ZHOU HU YU
次元文库
SUB LIBRARY

人间武库
★著★
REN JIAN
WU KU
ZHU

江苏凤凰文艺出版社
JIANGSU PHOENIX LITERATURE AND
ART PUBLISHING, LTD

图书在版编目（CIP）数据

穹顶之上. 3 / 人间武库著. --南京：江苏凤凰文艺出版社，2020.2

ISBN 978-7-5594-4391-5

Ⅰ. ①穹… Ⅱ. ①人… Ⅲ. ①幻想小说—中国—当代 Ⅳ. ①I247.5

中国版本图书馆CIP数据核字（2020）第002609号

穹顶之上3

人间武库 著

责任编辑 丁小卉
特约编辑 詹烨倪
装帧设计 彭意明 李映龙
责任印制 刘 巍
出版发行 江苏凤凰文艺出版社
出版社地址 南京市中央路165号，邮编：210009
出版社网址 http://www.jswenyi.com
印 刷 湖南天闻新华印务有限公司
开 本 710mm × 1000mm 1/16
字 数 270千字
印 张 15
版 次 2020年2月第1版 2020年2月第1次印刷
书 号 ISBN 978-7-5594-4391-5
定 价 36.80元

目录

CONTENTS

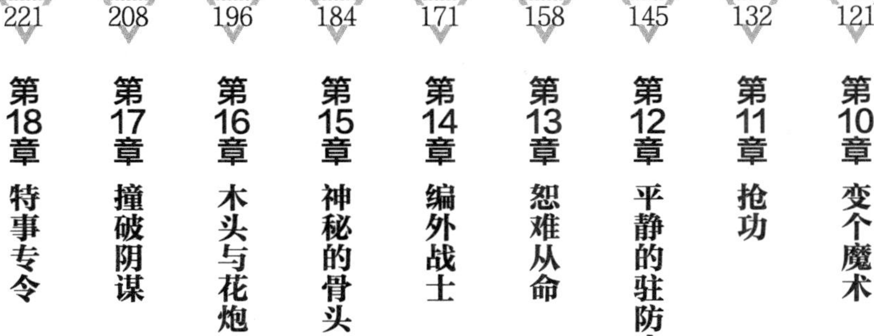

为一切正在呼吸的，战无退路，身陨长空。

第1章 阿方斯的阴谋

峡谷道旁，一道身影突然横一步出来，站在韩青禹前方不远处。

这个人叫袁庆，之前一直和于风姿等人待在一起，但是从没有冒过头、出过手……他的年纪也不对。

“其实就是凑巧了，是我们拿到了另一块金属块。”袁庆看向韩青禹的同时掏出来一块金属块，在手里掂了掂，说，“然后我就想啊，那最后的奖励，到底该谁拿？找不到你，就只好先找你的人商量了。”

韩青禹没说话。

“这样吧，咱俩都把金属块先放下，等会儿看谁站到最后，谁一起拿走。”他眯眼，笑了笑，说，“对了，差点忘说了，我叫袁庆，A级穿甲十三年。”

A级，十三年。

韩青禹看着他：“所以，咱们俩单挑？！”

袁庆用目光示意了一下身侧的人：“你觉得呢？”

这里大概把参加这次试炼的自保派的人，甚至洗刷派潜伏的人，都快聚齐了，当场的人一顿七嘴八舌的指责，韩青禹也听不懂。更关键的是，韩青禹根本就不信。

最终的胜利和金属块，被烧烤的鹰和金属块，被打劫的源能块，被叫作老阿姨的屈辱……所有这些矛盾或仇恨，都不足以构成这个严密的必杀的死局。而且这其中的任何一个人，也都没有能力把这里的人全部组织起来。所以，他们背后一定有另一个人在组织或者引导，想要通过这场冲突，杀掉自己。

那会是谁？

这里是阿方斯家族的领地，这次是他们组织的试炼。

在想通这一点后，韩青禹心里之前就已经存在的一个个疑点，一条条线索，立即就全都串联了起来。

制造更大规模的混乱，挑起更多战斗的五人小队限制，明显有利于洗刷派潜伏者的结盟导向；必然引发争斗的金属块空投规则；阿杜仆不费吹灰之力得到了金属块，还说是神的指引，找到了那个他们藏身的山洞，还有他身边突然多出来的，明显强于他自身队友的那些高手；总是安静又及时地被收走的尸体。

“他们在制造试炼过程中尽量多的合理死亡，收集更多的尸体，年轻各国英才的尸体。”

韩青禹做出了第一个总结，而后延伸出两个疑问——他们要这个做什么？既然一直都是用规则制造合理死亡，为什么单独对我，做出这种明显超出克制范围的组织和引导？

脑海中，温继飞刚说过的一段话突然响起：“青子……死人身上还有没有源能？还有大尖身上，按物理学那个能量守恒什么的，应该有，对吧？那个，你能不能吸？”

而后，一切豁然展开，真相令人毛骨悚然。

“他们很想要我的尸体。”

韩青禹的一切推断，止步于此。此时的他并不知道，其实阿方斯家族真正需要的，是生命化的源能。

对于韩青禹来说，那正是他直接吸收金属块或者缓慢消化液态源能，融合进身体的，暂时无法主动动用的那部分能量。

对于陈不饿来说，那是他当年劈出那迟暮的一刀，一夜苍老二十岁，所调动的能量。

对于大部分人来说，那是他们长期使用源能训练、战斗、温养而缓慢吸收的，让他们身体素质和源能感应度更高的，其实并不多的那部分能量，是他们绝大多数人终其一生都不可能主动调动和使用的能量。

而对于阿方斯家族来说，那是更绵长的生命。

是一百二十多岁的阿方斯消除死亡恐惧的办法，也是让他的融合度等级不高的儿子、孙子……一直陪伴他的办法。

他们偶然得知了这种方法，没有抵抗住诱惑，曾经的蔚蓝英雄就变成了肮脏的宵小。而整个家族最后坚持的所谓规则下的合理意外及对于直接出手的克制，与其说是他们仅剩的伪善，不如干脆说是恐惧，是内心对罪恶的恐惧，更是对于事情败露之后会失去一切的深深的恐惧。

韩青禹的体质太可疑、太诱人了，所以，这次的主导者夏尔·阿方斯，做出了一次走在规则边缘的直接引导，希望他死在这里。

韩青禹不知道别的，但是他所推断的部分，其实就已经足够他做出选择和决断了。

当袁庆看到韩青禹突然走向自己的时候，他其实有些意外和恐惧，他想要退缩。直到韩青禹走近，小声地说：“其实你们真正要杀的，就只是我一个人，对吧？”

韩青禹判定这里不可能所有人都是被直接引导的，比如阿杜仆就绝无可能，他们中的绝大多数都只是被间接诱导，参与其中……而这个先前一直隐藏，到最后才莫名其妙地站出来的袁庆，应该就是阿方斯家族直接控制的那枚棋子了。

“结果不都一样吗？”袁庆镇定了一下，然后反问。

韩青禹笑了笑，说：“不一样的，因为我很能跑，我扛着一艘飞行器都能跑过大尖，所以如果我现在掉头就跑，你们都追不上我。”

袁庆也笑了笑，说：“问题是你不可能放弃他们，不是吗？包括我在内，这里还有四位高手没有出手，就是为了让他们都重伤但是还能活着见到你。”

“可是万一呢？”韩青禹说，“我正在想，如果留下来的结果是一起死，我是不是应该先逃走，再慢慢为他们报仇。”

袁庆：“……”

“你敢赌这个万一吗？”韩青禹在他耳边笑了几声，继续说，“其实你很怕我会选择跑掉，对吧？我跑了，你就会死，会死得很惨。”

袁庆挣扎了一会儿，才问：“你到底想说什么？”

韩青禹：“我留下，让他们走。”

袁庆想了想，摇头：“我不相信你，除非你先到那头。”

“那我也不能相信你。”韩青禹顿了顿，笑着建议说，“那不如这样，让他们往外走，同时我往里走……三个人都重伤了，肯定我先到里头。”

对于这个建议，袁庆犹豫了许久，但是最终，他选择答应了。

仍是以金属块的争夺为理由，袁庆先放下了金属块，而后，另一头，沈宜秀也在韩青禹的示意下放下了金属块。

人员对换开始，没有解释，只有指示。

走在第一个的是贺堂堂，两人面对面交错的时候，他有些茫然，同时很不安：“青子……”

“嘘，情况复杂，说不清楚。”就像是最后的告别，韩青禹抱了一下他，说，“出去后把外面蔚蓝的人都喊回来，不然我打赢了，都不一定能走掉。”

贺堂堂怔了一下，继续往前走。

第二个是尹菜心，她停下来的时候并没有想到，韩青禹也会抱她……所以，真的是告别了吗？小姑娘受伤时都没掉泪，现在双眼一下变得通红，想要开口。韩青禹在她耳边说：“他们肯放，外面就肯定还有人堵截，万一人多，风火轮开了记得往前去。”

说完拍了拍她的肩后，催促她走，韩青禹同时继续往前走。

当他走近沈宜秀的时候，贺堂堂和尹菜心已经差不多都走到围拢的人群外围和末端了。

韩青禹做出上前拥抱的动作。沈宜秀也走上前，伸右手，拘束而有些僵硬地做出准备拥抱的动作，但其实她的左手同时从腰侧推出来，推向韩青禹，这个动作隐蔽但其实力量极大，她想把韩青禹推飞出去。但是她的手，被韩青禹先按住了，然后人也被抱住。

自从这一身铁甲穿上，就从没有被拥抱过了，沈宜秀来不及感受和感慨，说："要留也是我留下牵制，我比你强。"

"那是我让你的。"韩青禹笑了笑，说，"没你他们出不去的……等你回来接我啊。"说罢，韩青禹侧转身，自沈宜秀腰后一手发力，将她整个直接推飞出包围圈。

落地的那一刻，再没时间矫情和感慨，沈宜秀身体的源能直接爆发："走！"

三人头也不回，一齐发力狂奔而去。

这一幕陡然发生的变化，让整个现场惊乱了一下，峡谷两侧围拢的人当场全部转身。同时袁庆的手势也举了起来，似乎要分一部分人去追，他并没有打算真的放人离开。

就这一刻，在他的手将落未落，指令将说未说的一刻，"锵！"拔刀的声音，从身后传来。

"锵，锵……"那道声响在峡谷中被放大，在两面山壁之间不断回响，令包括袁庆在内的每个人，都心头颤抖了一下。

那个人用不需要强调的声音平淡地问："你们真的敢背对我吗？"

回荡绵延的拔刀的响声中，韩青禹这样问了一句。每个人都在听，听不懂的也能猜想那大概是在表达什么，何况还有人嘀咕着不自觉地翻译那句话。

这种感觉莫名让人难受和愤怒。

前方沈宜秀三人重伤的身影正在视线中远去，现在的情况，追或不追只在一念之间，但是背后的那个声音，他们又不得不去听，不得不去想。

因为背后的那个人，他的刀，不久前曾经无声划出完美的弧线，相距二十米直接嵌入挟持者的头颅。

他刚带走两只大尖，去而又还。

这是他们今天在这里拼命设计要留的人，他留下了……而现在，他们要做的，是取他的性命。

最终的结果，当场没有任何一个人追出去，也没有人敢选择让自己继续背对着那个声音。

视线里那受伤的三个身影已经接近消失在山岭间。

袁庆安慰自己反正外面还有堵截，他讪讪地笑了一下，放下手臂，回身……而后峡谷里，所有人都跟着他一起回身，大概上百人。

视线回转，峡谷的那头，依然是唯有死战才能向外的绝境。刚才有三个人拿刀站在那里，现在换成了令他们胆寒的那个人。

韩青禹站在峡谷的那端，身上是蔚蓝华系亚方面军唯一目击军团作战服，肩领有红色点缀。

他的左肩刀仍在肩上，刀柄斜出肩头。

他的右肩刀刚才已经拔出来了，现在在右手，制式死铁直刀的刀尖斜指地面，他的左手握成拳。

拳心里是金属块，韩青禹迄今为止见过最大的一块金属块，正在他手心里迅速溶解。

这个过程相较之前意外地有些缓慢，身体的反馈，有一丝阻滞感觉，也许是因为就在短短几天之前，他才吸收了第三块金属块，得到了很大的提升。

这么点时间就又再吸收一块，韩青禹没试过，不知道会怎么样，但是现在他面前有上百人，其中有A级穿甲十三年的高手，而且据说还有至少四名高手隐在人群中，所以韩青禹不得不这么做。

实际上，在韩青禹推断出这件事很大概率是阿方斯家族的人在背后主导的那一刻，他脑海里的一切，都曾经灰暗了一下。然后，他撑了起来，亦如父辈面朝黄土的抬头，肩扛背负挺直起来的腰板。

他做了决断。

他怕阿方斯家族到最后会自己直接出手，所以，他把沈宜秀三人换出来，在尽力保证他们的安全的同时，并没有像影视剧里那样，说什么不要回来……他让他们在冲出去之后，要以和自保派、洗刷派大规模冲突的名义，把外面蔚蓝的人都喊回来。

这样并不是指望他们来得及出手帮忙，而是需要有那么多蔚蓝的人在场，他才能保证自己最后能够走出去。他判断阿方斯家族既然选择这样隐秘的方式，就肯定怕暴露，肯定有所畏惧……没有人不恐惧直面蔚蓝庞大的体系。

当然，这一切安排实现的前提，是韩青禹自己，首先要在这里战到最后……站到最后。

满溢感。金属块的吸收这次出现了满溢感，能量在他的血脉筋骨中膨胀。

“你就一个人，杀了你就好了，就结束了。”袁庆朝韩青禹冷声说了一句，然后又分别用另外两种语言热情激昂地向峡谷里的其他人喊了一遍。

一个跟封闭的于凤姿家族待在一支小队的人，竟然同时还会另外两种语言，这更证明了韩青禹的猜想，他是阿方斯家族的那枚棋子。但是，这暂时不重要了，现在，韩青禹得先出刀。

对手第一波以众凌寡、以百对一、蓄积已久才终于兑现的杀势，现在凭语言或者别的任何东西，都是无法化解的……除了刀。

“杀死他。”他们喊。

杀死他，不光今天在这里能分得很多，日后也会有更多东西。

欲望、怯懦和恐惧反激起的盲目的勇气，在各种语言混杂的呼喝下集体爆发，峡谷内嘶喊声沸腾，立体装置轰鸣，上百人、上百柄刀剑，如潮翻涌，扑向韩青禹。

“呼呼呼呼……”

旋转的死铁直刀在力量的爆发下快到几乎看不见踪影，贴着地面而来。

不是守势，韩青禹独自一人，一声未响，突然启动装置，迎敌对冲!

右手的战刀已经贴地甩出，手摸左肩刀柄……在他的前进方向，开路的直刀离地不到二十厘米，旋进人群。

凄厉的惨叫声连续响起，冲在最前方的人至少五个，陡然挫下去一截，抱着双腿跪向地面。而那把刀，去势丝毫不减，依然如电。

直到，“铿！”

一记碰撞声。

这把刀在斩进敌阵数米之后，终于被一个高大的壮汉挥舞手中的长柄大斩刀，直接硬碰，然后被击回。刀在锐响声中往回飞。

前排直面未倒的人刚松了一口气，韩青禹便到了眼前，他接过刀，身体冲锋之势没有丝毫阻滞。

一名洗刷派的壮汉陡然回过神，手上还举着刀，只发现前方有一片模糊的刀影，刀影在他的眼眸中，正在放大，越来越大，越来越清晰，而后……是黑暗。

重新回到韩青禹手里的死铁直刀在他前进的路线上掠过数人，他冲进人群，无数柄刀剑当头斩向他。韩青禹身体后倾，胸口擦着刀锋下坠，同时脚跟蹬地……倒“V”字冲杀在峡谷中缩小角度，无限趋近直线回弹，但是刀，依然横摆，在回退的过程中逼退数人。

满溢的身体能量让韩青禹这一次的冲杀不论速度、力量，都远超之前。

当他回到原位站定，前方的地面上，或死或伤，已经倒下至少十三个人。

“啊！”

变慢的人群中，只有刚才带韩青禹来的那个哑巴，怪叫着，眼神狰狞，独自还在快速前冲。他冲到了韩青禹面前。

刀光斩落，哑巴还站着，但是定在了那里。

身后的人都茫然了一下。

“咔。”

突然有声音从哑巴身上传来，那是立体装置崩开的声音。

而后，“啪，啪啦，啪啪。”

那是裂开的残片落地。

韩青禹抬腿横扫，哑巴的身体整个弯折一下，而后飞出去，撞在一侧的石壁上，滑落。

峡谷暂时安静了。

冲锋的人停滞，抬头看去，看见韩青禹还站在那里，除了身上多了些血迹，就好像他根本没有动过，甚至他左肩的刀，都还未曾拔出。

——听说我们今天要杀的人，是蔚蓝华系亚方面军，第九军，十年最强新兵。

暂时停止的战斗场面中。

目光扫去，韩青禹突然远远地看见了一个人，吴恤。还是那身破烂黑衣，他手中黑色长枪拄地，低着头侧身靠墙站在那里。

他没动手，没对韩青禹动手。看样子，刚才应该也没下场对锈妹他们三个动手。但不知他算不算是袁庆刚才说的那四个高手之一。

韩青禹心里苦笑，他并不奢望吴恤会在这种情况下站出来，站在他这一边，那一点都不现实。

“扔死他！”突然人群中一个声音大喊道。

陡然的惊喜感，无数声音互相传译。

是的，扔死他，峡谷狭窄，后无退路，他站在那里，避无可避。

大家纷纷抬头，挥动着自己手里的武器，准备投掷……人呢？

找到了。可是，这要怎么扔？

“我记得我刚才告诉过你们的，我很快，比大尖还快，你们能扔死大尖吗？”声音在近处响起，韩青禹现在在他们中。

一瞬间，周遭有人噤若寒蝉，有人颤抖后退，有人挥刀。

“还有，刀扔没了，一会儿可怎么办？！”那个声音又说，但是距离，已经拉开了。

说第一句话的时候，韩青禹在敌人前端人群里，说第二句话的时候，他已经退出去了。

他不敢让自己完全陷在敌阵里，但是现在的位置，保持在随时可以冲进对方人群的距离。

无奈的人们互相看了看，用眼神交流或小声交谈：“怎么办？”

突然，一个人的身体直挺挺地砸向地面。

——是刚刚说话，说“扔死他”的那个人。

错愕惊恐的目光中……

“杀光你们不现实，我也没那么多力气……估计这也是你们的自信和勇气的来源对吧？”韩青禹开口说，“现在开始，我杀乱说话、乱出主意的人。”

短暂的纷乱后，传译完成，场面安静了下来。一时间，真的没有人敢再乱说话、乱出主意了。

不要威胁一群人，要威胁就威胁一群人中的一个人，最好不具体但是有指向，这样他们才会都不想成为那个人，才能达到威胁的效果。

这个技巧来自老妈那年养了一窝小猪，她喂食的时候拎着舀猪食的长柄勺，就好像小猪们真听得懂似的威胁着，谁跳起来就打谁，谁站食槽里去，就打谁。

情况不对了，有人在退缩，刚刚还一直叫嚣要韩青禹给他的神鹰偿命的阿杜仆王子此时缩在角落，就好像他根本没出过头一样。

“他不是才入伍几个月的新兵吗？怎么这么强？！”袁庆在心里猜疑，“难道他其实一直被秘密培养？”而后，他跟身边的人交换了一下眼神。

“不过是一个新兵而已，大家一起上，趁他源能潮涌不继杀了他，他总有不继的时候……到时我们一起乱刀砍死就好。”袁庆陡然再次开口，大声又喊了一句。等他用其他语言翻译后，人群再次出现涌动的趋势。

“你怎么不自己来？！”

声音来自对面，来自韩青禹。

“A级穿甲十三年，是你跟我对赌，你怎么不自己来？”韩青禹用目光逼视着袁庆，乱战最怕的就是普通战士搏命，而高手藏在其中伺机而动。

韩青禹知道这几个人他迟早都要面对，干脆把人先单拎出来。

这一下，自己人的目光也汇集在袁庆身上了，他没办法继续藏身伺机而动，他笑了笑，往前一步，一点不掩饰地说：“那我挑几个人一起。”

仿佛为了振奋士气，他选人，同时报出来惊人的信息。

除了他自己，还有一个B+穿甲四年的，正是刚才用长柄大斩刀将韩青禹的漩涡斩挡回的那个；一个A级穿甲三年，是个瘦猴。这人韩青禹见过，在之前阿杜仆带来追杀他的人群里出现过；再一个，B级九年，手臂很长。

站出来了四个人，袁庆似乎还不安心，回头看了看，又喊：“吴恤，伤好得怎么样了，过来一起。”

远方墙侧，吴恤没动作，也没作声。

于凤姿看了看，走到他面前：“去啊……你……我叫你去啊！”

后半句因为愤怒炸开的尖细、锐利的声音把注意力全吸引过来了，对方的人看着于凤姿，也看向吴恤。

就是在这样的目光里，吴恤摇头，回答：“我不能杀他。”

这个傻子并没有去找借口，没说自己伤重，没说别的理由，他只是说“我不能杀他”。

于凤姿愣了愣：“你不能杀他？！”

“他救过我的命，还给过我药。”

吴恤解释的话里没有语气，没有委屈，没有无奈，也没有恳求理解，什么都没有，他就只是说出作为理由的那两件事情。

“可你是什么东西？！”于凤姿尖细、锐利的声音再次响起，手中的死铁长剑探出，指着吴恤的咽喉，“我再问你一遍，你去不去？！”

“我不去。”吴恤低声木然地回答。

于凤姿手中的长剑挥拍，重重打在吴恤的面颊上。

吴恤的半边脸瞬间肿起，满嘴血水，从嘴角溢出来。

“你是我于家养大的！”

“我知道，所以我才没帮他。”吴恤说话的声音有些含糊，满口血水喷出。他说自己没帮韩青禹的理由，是因为自己是于家养大的，而不是别的。

“意思你本来还想帮他？！哈哈哈哈……你……你有什么权利自己选择？你只是一条狗而已！”于凤姿的长剑再一次挥拍。

吴恤，摇头。

“去不去？！”

“不能去。”

“好，好……”

于大小姐的面子过不去了，因为愤怒，手中的长剑这一次直接捅进吴恤的肩窝。

吴恤的身体靠墙滑落，闭目，一声不吭。

韩青禹看向袁庆：“四个不够……你再挑挑？！”

“……够了。”

到了搏命的时候，袁庆也没有显得太过软弱，这一声厉喝的同时，他的身形急速晃动，已经挥刀斩向韩青禹。他身边的另外三个人同时出手。

四人围攻……这个阵容有点强了。

第一轮的碰撞不到十秒钟结束。

韩青禹后退，站定，右边胸口插着一柄短刀。刚才，对手四个人里融合度等级最低的那个长臂，趁乱抽出隐藏的短刀出手，捅中了这一刀……所幸短刀入体并不算深。当然，他捅刀的那条手臂也没回去。

两败俱伤的场面……这是在告诉剩下的人，这个人其实是可以杀的。只不过这注定是一场血腥的苦战。

“要他命！”袁庆看到机会，决定不再给韩青禹任何喘息的机会。

一声大喊之后，包括忍痛的长臂人在内，四人再次欺身而上。

身材高大魁梧的大个儿正面居中，双手合握长柄大斩刀，当头斩来。韩青禹朝他正面反冲，接近一刻，右手战刀反握，几乎平直于小臂，硬接了这一刀。

“铿！”

双刀一上一下交击，十字交错。

韩青禹身形下挫但是保持前冲态势，横向的直刀继续向前滑进。双刀锋刃互相拖拉，发出绵长而刺耳的响声，火星溅射。同时另外三个人的武器从两个侧面刺向韩青禹的身体。

韩青禹及时错身，从大个儿的身体左侧肋部钻出的同时直起身，拉开距离……背身，他站定在大个儿的侧后方，缓出一口气。

大个儿站在那里，依然保持双手握刀斩落的姿势。陡然，一条血线，在他身上崩裂。

血线在他胸前，从右肩一直延伸到左腹部，崩开之后，如泉喷涌。

而他的侧后方，韩青禹双刀在握，左手刀正在滴血……有些艰难，同时甚至有些狰狞地笑了笑，他说："忘了吗？我有两把刀。"

他刚才在第一次的对拼中忍住没用左手刀，然后在第二轮，刚刚近身交错的刹那，完成了一记左手拔刀斩。

韩青禹话音未落，身后大个儿魁梧的身躯，轰然倒下。

冬天的峡谷因为寒冷而更显肃杀，石壁黑冷，地面坚硬，大个儿倒地的声音仿佛都是脆的，身体砸在冰碴子上，嚓嚓作响。

韩青禹转回身前默默咽下了一口血，胸口的短刀，也依然不敢拔下来。

袁庆继续喊："杀了他。"然后再次扑来。

另外有自认为够格的人加入战斗，想趁着韩青禹已经受伤虚弱的时候捡便宜，但是很快被直接斩杀出来。

一个是这样。

两个是这样。

那个手持双刀的蔚蓝年轻人仿佛在以此告诫旁观的所有人——好好站一边看着，不要出现在我面前。但是当他的身上又多了一道刀伤，依然有人加入战斗。

鏖战，似乎没有尽头。

一阵寒风灌进峡谷，吴恤睁开眼睛，偏头看了看那个已经多处负伤，浑身是血的身影。

"死！"

他正再一次爆发，径直扑向一名刚加入战斗的洗刷派，快速移动的同时迅速出手，一刀，两刀，三刀，四刀……

毫无花哨的源能爆发，就是蛮力和死磕，一路进、一路斩，直至将人斩退十余米，劈到峡谷尽头，轰杀在石壁上。

背上又添了一道刀口，他挥刀转身，抬起头，开始迎接下一波攻势，下一拨敌人。

这是一场吴恤没有看过和经历过的战斗，哪怕和他独对二十人的那一次，都是完全不一样的。

从一开始就不一样。

一开始，当他的那三个队友在谷底互相倚靠，一次次尝试冲杀出去，宁愿战死也不愿意被俘，不愿被当作人质给他造成丝毫威胁，他们那种战斗姿态，就是令人动容的。

后来韩青禹来了，走进人群包围的死地，换走他们……一个人牵制所有人，孤独死战，但是没有一丝绝望和放弃的迹象。

“他在心里相信他们会回来，而他们如果能活着，也一定会回来。”

想到这里的时候，吴恤甚至觉得这样的战斗有些“美好”，至少对于自己来说很美好，同时像是奢望。只是这一刻，若还有一个人，能与他抵背而战，该是多好。

林外的原野上，尹菜心的无敌风火轮再一次卷进敌群，向前，再向前去。

尹菜心的大招，其实并不容易，不是拿刀转起来就行的，立体装置下的作战，每个动作都需要相应的源能潮涌的运转技巧和浑厚度作为支撑。

她这个打法首先要保证的就是源能浪涌转换的高速率，要浪涌连绵不绝而且必须时刻维持有一定的浑厚度，否则只要一个停滞或浪涌不继，她就会变慢，然后被找到破绽。

快了，应该快出去了。尹菜心的脑子现在已经有些昏沉了，她想不了太多，就想着向前，往前卷……他说的。

她在穿透敌阵的一刻力竭，脚步踉跄，有些发晕。一只手臂从后揽住她，铁甲里的沈宜秀说：“走！”

“走！”贺堂堂断后，拼刀换掉一人，回身追上去。

不远了。

不远了。

距离他们杀出试炼场已经不远了，前方的草坡后面走上来两个戴着面罩的人。

既然是两个人来，那就一定是高手。

三人思索，交换眼神，但是脚下丝毫未停，直接冲了上去。临敌一刻，沈宜秀双手发力一送，直接将尹菜心从左侧送出一定距离：“走！”然后说，“堂堂别停。”

说话的同时，她已经拔刀，斩向面前的两人。

贺堂堂从右侧掠过，继续狂奔。

戴着面罩的两人中的一人缠斗铁甲，另一人直接转身，试图去追。

“留下！”沈宜秀拼着后背挨了一刀，冲过来挥刀将他截停，晃了晃，站定横刀，“你走不了……你们都走不了。”

“跑，别停，别看……青子在等我们！”然后她喊，“我在这里等。”

来了！

作战服上带有蔚蓝标志的人潮在原野上狂奔。

尹菜心和贺堂堂跑在最前面，身边是那两支华系亚方面军小队的十个人，身后，是数百人，是这次参加试炼的所有蔚蓝联盟的人。

人类在危机面前并不能做到完全团结，就是蔚蓝的内部，也有不同的主张、派系，甚至可耻的个体。但是蔚蓝，依然是蔚蓝，是坚定守护的力量。

人潮卷过了沈宜秀最后阻敌的那片战场。

“锈妹！”贺堂堂着急地喊。

“这……我，这里。”沈宜秀在前方抬手，说话似乎有些艰难，她在奔跑中……在看到人潮的那一刹，敌人退去，她就已经反身第一个向前冲去。

数百人，数百道蓝光，以蔚蓝的名义在原野上狂奔。

温继飞在奔跑中摔了一个跟头，向前爬，翻起来，继续跑：“青子……青子你撑住啊。”也许这么多人里，并不需要他这个骰子，但是他依然在拼死往前冲，怕自己追不上，怕来不及。

峡谷在望了。

“快到了。”贺堂堂喊，“转过去，就到了。”然后他拔刀。

所有人拔刀。

铿铿铿……

数百声拔刀声，响彻原野。

虽然他们中的绝大多数人都认为，那个人，那个华系亚的天才少年，应该已经死去了。

那就去为他复仇！

虽然说蔚蓝高层现在和自保派的关系并不是完全敌对，但既然是试炼结束后的大规模冲突，对方先组织阴谋绞杀，他们自然也不需要再顾忌什么，何况那里大概有许多洗刷派。

就这样想着，数百名蔚蓝战士拎刀奔跑着。

忽然，空气中巨大而绵延的声响，带着回荡感，从峡谷方向传来。

除了第一声是战刀划破空气，后续空气的颤响，听起来如同韧性的布帛在空气中甩动，猎猎作响。

“那是？”

“刀声。”

有人在峡谷中挥刀，刀身划破空气，牵动气流，凝聚，震动……而后扩散开来，在峡谷中不断回荡。

原来在峡谷中挥刀能发出这么响的声音，每个人都听到了那道战刀的呼啸声。那呼啸声让人不自觉想到两个词：凛然，凛烈。是的，甚至不是凛冽。

虽然人们几乎从不用这样的词去形容一次挥刀，但是此刻的感触，就是如此。

温继飞也听见了，他再一次从地上爬起来，他愣了愣，然后红透的眼眸透着惊喜，他大声地喊出来：“还在打！青子还在打！”

他的声音里裹着巨大的惊喜，响彻人群。

是啊，还有刀声，就说明还在打……一人对敌逾百，他还在战，他还活着！

人们想象着那个画面，他还在苦苦支撑。

“快！”

“帮忙！”

“快！”

人潮狂奔，准备战斗，救援。

接近峡谷，陡然，韩青禹的声音从峡谷中传来：“袁庆！你别想跑……你走不了！”

“A级穿甲十三年，你得站在那里！”

“带头组织杀我，你得站在那里！”

“伤我锈妹、堂堂、菜心，你得站在那里！”

然后，又是一声凛烈的刀声，响彻整片峡谷。狂奔中的人群有些错愕，这是……

他们已经转到谷口。第一眼看到的情景，从谷口到峡谷的两边，还有许多活人……但是没有人动，没有人去战斗，也没有人逃跑，一个都没有，只有一些人在颤抖。

峡谷正中，袁庆浑身是血，拎着刀，站在那里，面向谷口。

“他？”

袁庆应声倒下。

人们抬头看去，伴随着袁庆的倒下，另一个身影出现在视线里，在稍远处，站在峡谷正中。

那个身影同样一身是血、一身是伤，他收刀，看起来有些艰难，可能他还笑了一下，但是看不清楚。

他现在的状态看起来好像随便上去一个人都能轻松杀死他，看起来已经虚弱到随时都可能倒下。但是剩下的那么多洗刷派、自保派，没有人去做，一个都没有……他们，好像不敢，为什么会不敢呢？

人们把目光投向他身后，得到了答案：

华元990年十二月下旬，尼联国第三固定探索地，试炼场，峡谷地，华系亚方面军韩青禹一人双刀，对阵逾百，当场斩杀四十余。

凛冬之战，杀到胆寒。

“他是被围杀的？”

谷口外的援军里有人跟身边的人开口，神情有些茫然。他们本身都清楚地知道这件事，也正是因此才赶来的，按说根本不需要问。可是眼前的一幕……这一幕所代表的刚刚发生的事情，历史上可以与之对比的蔚蓝个人事件，大概并不会太多。

所以疑问是自然生出来的，但是眼前的一切又清楚地告诉他们，这里刚发生了一场精心设计的围杀。

此时，韩青禹的左手刀已经收在肩头了，右手死铁直刀还在手里，血迹从刀身覆盖到手腕，再到手臂。整件唯一目击军团作战服几乎已经被染红，那上面有敌人的血，也有他自己的……他的身上一眼可见多处伤口，胸口还插着一柄短刀。

在所有人的视线里，那个脚步踉跄的身影有些艰难地从峡谷中往外走来。

伴随着脚步行进，在他身后两面幽深黑冷、数百米高的石壁逐渐显现出来，被山壁堵死的峡谷另一端，那是他与百人决战的地方，还有他背后延伸的，后半段峡谷路上，满路的尸体。

峡谷外的人试着去想象韩青禹之前的每一步，他是怎么从峡谷那头的死地里迈出来的，可惜并不能完全想象出来。

而那些在现场目睹过的，也是现在还在峡谷两边待着的洗刷派和自保派的人，他们此刻都在逃避那段画面，还有面前那个虚弱前行的身影。

为什么不试着去杀他？天知道他们多少次以为机会到了，又多少人上去试过……去试过的人，现在不已经都躺在他身后了吗。

“欸，他……他怎么又回头了？”

在一片惊慌退缩中，韩青禹突然转回头，从地上捡起两块金属块，他仔细看了看，揣进兜里，然后安心地笑了。

两块金属块，站到最后的人全部拿走，这是袁庆自己说的……他现在应该不会反对韩青禹拿走了。

“青子啊。”

等到距离近了些，温继飞木木地喊了一声，尽量用以前在学校时候的语气，但还是不太自然。

韩青禹有些干裂的嘴唇咧开，笑了一下：“欸。”

“不会死吧？”后续这一问的声音有些发虚。

“不会。”韩青禹摇头说，“就是饿，想吃米饭。”

当场听得懂的人，比如两支华系亚小队的战友，都笑了起来，听不懂的刚开始互相询问，笑的人已经莫名红了眼眶，偏过头掩饰。

“对了，他到底叫作什么？”有老外突然问。

这么问倒不是说真的不知道不记得，而是因为韩青禹的名字对于老外来说，发音实在有点太困难、太绕口了，就连会中文的尹菜心在那次道谢过后都选择干脆省事点叫他先生。

“青。”另一个老外开口解答，发音时愣是把“qing”，发成了一个不伦不类的第四声。

“King？”那位认真点了点头，记下了。

同样十分虚弱的沈宜秀和尹菜心，没忍住往前迎了一段路，因为韩青禹看起来随时可能会倒下去。她们一直走到面前了，也伸手了，才尴尬得不知道怎么去搀扶。

韩青禹看出来了，摇了摇头，说："不用的。"然后他看了看站在面前的两个姑娘，她们……也一身是伤啊。

所以就算是死铁直男，有一些情绪，比如劫后重见的某些情不自禁，其实也都是自然出现而不需要思考的。

当尹菜心有些瘦削的身影落在眼里，染血的作战服和红着的眼眶落在眼里，韩青禹走近些，还看到她咬破的嘴唇，脸上星点的血迹和泥土，皮肤像被一场暴烈的风沙吹过，有好些细微的伤口。

韩青禹抬手，托了一下她的脸颊，说："辛苦了……那个，无敌风火轮，是往前卷的吧？"

尹菜心抬头笑起来，用力地点头："一直都往前。"

"好厉害啊。"

韩青禹笑了一下。

接着他转身看着沈宜秀，憋了好一会儿，才问出来："铁妞，你没坏吧？"

沈宜秀要被气死了，抬手想像平常那样给他一下，看了看，却没有一处可以下拳头。

"我没事，你呢？"她说。

"还行，就是其实我真的走不动了。"韩青禹小声说，"你们也不知道早点过来扶，就站那儿看。"

沈宜秀笑了一下，跟着似乎突然想到了什么，猛地眉头一紧，说："对了，我们冲出去的时候，最后出来了两个戴面罩的人……"

"嘘。"在这里直接去质疑和追查这件事，基本就等于自寻死路，韩青禹连忙伸手捂她嘴巴，铁皮里发出了"砰"的声音。

第二次了，第二次捂嘴。

不过这次，锈妹倒是没直接打掉韩青禹的手，无奈地让他捂着，气鼓鼓地说："捂不到啦，我……以后说嘘就好。"

"对哦。"韩青禹讪讪地收回手。

沈宜秀看他一眼，走过来，站到他身侧……扭头，示意了一下自己的肩膀。

韩青禹上手搭住，然后三个人一起往外走。

"对了，你真的比我强？以前真是让着我的？"沈宜秀突然小声问，她似乎很在意的样子。

韩青禹摇头，虚弱地笑了一下："以前我是真的打不过，现在……现在应该差不太多了，但是刚刚那会儿，真的是我强。"

"嗯？"沈宜秀被他这个实力波动弄得一脸茫然。

"回头再跟你解释。"韩青禹说。

他说的是事实，金属块吸收的能量溢出，韩青禹猜测那是和军团长迟暮一刀类似的生命化的源能。可惜暂时他还无法主动调用这部分能量，也有点害怕调动它。

如果遇到没办法的情况，一定要用的话，他大概就只能尝试在短时间内连吸两块金属块，试试看是否还会出现这种效果。

到谷口了，锈妹主动走到一旁，换温继飞上来给韩青禹当支架。

“站不住了？”温继飞看着韩青禹问。

韩青禹：“嗯，心痛得站不住。”

“为什么？”

“这么多人跑来给咱帮忙，我肯定得说点什么吧？”韩青禹小声说，“然后这一路，大家都是开着立体装置来的，源能……”说着扭头示意了一下身后的峡谷，韩青禹继续道，“我想大方敞亮一下，可是一想就心疼得不行。”

第2章
瓜分战果

现在的情况，那么多不过一面之缘的蔚蓝战友，只因为听说他出事需要救援，就一起奔袭回来了，人家当时可都没想着节约源能块啊。

而且这件事对韩青禹的内心其实是有不小的触动的，这让他对蔚蓝的认同感和归属感都有了一定程度的提升。

看过了那么多人类在危机面前的内部纷争，疯魔和丑恶，同时也见到了蔚蓝内部不同派系的角力，此时在这些蔚蓝年轻人身上所展现出的彼此认同，让同样年轻的韩青禹感觉有些温暖，甚至有些热血。

他可以想见刚才那铺开奔袭在原野上的数百道蓝光，可以想见，那个数百人拔刀入谷的画面。

那就……痛吧。

终于，韩青禹做了人生最艰难的一次抉择，把敞亮话说了，然后又道了谢，隔了一会儿才有勇气回头看："咦，弟兄们都这么朴实吗？"

温继飞愣了愣："怎么就朴实了？那不客气的那些，可是真摸啊，不过大概也是这些天真的用完了。"说完他回头示意了一下里面正在摸源能块的那部分人，"那些本来可都是给你摸的。"

不能摸的痛苦，确实是巨大的。

"可是……"韩青禹小声说，"可是真正值钱的，不是那些活人吗？"

每人两块源能块入场，十多天的消耗，到现在身上还有备用源能块的人，其实已经少之又少了，何况这里头有一部分人先前还被韩青禹"Give me"过。战匣里倒是应该都还有，不然他们也不会来参加这一战。

所以，韩青禹才说活人比死人值钱。

死人都是刚才又打过一场的啊，四十几个人，就算能搜出五十块源能块吧，加上武器、装置什么的，分倒是能分很多人了，但是最终按满储的源能块算，大概也就二十几块的量；而剩下的人数更多的活人身上，至少也得八十几块吧，同时剩余的平均储量肯定也更大些，算下来四十几到五十块满储的量，应该是有的。

现在见那些人一个没去动活人，韩青禹的心痛终于好转了些。

“可是，俘虏不都是要交给蔚蓝军方处置的吗？”尹莱心眼神诚恳地小声说了一句，问，“军规，你不知道吗？”

“什么？！”韩青禹当然不知道啊，要是知道，他早急了。他猛地咳了两声，吐出一口血，然后小声而急切地说：“那你们还不抓紧？！”

沈宜秀茫然：“抓紧，做什么？”

“先去把俘虏的源能块收了，快，快去收。”韩青禹才不吃那一套呢，反正今天这事也不是正式作战，不能算官方行动。

“可是，你的伤……你这还插着刀呢。”沈宜秀指了指韩青禹的胸口，有些担心地说。

“死不了的。”韩青禹说，“但要是你们不去，我就真死了！”

尹莱心三个哭笑不得地去了，剩下一个当支架的温继飞。其实他反而是最适合干这种活的人选。

“这事我得去啊……青子你没问题吧？”温继飞主动说道。他也知道自己的特长，看着人群蠢蠢欲动。

韩青禹第一时间点头：“没问题，你快去，我自己找个地方坐着……放心。”

“行。”

温继飞也是迫不及待地直接撒手走了。虽然他成绩不行，不过“Give me”还是会的。

温继飞出马，韩青禹放心了，他挪了几步，走到吴恤身边，靠墙坐下来，带着些许的艰难和痛楚，调整呼吸。

吴恤扭头看了看他，没说话，因为他穿的是第三代装置，所以直接低头从胸前取出一块源能块，老实地递给韩青禹。

韩青禹看了一眼递到面前的手：“你的就算了。”

吴恤看他一眼，把源能块放地上，还是没说话，转回去，一样靠在石壁上。他刚没对韩青禹或锈妹等人出手，哪怕剑指咽喉都没有，只是因为身份，也没帮忙。

两人就这么各自靠墙忍耐着身体的疼痛，都沉默了一会儿。

“我想家了，你呢，在想什么？”韩青禹没看他，突然说。

他真的想家了。一场杀劫过后，他突兀地说想吃米饭，其实就是想家了，想柴火灶和喷香的米饭，想家里的掉漆的小木桌，也想爸妈。

似乎有些意外，吴恤眼神没有聚焦地看着前方的石壁，愣了一会儿才说：“没有，我没东西想……大概，收音机。”

“跟我走吧。”

韩青禹突然说了一句。

吴恤蓦然扭头看向韩青禹，他藏不住眼神里的光，因为这正是他刚才羡慕的……但是他没有说话。

不远处，正收源能块的温继飞，拿胳膊撞了一下贺堂堂：“听听，你能想象吗？就这种话，他竟然是跟一个男的说的！”

“嗯，完全无法想象。”贺堂堂点头，说，“刚才他托小菜心脸的时候，我还以为他鬼门关前走一遭，终于开窍了呢，知道自己这个问题难解决。”

“就是啊！”温继飞的语气好不郁闷，“就这话，他要是现在过去对小菜心说，小菜心就能直接不回瑞莎，你信不信？”

“我信有什么用？！”贺堂堂有些恼火，朝面前一个自保派瞪过去，“给我密。”

这边，吴恤还是没说话。

“你来我就送你一台收音机。”韩青禹接着说，“另外帮你找地方做手术，换下来你这个第三代装置……穿第九代的，你的实力才能真正体现出来。”

吴恤犹豫了一下：“我是于氏战奴。”

韩青禹抬头，在缩着的人群里找到于家大小姐：“那个老阿姨你过来一下……对，你，过来一下。”

于凤姿咬了咬牙根，走到韩青禹面前，她是看过刚才整个战斗过程的，所以她知道，面前这个人，是一个杀神。

“吴恤……换你活命。”韩青禹直接说。

没有任何犹豫，于凤姿连连点头，甚至眼神无比惊喜。

这大小姐啊，连封龙岙隔壁大妈的胸襟都不及，韩青禹转过头看吴恤：“看到了吧？给这样的人当战奴……不如一起走，以后当兄弟。”

吴恤看了看韩青禹，又抬头看了看于凤姿，眼神犹豫。

“走啊，我叫你跟他走啊！”于凤姿着急地冲他喊。

温继飞走过来，拍了拍她的胳膊，等她转头：“老阿姨你对我们的人客气点。”

阿方斯家族的人来收尾了。

趁着最后一点时间，温继飞等人把俘虏的源能块收齐。在回去的路上，韩青禹也偷偷把自己对于阿方斯家族的怀疑和顾忌透露了一点，但只是怀疑，没有证据。就算有证据，他也不会蠢到在这里，在一个星耀勋章拥有者的家族地盘上，直接去追查这件事情。目前，他只能装傻，先离开这里。

“那我们的源能块还领吗？”沈宜秀担心地问，“我是说那块奖励的。”

“……当然领。”

韩青禹想了想，私下找了一支华系亚小队的队长，让他先拿着其中一块金属块，以击杀大尖的名义，去帮自己领了奖励。

夏尔·阿方斯虽然有些疑惑，但是在众目睽睽之下，还是如约给出了一块金属块的奖励。

队长回来把两块金属块偷偷交给韩青禹。韩青禹道过谢，在人群正准备散场的时候，他又带着尹菜心一起，去领第二次奖励。

夏尔·阿方斯有点蒙了，看着他。

“我们也拿到了一块，来自梭形飞行器的。”韩青禹认真地说，“所以，我们也是胜利者，对吧？”

尹菜心照他的话翻译了一遍。

所以，他是真的什么都没觉察，真的觉得那只是和自保派的冲突？夏尔其实也一直在推测韩青禹对事情的洞察情况。

刚刚韩青禹让人代领奖励的时候，夏尔认为那是因为已经洞悉背后的真相造成的恐惧，其实已经动了冒险下手的心思。但是现在，他竟然又贪得无厌地自己来领第二次。

还是来时那座西式教堂建筑前，如今站在这儿的已然少了许多人。

这一代阿方斯家族站在明面上主导事务的夏尔·阿方斯和面前一身是血的华系亚天才少年眼神互换。

一个亲切但是藏着狐疑，蠢动同时纠结的杀心如将爆未爆的星火，藏在最深处。

一个恳切，带着掩饰不住的贪婪。

这是另一种交锋。

对于韩青禹在试炼场明面上到手的三块金属块都是怎么来的，夏尔·阿方斯作为东道主自然再了解不过。

一块借庄园守备杀了大尖，当然大尖也是他自己带到那儿去的；一块借大尖强抢了阿杜仆；再一块是在峡谷以一敌百赢来的。

除此之外，试炼场还有一块金属块去向不明，就连他这个东家都不清楚，说不定也在他手里。

从夏尔的角度，这个华系亚少年的表现实在太惊人了，所以他先前才会怀疑韩青禹的体质特殊，觊觎韩青禹身上很可能远超普通人的精纯生命源能，他在背后设法引导，希望韩青禹能合理地战死在试炼场内。为此，他已经做到了阿方斯家族安全隐秘原则下的极限，接近暴露并将整个家族置于危机的边缘。

然而韩青禹还是活着出来了。

他再要下手，风险就会变得极大。

一方面这里有数百名来自各国蔚蓝的人，韩青禹不自己乱跑的话，他想制造隐秘而合理的意外会变得很困难；另一方面，那可是华系亚方面军的人，表现卓越，杀出重围，然后出了试炼场反而出事……那他想用一个意外去做交代，很明显是不可能的，对方一定会追究到底。

要知道华系亚方面军近几十年来，在实质上，其实一直主导几乎整个东方的蔚蓝体系，而那个同样拥有星耀蔚蓝勋章的华系亚臭老头，名声一向都不好，小气、蛮横、护犊子。就算在联盟议事会，他都掀过不止一次桌子。

且他的一刀，曾刀断红肩头颅，那是整个蔚蓝历史迄今最辉煌的一刀；据说他还有一刀，劈谁谁死。

所以，夏尔现在是否冒险，杀与不杀，其实已经不再取决于贪婪，而是取决于对方到底有没有觉察什么问题，要不要灭口。与暴露家族隐秘、失去一切的恐惧相比，那份贪婪，现在已经不重要了。当然在心里，夏尔也认为这个概率并不大，凭猜测妄动的后果可能是明明没事，却暴露了自己。

而从韩青禹的角度，他现在的推断是：阿方斯家族在试炼场制造合理死亡；收集尸体有用，具体怎么用还不清楚；最重要的是，他们想要他的身体。

除了推断，他没有任何实际依据和证据。

他也不准备在这里动手追查，那不是他现在这个层次能直接处理的问题，不自量力的后果，只会赔上性命。

他想走，但是不能表现出不安和惊慌想逃的状态，不能被对方知道自己其实有所觉察。

“试炼场还从没有发出过两块奖励。”夏尔说。

“那不是因为以前也没同时来过两艘飞行器吗。”韩青禹笑了笑。

“其实两块都是你的吧？”

“嘿嘿，凑巧了。”

“但其中有一块其实是别人击杀得到的。”

“对啊，不过他输给我了，要不然他也来领，还是两份。”韩青禹认真地问，“试炼场并不禁止赌博，对吧？虽然事实是他想杀我，然后抢我的。”

“……咳咳。”夏尔抬头再次看了看韩青禹，“你伤得很重……对于刚才在试炼结束后发生的事情，我代表家族表示抱歉。”

“那你，另外能再补偿我点源能块吗？”韩青禹看着他说，“要不金属块？”

这混账满脑子就只有金属块吗？！夏尔再次观察韩青禹的眼神，想了想，是了，被上百人围杀，他在结束后第一时间抢着做的，竟然是违反军纪，搜罗俘虏身上的源能块。

最终，又一块金属块，被仆人送上来，然后被夏尔按在桌面上。

韩青禹开心地伸手拿了：“谢谢。”

然后在掌声中，韩青禹和尹菜心喜滋滋地下台。

“他的喜悦和贪婪看起来没有一丝掺假，没有任何惊惶不安下表演的成分。”夏尔心里的犹豫如丝，绵延，绷断……

那当然绝不掺假。当金属块的“啪嗒”声传来，韩青禹甚至想抱抱他。

从阿方斯家族吃人的庄园到尼联国方面军基地，韩青禹身上现在裹着纱布，只在外面披了一件衣服。

沈宜秀端了米饭来，同时盘子里还有一碟子牛肉，一碗菜干汤。此时并不是饭点，东西是她去要来的。

“谢谢锈妹。”韩青禹端了碗，大口往嘴里扒饭，又塞进去一块牛肉，然后满足地咀嚼，就像是一个辛苦干完了地里的活之后，回家吃饭的农家汉子。

“我联系了国内，军里会派相近区域医疗站的飞机来接伤员，应该就是咱们出来前待过一晚的201医疗站。”沈宜秀说。

韩青禹点头：“嗯，好。”

沈宜秀的身体目前只能通过增加源能供应促进温养治疗，她犹豫一下，开口问：“阿方斯家族的事……”

“那个……”韩青禹把饭咽下去，打断说，“我们现在应该想着，能走出来就不错了。”

“也不说吗，不报告上去？”

“暂时没办法说。”韩青禹低头喝一口汤，说，“我只是猜测，没有证据，同时现在也不知道对谁说是安全的。阿方斯之于蔚蓝，太重要也太复杂了，而对于我们，它太庞大……”

“确实。”温继飞想了想，说，“这个事，是咱们现在力所不能及的。”

韩青禹看看他，点头，又看沈宜秀：“也许等我对高层某个人足够熟悉、了解了，我会说……现在距离下一次试炼还有三年时间，不急。”

三年时间，自己能成长多少，韩青禹现在并不确定。他对于自己A级的融合度检测结果从来就没当真过，当时那种情况，如果一定要找一个说法，就是他跟源能场干了一架。

实力成长一直是迅速的，尤其这一次，他很可能找到了除立体装置和液态源能外的第三台战斗力发动机，只是暂时还没办法掌握它。

如果将来有可能，他会自己回来揭开这一切。毕竟阿方斯家族一看就有很多金属块。

这件事就这么暂时搁置，韩青禹低头重新看了看面前的一张字条。

这张字条来自刘世亨，那家伙果然如韩青禹所料，跑了。

青子，大家，对不起，我跑了。我知道这件事会害你担责任，但是我跟你们有些不一样，这几个月，我爸妈大概以为我死了，也可能还在找我。我就是想回去看看他们，告诉他们我没死，也告诉我老爸，我其实没有那么讨厌他，还有我很后悔自己以前那么不懂事。我不会泄密，我会回来，请你们相信我。

这件事其实在从阿方斯家族庄园出来上车的时候他就知道了，最初的愤懑期也已经度过。

“你信吗？”温继飞问。

韩青禹想了想，说：“不知道，也许他走时是这么想，但是真回去了，未必能再下决心。”

“那……”温继飞刚开口想要继续问那怎么办。

尹菜心突然从门外匆忙跑进来：“不好了，先生……那个吴恤，也跑了。”

也？！

如果说对刘世亨的逃走早有担心，吴恤会跑，是韩青禹怎么都想不到的。他一下子站起来，却只说出来一个“啊？！”

“是你说，你说对这个人不用像对犯人看管的嘛……”尹菜心不安的同时有些委屈，“我就没让尼联国方面军的人看押他，然后他自己出去走了走，就不见了。”

韩青禹：“……”

贺堂堂：“青子你不是说他很老实吗？”

温继飞：“没用，他还说自己很老实呢。”

沈宜秀：“真是，气死人了。”

“找！”韩青禹怒了，没敢惊动尼联国方面军，他自己带着人，把整个基地及基地外围都翻了一遍，可惜依然一无所获。

最后找到吴恤，是在这天晚上。

他是被尼联国方面军的人带回来的，回来后有些尴尬地坐在那里，一身奇臭无比。

“当时突然掉进那个洞，我看它四面延伸，很是深广，以为是外敌潜入的通道，就去探查了一下……后来，就在下面迷路了。”

所以，事情的真相是：他出去走了走，掉进了一个没盖盖子的下水道洞。

除了因为身上的臭味而有一些尴尬，尽量让自己靠得远一些，吴恤说得很认真，你能从他的眼神里看出那种坦然。

在场五个人听完都平静地望着他。

“都不许笑出来啊，大家！”温继飞尽力认真地提醒，“吴恤是去查探情况的，并不是在下水道里迷路了。”

他不说还好，这么一说，大家反而都没办法继续克制了。

“哈哈哈……”

一连串的笑声响起来，就连沈宜秀都笑得铁皮咣当响。

终于，吴恤的眼神里露出一丝窘迫，他对外面的世界、现代的生活，确实是一点都不了解的。然后他也还是不说话，像是在等待大家笑完。可是几个人笑笑停停，停了想想又笑起来，好久都没个结束。他就一直沉默地坐在一旁。

“好了，你先去洗个澡吧，注意伤口，洗完吃饭。”终于，韩青禹止住笑，转头找了找，说，“堂堂你带他去一下吧，再把你的换洗衣服拿一套给他，里面的……”

“里面的我去这边生活基地给他买吧，我这儿有钱。”温继飞说着站起来，几个人里现在就他的健康状况最好。

然而，他在迈步的刹那站住，愣了愣。除了吴恤，另外四个也都愣了愣。

明明只是一句很平常的话，此刻却突然让他们都有些感慨，因为温继飞身上的那些钱，还是最初见面的时候，他以取名的名义从小莱心手里骗来的，后来就没还。

短短的十几天，一起走过了生死，建立了信任，现在要散了。

因为都在蔚蓝服役的关系，韩青禹等人也很快要随小队去驻防，后续基本不怎么会有再见面的可能。

“你们什么时候走？”韩青禹转头问了一句。

就今天稍晚些，包括之前受伤的卢卡在内，尹莱心之前带来的几个队友也都已经到尼联国方面军基地了，他们正准备踏上归程。

“明早，我们那边几个国家的人一起坐飞机。”尹莱心说着眼睫毛抖了抖，眼眶泛红，“我会想你们的，我回去会给你们写……”

“有什么好想的，都没死，说不定还会再见面。”韩青禹说道。

尹莱心气鼓鼓地瞪了韩青禹一眼。

“叫饭吧，一会儿吃完饭分源能块。”韩青禹当没看见顾自说道。

尼联国方面军基地对这些各国的天才还都是挺照顾的，没太久，饭菜就由后勤人员送来了。

吴恤也回来了，一边走，一边低头在贺堂堂的指导下拉拉链。

他的身高大概跟贺堂堂差不多，但是要瘦一些，穿了贺堂堂的衣服在身上看着稍嫌宽大。

“糟了，我再去一趟吧。”温继飞看见了站起身，说，“忘了给他多买两件了，这大冬天的。”

“不用。”吴恤有些不自在的样子，站那儿摇头说，“不用。”

“那也没事，我那儿还有几件，只是刚才着急，就没一起拿下来。”贺堂堂也说，说完让温继飞帮忙上楼把背包拿下来，打开说，“吴恤你自己选吧，没事，喜欢哪件就哪件。”

吴恤看了看，说：“这个吧。”

他一眼选中了华系亚方面军秋冬季作战服，就是那件灰黑色带兜帽的风衣。穿上的时候，贺堂堂教他戴了一遍兜帽，他就戴上了，直到提醒说现在不用才拿下来。

这衣服莫名地特别适合他，甚至适合到表情，因为吴恤没有表情。

韩青禹看了看，说："等去了蔚蓝，部队会发给你两件这样的。"

吴恤看看他，点头，似乎对于韩青禹一直说的蔚蓝，有些期待的样子。

吃饭的时候他也低头保持着沉默。

"不吃肉吗？"温继飞给他夹了一块。

五个人每个人都给他夹了一块，包括本身不吃饭的锈妹在内。

沈宜秀现在每次到吃饭时间都爱坐桌边看大家吃饭，一起聊天，有时候几个人闹腾，争抢某盘菜，她就成了被讨好的那个，都找她帮忙。

吴恤看看碗里的肉，又抬头看了看，说："谢谢。"然后犹豫了一会儿，认真地问，"我们什么时候跟人打架？"

这似乎是他第一次主动提问。

大伙都有些笑意，一身伤的贺堂堂笑着问："怎么，你很想打吗？"

吴恤点头："嗯，和你们一起。"

他没打过这种架，有人真心并肩一起的架。

"哈哈哈哈……"笑声又起来了，笑得吴恤眼神茫然，韩青禹无奈地解释说，"我其实不爱打架，打就只打有源能块的架，这个暂时没地方打。"

吴恤看看他，点头，继续埋头吃饭。隔了一会儿，他说："我有。"

韩青禹愣一下："什么？"

"我有地方。"吴恤抬头说，"我知道三个地方。族长本来想抢，还带我去查探过，后来怕打不过，惹来麻烦，就忍住了。"

桌面上的五个人同时做了一个身体前趋的动作："哪儿？！"

这情况，说明连对源能块本身不算特别看重的尹菜心，十几天下来，都已经被传染了。

"一个是我们村出去大约两百里……"

"我们不知道你们村在哪儿啊。"

"……嗯，我也说不清，反正在渝州那边。"吴恤想了想，改换方式，仔细描述他经过的地方，什么山，什么河，以及他最终看到的情况。

当他说完第一个，桌上几个人表情僵硬地互相看了看。因为吴恤仔细描述了一个类似地堡的东西，不出意外的话……那玩意儿应该是一个蔚蓝的储备站。

"记下来报上去吧，咱们有储备站被发现了。"韩青禹有些失落，朝吴恤说，"另两个也一样吗？"

吴恤摇头："另两个是村子。"

然后他做了描述，听意思那大概是两个跟于氏族村差不多的地方，一样封闭的家族，但是还有源能储备。那抢不抢呢？韩青禹想了想，说："等伤好后有机会去看看，暂时不急，咱们源能块还勉强够用。"

尹菜心看看他："勉强吗？"

温继飞代答说："他可能永远勉强。"

饭后，关了门，小队集中清点战果。

除了在试炼场内已经吸掉的那两块，桌面上还有四块金属块。

然后是源能块，韩青禹带着大尖跑的时候抢来的有四十七块，后来从俘虏手上缴获的有九十一块，算数量一共一百三十八块，但是并不都是满的。要按满储蓝晶块算，大概八十块左右的样子。

韩青禹随手挑出来三十块满的蓝晶块，说："先每人拿五块吧，拿着平时训练温养用。"

每个人都拿了，除了吴恤，他似乎没见过有人这么分源能块的，纠结半天，拿了两块，然后就不愿意再拿了。

大家看了看，也不好再勉强。

而后，韩青禹抬头看了看尹菜心："这次是你带我们进去的，按道理你是队长，东西也是一起挣的，你看……"

"咕噜。"

尹菜心直接伸手按住了一块金属块。这一下，把韩青禹的心也碾碎了。

尹菜心狡黠地看了看韩青禹："你会不会哭起来呀？"

这个，吴恤就看不懂了。

不过其他几个都懂，偷偷给尹菜心竖大拇指的同时，偷摸观察韩青禹的神情，都是想笑又不敢笑出来的样子。

"他哭了，你就还给他吗？"温继飞故意问了一句。

"那可不一定。"尹菜心摇了摇头，摇到一边去，说，"除非他说会想念我。"

这是生刚才的气了，或许还有临别时候才终于生出来的撒娇使坏的勇气。

"那他肯定会想念你啊。"温继飞帮着说。

尹菜心还是摇头："得他自己说。"

"问题他就没说过这种话，他不会这样表达啊。"

"那你教他。"

尹菜心说完，示威似的，在桌面滚动着金属块，那是剩下四块里最大的一块。

"青子？"温继飞转过头，看向韩青禹，示意他屈服一下。

"说实话，她拿一块也应该……"韩青禹说完，转过身去，干脆不看了。

"你……"

气死了，气死了，尹菜心低头拿起，又放下，手在桌面转呀转，最后她拿起来最小的一块，"嘭！嘭！"，在桌面砸了两下。

"这样也行，这样你肯定就会想念我了，哼！我是第一个从你手里抢走金属块的吧？你一定会记住我的。源能块我不要了。"

尹菜心说完站起来，直接拉了沈宜秀一起回房间。走着走着，她眼眶泛红，抽一下鼻子，说：“华系亚男人就这点不好，说一下会死吗？这点真讨厌。”

沈宜秀有些哭笑不得：“那你可不能一竿子打翻一船人啊，华系亚男的嘴甜的多着呢，不过青子他……我也没见他表达过这种情绪，真的。”

“那我就真拿走。”

“拿走呀，心疼归心疼，但他说你应该拿一块，并不是谎话。”沈宜秀带着笑意说，“怎么说你也是这次试炼获胜的队长呢，回去瑞莎一块金属块都没有，怎么像话？”

尹菜心愣了愣：“他是这么想的吗？”

“对啊，都说了他不会表达了。”沈宜秀点头。

两个姑娘回去聊天了，剩下的三块金属块，韩青禹和温继飞、贺堂堂商量了一下，决定先收着，不拿去提炼，反正他们这会儿源能块有很多。至于剩下的源能块，自然暂时也不分了，都留着做小团队的储备。

晚上睡觉的时候，考虑到温继飞交流能力强，可以帮吴恤更快跟大家熟悉起来，韩青禹安排他俩睡了一个房间，自己去忍受贺堂堂响彻云霄的呼噜声。

进屋，韩青禹直接扔给贺堂堂一块他自己的源能块，指了指地板：“你坐着把这块吸收完再睡。”说完他抓紧上床睡觉。

“呼噜，呼噜……”五分钟后，贺堂堂已经坐着睡着了。

另一边，温继飞抬头看了看，躺下问：“你平时睡觉也把枪放床边吗？还是因为在这里特殊？”

“都放床边。”吴恤说，“有一阵族长让人夜里来杀我，练这个。”

“真杀？”

“一开始中过两刀，差点。”

温继飞想象了一下那种生活，他觉得压抑，而且是令人愤怒的压抑，连忙切换话题：“他是不是还不让你们吃肉啊？我看你刚刚都不碰肉。”

吴恤点头，又摇头，后来才觉察在黑暗中温继飞看不到，只好开口说：“以前得打赢的才能吃肉，六岁开始，靠拳脚打死的，有猪脚吃。”

“打死？！那你打死过……”温继飞问了一半。

“打死过。”吴恤点头，然后说，“说好都不吃猪脚，轮着输……那人想吃，趁我故意输被他压着，要打死我，我还手，把他打死了。”

“……干得漂亮。”温继飞说。

吴恤问：“我以后也叫他青子吗？”

“当然，既然他肯拿放过老阿姨作为条件换你，以后就是兄弟。”

吴恤在黑暗中点了一下头：“那我们除了你们蔚蓝的事，另外还做什么？”

“这个正是我今晚想要跟你讲的。”

答完这一句，温继飞坐起来，靠着墙壁认真地说："因为这些东西，青子自己很可能都没有去仔细思考过，他甚至没意识到，更不会去说。咱们这群人呢，绝大部分时候，青子决定做什么就做什么，然后我们每个人，都做好自己那份。"

吴恤也坐起来，点头表示在听。

"比如我，不添乱、不当累赘，努力练枪，做自己能做的。"温继飞继续道，"至于你，青子跟我说过你很强，说等你做手术换了第九代装置，会更强……所以，有件事，算我个人请求……"凝了凝神，温继飞缓缓地说，"你不死，青子不死。"

吴恤："好。"

第二天，温继飞早起准备送尹菜心，发现吴恤已经不在房间了。他叫了韩青禹几个一起找了一圈，最后找到吴恤是在尼联国方面军基地训练场，听看守的士兵说，吴恤四点就来了。

黑色的长枪如龙回转，在背后弯出一个弓形，撒手弹出，枪身在空中不规则震荡，甩头，同时如电疾走。

这一枪的力度和速度都很惊人，而且运动诡异，这边贺堂堂看着就是一句："真牛。"毕竟他先前没看过吴恤出手。

但是场内，吴恤看着枪尖钉入对面的靶墙，摇了摇头，沉默着上前拔枪，又来一遍。

"他在模仿你的梨涡斩吗？"温继飞问。

"大概是看过后有类似的想法吧。"韩青禹说，"他这个主要考虑的是对震动的控制，希望能达到不断变换攻击指向的目的。"

温继飞点点头，感触倒还不算深。但一旁的贺堂堂看了一会儿，就有些哀伤了。这一转眼，小团队的第三战力，好像就已经不是他了，他的紧迫感一下变得好强，贺堂堂忍不住问："那他的融合度……"

韩青禹："他说不知道。"

贺堂堂无奈道："哦。"

温继飞笑着一手搭上贺堂堂的肩膀："这么失落？那青子平时有事没事就越来越强的，那么过分，你都没感觉？"

"没感觉。"贺堂堂摇摇头，说，"我第一次看青子动手时，也在心里说过真牛，后来是真牛真牛真牛……到现在，我已经毫无波澜了。说不定反而他哪天特别菜，我也会忍不住'真牛'一下。"

笑声里，几个人没去打扰吴恤，先撤了。

虽然都是上午走，但是尹菜心先启程。韩青禹等人送她上车。

尹菜心依依不舍地逐个告别，再告别……最后她走到车门口，还是停下来，又一次回头，噔噔噔一路跑到韩青禹面前，眼神气愤同时委屈地看着他。

韩青禹以为她还要说点什么，结果没有。

尹菜心动手，直接搂腰抱了一把，哼了一声，然后便转身跑去坐车了。

韩青禹掏了掏口袋，发现她昨天拿走的那块金属块在自己口袋里。他无奈地追上去，递给她："带着吧，回去好得意下……以后有机会回华系亚的话，来找我们玩。"

就这样，尹菜心就又哭了，她一直在车上挥手，哭得不行。

贺堂堂抹抹眼眶，长叹一声："不公平啊，这死铁直男就没做过像样的事，结果随便来一下，姑娘就哭得不行了。"

尹菜心走后没太久，早饭时间都没过，华系亚这边边疆医疗站派来接人的专用小型飞机也到了。韩青禹几个和帮过忙的蔚蓝战友们简单告别之后，便踏上了归程。

他们人在飞机上的时候，陈不饿正在办公室里听秘书汇报。

"什么？！"老头没听几句，突然一下站起来，说，"你说洗刷派和自保派的人，试炼结束后，弄来一百多人对那小子下手？！"

秘书点头。

陈不饿骂了句脏话，顿了顿，接着说："那些自保派不想活了吧？这样，把大概知道情况的都汇总下，咱华系亚方面军单方面搞一次大扫除。"

"这个，联盟现在和自保派的关系……"秘书小心翼翼地说，"军团长你看，是不是我先发一个申请去联盟议事会？"

"我管他的呢……干完再解释。"陈不饿一挥手，"对了，他真的砍赢了那么多人？！"

"嗯，不过里面有多少高手不太清楚。"秘书人员说，"听说是拢一块儿砍了四十多个，剩下的都怕了，直接俘虏。"

"啊？哈哈哈哈，痛快啊。"军团长叉腰大笑起来，翻脸跟翻书一样，不过没笑几声，又翻了，很市侩地说，"那俘虏呢？那是咱们华系亚方面军的俘虏啊，得弄回来。"

"六十多个呢！"老头低头直接开始算账，"武器、源能块，然后该杀的杀，该关的关，剩下协调要放……"

"那个，军团长。"秘书歪着头小心地打断说，"那些俘虏的源能块，他已经自己都收走了。"

"他……自己收？军规不知道？！"

"嗯，不过去接他的同志刚问了，他不承认。"

"……"

"军团长你看？"

"我看个屁，难道还能让陆五征去硬搜硬缴啊？"陈不饿犹豫了一下，说，"算了，你让飞机飞这儿来，我跟他聊聊。"

秘书出门做了紧急联络。

很快秘书又回来了："报告军团长，机上人员回复，韩青禹小队包括他在内，现在有两人生命垂危，必须就近在边疆医疗站降落。"

陈不饿的神色紧张了一下："怎么回事？！你不说昨天跟尼联国那边联系，都还挺得住的吗？"

"突发。"秘书说。

陈不饿愣了愣："降降降，让他降。"这事99.9%是假的，可是他不敢赌那0.1%。

秘书又出去了。

老头坐下生了会儿气，隔了一会儿，骂骂咧咧的同时又忍不住笑起来。然后大概三五分钟后，秘书一路小跑，又来敲门了，进门直接说："报告军团长，还有一个紧急情况……"

"说！"

"不义之城那边，今天上午第一时间打回了原先对韩青禹的悬赏任务，要求发布人重定悬赏金额和源能块数量……要求，至少符合第二级困难目标标准。"

不义之城的悬赏困难度榜单的一级标准，列的多是成名已久的超级战力，再往上走确实还有特级，不过眼下就一个人，叫作陈不饿。一般任务，都是没什么困难度等级的，升级成二级任务就很恐怖了。秘书带了点私人情绪，担心道："早该想到的啊，他这风头太盛，太早出名的结果，唉……"

陈不饿抬手给他打断了，一边思索，一边说："没什么好叹气的，换个想法这也是好事……该一个人经历的，总要经历。"说话的同时，老头用铅笔一笔一画地在纸上写了几个字，依然不好看：少年，名声，刀头取。

第3章
申请被拒

不义之城的消息在国内是对一般军官、士兵封锁的，但蔚蓝在那边有自己的力量，自然也会做后续的关注。

陈不饿看完秘书送来的报告之后，在办公桌后面转了几个来回，然后站住。他伸手拿过来一瓶墨汁，拧开倒在砚台里，又拿了一支大号的毛笔，用握拳的姿势握着。

他把毛笔蘸上墨，唰啦一下在报告文件上面重重地画了一道，把关于韩青禹私缴俘虏源能块的那几行字全划掉了。

“军团长……”秘书眼里满是无奈，笑着说，“您这样好吗？”

“好啊，议事团那帮人背后不是总说我老农民、脾气臭，要我修身养性吗？我修身养性，练练字怎么了？”

说着他在旁边一张纸上又画了几笔，写完，把毛笔丢回砚台，然后换钢笔签字。

搁笔，陈不饿一边甩着胳膊，一边往办公室门口走去，同时说：“喊几个能打的来对练场，老夫今天心里痛快，想舒展舒展筋骨。”

“是。”秘书自然是贴心的，也是熟稔的，应声后探头看了看，发现那张纸上倒真书成了一个毛笔字：干。

“军团长在羡慕那个小子。”

秘书知道陈不饿的过去，知道他那段独自驻守草原的岁月，陪伴他的只有敞篷军用吉普和双手长刀，但那才是军团长最喜欢也最怀念的一段日子。所以，那一幕一人死地、双刀出谷的血战，秘书在脑海里把画面勾勒了一遍……军团长嘴上不说，其实心底也有些沸腾吧？

“别看了，去吧。”陈不饿站在门口说，“大防御思想，绝对公平原则，两年考察期……咱们给不了太多肉吃，总得放那些有能耐的出去打猎，自己找肉吃。”

秘书回身，答道：“是！”

“别忘了，我们最终的敌人，是大尖啊，也许泛蓝，也许红肩，也许……还有更强的。”

陈不饿说着，脑海中泛起来一个词：弥望。

大尖战神。

作为蔚蓝唯一一个亲手斩过红肩的人，没有人比陈不饿更清楚那玩意可怕的程度。更何况红肩之上，弥望之下，很可能还有戴呃（高级战士）、普嗒尔（超级战士）两个等级。

这是一个被世界蔚蓝联盟封锁的推断，因为对大多数人而言，这个推断是令人绝望的。然而陈不饿作为站在个人武力巅峰的存在之一，心境稍有不同，他心情沉重的同时，也抱着希望。

红肩来过后的这几十年，人类武力的极限其实一直在拓展。就比如他本人，几乎每个人都以为他比当年斩出那一刀时更弱了，因为他看起来是如此的苍老，但其实不是，他剩下的那一刀他自己有数，再斩红肩，他会嫌浪费。

——普嗒尔、弥望，星河里，你们到何处了？老夫有一刀相候。

“在蔚蓝作为英雄最该去的地方是哪儿？医疗站。大部分军官战士的媳妇哪儿找的？医疗站。”温继飞小声说。

说话时他正坐在旁边，负责看护突发生死状况的韩青禹和贺堂堂。

韩青禹是真难受，呼吸困难，他想着那块此时正飞往瑞莎的金属块呢，那东西是应该给，但他心痛也是真心痛。

“不是装备场吗？”听着温继飞的话，贺堂堂小声问。

“不是，装备场琐碎的事务太多，姑娘去了都容易变事儿妈，然后从比例上说，盯着的狼也多……总体上来说，我觉得还是医疗站更好。”

温继飞这话要是让战训基地的人听到，不知得让多少姑娘心碎。

贺堂堂点点头。

“当然这都是从普通意义上说的，个体的情况不好归类。”温继飞顿了顿，看着韩青禹猥琐地问，“所以你是不是对小菜心有意思啊？你喜欢混血吧？要不你能把金属块给她？”

“嗯？那个该给的，本来这次机会就是人家的，获胜小队发出去也是菜心那个外国名字，什么阿佳妮……然后我是这么想的，”韩青禹认真地说，“咱得趁这次，把咱小队办事能力强，同时讲公道的招牌打出去，这样以后有类似的活，才有人找咱们。”

温继飞：“你……你真是这么想的？得，你大爷，菜心白抱你那一下了。”

说着，救护专用小型飞机下降，落地。

华系亚南疆，201医疗站，停机坪外站了满满当当一整圈的医生、护士。

“快快快，担架！”

“快快快……”

这阵仗，连抬担架的都是女护士，估摸着这边已经听说峡谷那一役了。

温继飞看着韩青禹和贺堂堂被护士姐姐轻手轻脚地抬上担架，当场就整个人软了下去。最后只有沈宜秀和吴恤是自己走下飞机的。

治疗室里。

韩青禹已经快被扒光了，全身上下只穿了一条军用短裤，但是身上缠的绷带很多。

三十岁左右的女医生头发盘在脑后，气质温润，手掌也是暖和的，说：“尼联国那边的紧急处理太粗糙了，现在我要给你重新处理身上的伤口，全部重新包扎……那个，你需要麻醉吗？”

韩青禹摇了摇头：“不用。”

他倒不是为了逞能，而是不敢让自己处于麻醉的状态。

“他们过来的人全部不接受麻醉。”进门的小护士探头，小声在女医生的耳边说了一句。

女医生想了想，道：“也正常，他们刚从那么险恶的环境里出来，心里都难免不安。”说着，脸上露出有些心疼的样子。

她转身，温和亲切地说：“那就不麻醉了，清洗伤口的时候要是实在疼，你就抓住我的手。”

韩青禹点头。但是之后的整个过程，他都没有去抓过。

一身擦伤不算，仅需要包扎处理的伤口，就有十九处，其中右胸血洞几乎透进脏腑，医生、护士们看着躺在床上那张麻木的脸，均是一阵沉默，她们动作迅速而熟练，但是心脏跳个不停。

“好了。”最后，女医生的手在韩青禹胸口上拂过，“还好你的肌肉虽然看着不是很显眼，但是很坚韧，不然这些伤……”

韩青禹点了点头：“谢谢。”

“那你好好休息，有事就让护士喊我。”

“好，谢谢。”

“别那么客气。”

女医生出去了。隔了一会儿，进来一个小护士。

“该吃药了，我喂你吧？来，我扶你坐起来点儿，你靠我身上就行，放心我有力气的。”

“谢谢。”

隔了一会儿，又一个小护士进来了。

“做几项检查。”

再隔一会儿……

韩青禹的病房，门庭若市。

这要是他屁股上也挨一刀……温继飞想着，在另一间病房门口站着看了会儿，回头说："这就是蔚蓝英雄的待遇。"

"哦。"病房里，贺堂堂躺在病床上，麻木回应了一句。

他当然也是英雄，也被照顾得很好，可是差距还是显而易见的，而且刚刚有个护士小姑娘又喊他叔叔了。所以青子有时候真的是比大尖更让人讨厌的动物啊。

"然后你猜韩青禹做了什么？"温继飞无声笑了一下，又问。

贺堂堂有些无力："什么？"

"他把门反锁了。"

"真是死铁之才啊，是谁说蔚蓝不存在死铁的？"贺堂堂想了想，说，"不过医生护士应该有钥匙吧？"

"嗯，可还是进不去，都在门口杵着呢！"温继飞哭笑不得地说，"所以我猜他很可能还用刀从里面横挡上了，这样才好睡觉。"

贺堂堂心想：不公平，不公平，进不去那边，来看看我也行啊。

至此，贺堂堂已宣告被击溃，温继飞转头看了看握着病孤枪沉默地坐在一旁的吴恤："吴恤，你知道我刚才说这些代表什么吗？"

吴恤抬头看他，茫然地摇了摇头。

"代表那个人，已经无可救药了。"

吴恤点头，但眼神还是茫然的。

看这眼神，不会是又一个"韩青禹"吧？温继飞迟疑了一下，担心地说："吴恤，你准备娶老婆吗？"

"不知道。"

温继飞顿了顿，说："得娶的，都得娶，就是'死铁直人'那种动物，也是要娶的，只是他应该娶不到了，你加油！"

吴恤茫然地点了下头。

另一边，韩青禹自己也在担心这个问题，他反锁了房门，把自己关在厕所里，正从身上一块一块地往下揭死皮。他刚睡了会儿，感觉身上痒，起来就发现身上开始蜕皮了。

倒是不恶心，具体情况就跟被太阳暴晒过差不多，但是连片蜕皮的面积，有点大了，大得让人心慌。

他揭完死皮，按了抽水马桶的阀门，抱着"媳妇未娶人先老"的决心，摸到镜子前，猛一下睁开眼睛……

"只是……白了点？还好，能忍受，吓死我了。"

他之前还以为他也会跟军团长当年那样，因为动用生命源能而一夜苍老了呢！还好，只是蜕蜕皮，蜕完皮也只是白了点，训练几天就能黑回来。

从卫生间出来，穿上衣服后，韩青禹看了一眼挡在门上的刀，走过去拔了下来，开门……

“你……你好。”那个女医生就站在门口，身后跟着三个小护士。

“你好，不好意思我刚才……”

“没事的，我理解。”女医生的眼神、声音都十分亲切温和，“你是不是心情不好呀？别担心，其实很多人在经历这样惨烈的战斗后，都会有一点心理上的后遗症的，要不要我……”

“我没有。”

“嗯。”

“不过我有件事情想咨询下。”韩青禹说，“我的一个队友，这次也因为受伤接受了你们的治疗，他身上穿的还是第三代装置，是内置的，我想问一下，医疗站能帮忙做手术，摘除那套内置装备吗？”

韩青禹不知道于家大小姐那伙人到底封闭到什么程度，但是吴恤穿的是第三代装置这一点，像个疙瘩，让人不舒服。没有人会对那些手术内接的装置和金属带感觉舒适，而且那样，也限制了吴恤发挥真正的实力。

至于第九代装置，因为担心部队那边需要等待申请，所以韩青禹已经从试炼的俘虏身上直接弄了一套回来了，现在只差手术摘除和伤口恢复。

“这个……”女医生似乎很不想让韩青禹失望，但还是无奈地摇了摇头，“虽然叫作手术，但是那个装置手术，其实不是归属医疗系统的范畴，它属于科研系统。”

“我明白了。”韩青禹点点头，“谢谢，那我找他们。”

“那个要通过你们所属的部队去申请。不过现在距离最后一批使用内置装置的老兵换装，也已经过去好几十年了，不知道相关科室还在不在……”女医生继续说着。

韩青禹因为脑子里想着事呢，只是点了点头，一边想，一边往回走，顺手把门带上了。留下女医生和小护士们茫然地站在门外，大眼瞪小眼。

走廊那头，温继飞拽了拽身边被他硬拖过来一起观察“反面教材”日常操作的吴恤，他们倒是没听见对话，但是看见了韩青禹和医生护士在门口说话的场面，还有他最后关门的动作。

“你看见了吧，他在让女人失望这一点上，从来不让人失望。哪怕你偶尔以为看见了希望，他到结尾也能把希望杀死。”

吴恤：“……”

此时，尹菜心乘坐的飞机也终于抵达，飞机在瑞莎方面军基地降落，然后预备飞向下一个小国，这其中瑞莎还算人口多的。

机舱门打开时，尹菜心，不，现在是阿佳妮小姐了，当场有点被惊吓到，因为基地机场竟然准备了欢迎仪式。

对于瑞莎这样一个蔚蓝体系内的小国来说，要在蔚蓝联盟一次全球性质的试炼中取得最终且唯一的胜利，实在太难了，这还是第一次。

虽说队员用了华系亚人，但参加的指标和队长是他们的呀。所以就跟足球队使用外援一样，赢了就是赢了，瑞莎人对此并不在意。

“还好那家伙坚持让我带了一块金属块回来，不然还真的很尴尬。”尹菜心一边有些僵硬地微笑挥手，一边左右看着，“咦，那是什么？”

“King是朋友……King是谁啊？”

“天哪，还有画！”

机场上有女兵举着标语，还有举着画的。

看到画，尹菜心大概就明白King是谁了，因为画上凭想象勾勒了一处一端封闭的幽深峡谷，而峡谷里，一个身影手持双刀，正面对密密麻麻的人群，屹然站立。

这是他！那个臭家伙在瑞莎都有代号了吗？King，倒是跟他名字的发音有点像呢。

很快，军中的闺密大步奔跑着迎了上来，递了鲜花，然后抱住尹菜心又跳又叫：“阿佳妮你太棒了，太棒了！”

“还好还好。”尹菜心开心地笑着。

“你真的非常棒了！”闺密说，“King，King呢？他什么时候来瑞莎？我们有好多人，都很期待见到他。”

“嗯？为什么说他会来瑞莎？”尹菜心茫然。

“他肯定会来的呀！你就不要藏了，我的阿佳妮。你们不是在送别的时候拥抱、亲吻，然后你都已经上车了，他还依依不舍地追过来吗？他为你而战了，对吧？阿佳妮……我们都知道了，真是美好的故事啊。”

事情是怎么传成这样的呢？尹菜心满心哀伤，他明明就只会为了源能块而战。

她正想着要怎么解释，爷爷奶奶也过来了。

“明智的选择，华系亚男人才是最好的。”作为一个嫁到西方的华系亚女人，奶奶诚恳而郑重地说道。

尹菜心无奈地看着奶奶，心想：那是个例外，奶奶，他是神奇的。

“哈哈，我一点都不介意你奶奶这么说。”一旁，爷爷大笑着，凑近了抱了抱孙女，“你应该邀请他的，我的小阿佳妮，如果他愿意留下就更好了，华系亚不缺天才，但是瑞莎十分缺少，我们很需要一个未来的超级战力……毕竟像红肩那样的大尖，它们可不会去想，‘这是个小国，所以我不在这里降落’。”

关于外面世界各个方面对于尼联国试炼地这一战的后续反应及它所造成的影响，好的、坏的、真的、假的，韩青禹等人暂时都不了解。他们在201医疗站待了几天，一边做治疗，一边等人。

因为源能对身体的温养，所以他们的伤势恢复得很快。事实上，蔚蓝的医疗体系与普通世界的是有差别的。它由一群体质获得改造的人建立，具体到用药的程序甚至类别、药量，都需要根据一个人身体的源能改造程度来进行区分。

等他们身体好一些之后，他们在医疗站的日子就变得更美好了，每天让小护士们做做检查、换换药，再做各种疗养，顺带聊天、吃饭、打牌……

刘世亨从外面走进来，手上拎着一个袋子。

他终究还是回来了，因为身上有蔚蓝的证件，且上次出境前和全队一起在201医疗站借住过一夜，所以他能够找到地方回来。

温继飞和贺堂堂听见脚步声，扭头看了一眼，愣了愣，似乎都有些情绪波动，开心、愤懑和埋怨都有，但是马上掩住了，他俩都没说话，转回头去继续打牌。

“对不起。”刘世亨站在门口等待了一会儿，神情尴尬而惭愧地说。

包括沈宜秀在内，没有人理他。

“要不你们先揍我一顿吧？下狠手。”刘世亨说。

沉默的气氛依然持续了好一会儿，直到温继飞站起身，走过来，朝刘世亨大腿踹了一脚，刘世亨痛哼一声，但是开心地笑起来。然后贺堂堂也过来踹了一脚，沈宜秀走上前比画了一下，算了。

吴恤跟刘世亨还不认识，只抬头看了看，保持沉默。

“话说我们都以为你不会回来了，青子说先在这儿等几天，怎么，你不留恋你的富家公子生活啊？还是怕蔚蓝去抓你？”贺堂堂坐下后带着怨气问。

“留恋是肯定留恋的，可是我不能害了你们。我知道这事，你们，尤其是青子，是要担责任的。”刘世亨站着解释。

因为这一句，温继飞“唰”地直接一把牌扔过来，像在发泄满腔的愤怒，吼了一句：“原来你知道啊！那你还跑？”

“我……对不起，但是我短时间内不可能得到探亲机会，这一点你们也都知道。”刘世亨低着头说，“我爸妈都以为我来内地打猎出意外失踪了，甚至死了……我想到他们每天难过的样子，实在不忍心，就想回去，让他们再看我一眼，知道我还好好活着。”

沉默。

温继飞缓了缓情绪，问道：“那你没泄密吧？”

“没。”刘世亨坚决地摇头。

“你怎么跟家里解释的啊？”温继飞语气又重了，顿了一下，说，“你坐下说。”

刘世亨坐下了，道：“我跟他们说我之前来内地打猎，犯了大事，本来是要坐牢的，而且是无期，但是巧合之下，我被国家特别部门征用了，才能戴罪立功，像现在这样。”

“这样你爸妈就相信吗？”沈宜秀关心地问。

“他们开始有点不信，还说要想办法花钱‘活动活动’，把我给弄回去。我就跟他们说，我是在一个特殊部门，活动不了的……最后实在没办法了，我只好当他俩的面，一拳直接把茶几给打穿了，说这是部门里教的特级气功。”

刘世亨的身体也是经过源能温养的，不穿甲打穿茶几这个程度，差不多是他目前的极限。他接着说：“这样我爸妈就没办法不信了，而且看到是这么可怕的部门，他们也不敢去‘活动’了。”

“这样倒是够唬人的。”温继飞顿了顿，“那他们还好吧？”

“还好，毕竟对比之前那样杳无音信，现在知道我还活着，也不用坐牢，对他们来说就是天大的好事了。而且我还跟他们说，等我表现好了，以后还能再回去看他们，甚至可能可以回去生活。”

未来有可能回去。

这似乎是每一个进入蔚蓝的人莫名存在心里的预期，他们觉得事情总会有个结束，虽然根本没有人知道那是何时，又是否真的会来。

“对了，青子呢？怎么没看到他？”刘世亨扭头问。

“他有事，刚被喊去接电话了。”温继飞想了想，起身说，“算了，我们一起过去找他吧，正好一会儿也该吃饭了。”

几个人一起出门，上楼。放有内部专线电话的房间门关着，有士兵站岗，但是因为认识他们，所以没有拦着。

韩青禹的声音从门内传来。

“凭什么啊！他怎么就不能过审了？”韩青禹口中的“他”是吴恤，在医疗站的第二天，韩青禹就帮吴恤打报告申请入伍了，同时还给他申请了做装置改造手术。

电话对面，陆五征也有了一些火气，语气有些急：“自保派的底子，来历不明，原始第三代装置……这些还不够吗？你当蔚蓝是什么地方？！”

也许是太在意这件事了，也知道陆军长说得在理，韩青禹语气弱了下去：“我替他担保也不行吗？”

“不行！军里已经给你最大的宽容和信任了，否则，他就应该在医疗站直接被扣押。”陆五征的语气跟着缓和了一下，心想：要不是你，这事用得着我一个代军长亲自出面沟通吗？

“可是他前几天还报告了一个我们已经暴露的储备站呢！这得算立功表现吧？”韩青禹还在挣扎。

“晚了啊——”陆五征那边拉出一个长调门说，“那个储备站呀，在你们报上来前一天，已经被攻击了，大概就是他那个族长带人做的……这也是审查部门拒绝他的理由之一。”

这也太不顺了，韩青禹有些恼火：“那我带人去把他们那个村子灭了！这总可以证明了吧？”

韩青禹是真愿意去做这事，只是心里默默地把吴恤剔除在外。

“灭个屁，都已经找不到了！”陆五征在那头解释说，“我们自己的一名队员，当时负伤也跟到那地方了，但是后来再派人去的时候，那边已经全空了。”

韩青禹沉默了一会儿，没词了，改求道：“陆军长你帮忙想想办法吧！这个吴恤我真的确定他没问题，而且他来了肯定能做出大贡献。”

“唉，你别这样，这样也不像你啊……你还是继续跟我吵好了。”陆五征那边叹了口气，“这件事我实在帮不上，审查部门为了保证严密性和公正性，在蔚蓝是完全独立的，我也一样说不上话……别说我了，作为原则问题，你就是找军团长、议长都不一定有用。”

韩青禹不吭声了。

“你还是想想怎么处置这个人吧，这已经是我能为你们争取的极限了，我的意思是让他去不义之城，这是目前他在蔚蓝唯一可能的去处了。”

陆五征停顿了一会儿，又问：“对了，你们队里是不是还有一个叫刘世亨的，这次在外面跑了，要不要军里派人……”

“不义之城？吴恤现在的情况怎么去啊？他身上是第三代装置，又什么都不懂，去了不是找死吗？”韩青禹急完一通，顿了顿，“刘世亨离开第三探索地，是我有另外的任务让他去做，我自己会……我们在这里等他。”

电话挂断了。

门外两个当事人心里都有些触动。

刘世亨一偏头，眼泪差点下来了。

吴恤依然沉默着。他很想跟面前这些人待在一起，想跟他们一起战斗。他很向往他们说的那个蔚蓝，他也看得出来韩青禹在努力为他争取……刚才这个姿态的韩青禹，是他没见过的，他以为韩青禹能冲百人杀阵，就什么都不怕。

他想，韩青禹这些人很大可能是至死都脱离不了蔚蓝的，而他因为种种原因，又绝不可能加入。也许，他们终究不能成为一路人。

午饭在不太美好的气氛中结束了。

吴恤身上没有装置，也没带病孤枪，他平静地问：“部队有要求最好杀掉我吗？”

韩青禹连忙摇头，说：“没有！怎么会？这事你别担心，我有办法解决的。”

吴恤点了点头，没有再说什么。但是饭后，只是几个人私下讨论一下对策的工夫，等到韩青禹他们再回到贺堂堂的病房时，只见吴恤先前借走的那件他很喜欢的联军秋季作战服，已经被叠好整整齐齐地放在床上，衣服下面是他之前领走的那两块源能块。

两块源能块之间，还有一张从护士用的记录本上撕下来的纸片，上面歪歪扭扭地写着：我先去不义之城，将来再见。

为了不让韩青禹为难，吴恤走了。

吴恤身后斜背着黑色长枪，想着：既然有部队希望我去的地方，那我就先去，也许将来还能和他们会合……

他一个人孤零零地走在路上，突然，他脚下一顿，停下了，脑海中出现两个问题：这是哪儿？不义之城在哪儿？

病孤枪被他取下来又背上，人们总说杀出一条路，实际上当一个人不认识路时，路是杀不出来的。哪怕他的战力再强，他也一样杀不出去。

在原地站了大约五分钟，吴恤猛地警觉他要是再这么站下去，大概就要被韩青禹找着了。那样见面肯定会很尴尬，毕竟他是留字条出走了啊，而且他再被找着，也只会继续为难青子。

“他们的官说有一个不义之城能容我，那我就去那里，不乱跑……可是那里到底是哪里啊？”

说起迷路，类似的状况，他在尼联国方面军基地下水道已经发生过一次了，温继飞前天还跟一群小护士说起，笑翻了好多人。

吴恤心想：我现在不是迷路啊，我只是不认识路。

他有些着急了，想着不管怎样先走出这里，但是蔚蓝医疗站的位置很偏僻，道路故意设计许多分叉，并作隐匿。

他走了一圈，发现了好几个非常眼熟的地方。

“我得找辆车跟着出去。”

“就在这儿等吧。”

吴恤不敢去主道路，怕被找着，眼前是一条杂草覆盖的道路，这证明它上面日常经过的行人车辆较少，但又有来往的车辙，说明会过车。

做了决定，吴恤就近找了一处林子钻进去等待，他的野外生存能力很强，水和食物都不是难题。只是这样坐了一会儿，他便感觉有些孤独。

吴恤以前从不觉得自己孤独，因为他习惯了一个人，但是和那群人短短几天的相处，当他们突然都不在身边了，巨大的孤独感让他难以适应。

他的脑海里并没有“孤独”这个词，也没有“难受”这个说法，就只是一种感觉，并不具体到某件事情，也没有完整的逻辑。吴恤懂的东西不多。

“我应该在字条上再加一句‘谢谢你们’的，忘了，唉。”他只是突然想到，然后觉得很遗憾，没对他们说这一句。

两天了。

韩青禹等人把附近找了个遍，依然没有找到吴恤。

他们几个人只能自己找，因为这事若是被上面知道是吴恤自己走了，怕就要为避免各种问题而采取追捕措施了。

军里宽容处理的极限，吴恤现在被允许的去向，只能是不义之城。

“话说吴恤这没根没底的，一走还真不好找。”屋子里，温继飞神情有些担忧，这事没人怪吴恤，他是好意，只是不懂得怎么处理问题。

“是啊，也不像刘世亨，真不行还能去他家逮他。”贺堂堂接着说，“那啥，吴恤不会真的去了不义之城了吧？青子。”

“他要是真的去了，倒还好。”

韩青禹站起身，却不知还能去哪儿找，心想着要是吴恤真的去了不义之城，有一个范围，他反而能让涂紫帮忙找人。

问题是，不义之城作为一个属于幕后世界更隐秘的部分，一个专用的词，它不存在于地图上，甚至大部分蔚蓝的普通军官、战士都不知道它的存在，就更别提那地方远隔重洋了。而且吴恤身上还没钱。他估计还处在把银元当流通货币的时代呢，且他身上唯一的银元，上次已经拿来赎枪了。

“我现在就怕他在外面乱逛，那样很大概率要出事。不管他是被蔚蓝的人盯上了，还是被洗刷派、自保派的人盯上。”

韩青禹一边继续说着，一边因为提到涂紫而想到一个人，于是朝内线电话室走去。

蔚蓝华系亚方面军，科研2所。

辛摇翘身上背着装置和包，坐在沙发上，她扭头看了看站在家门口的两名警卫，又回头看看亲妈。

“他重伤，妈妈。”姑娘嘴里头有些埋怨。

当妈的就坐在一旁，摇摇头：“是挺重，但是现在已经没大碍了，妈帮你打听过了。”

“那我也得去看看他呀，你想啊，他刚经历了那样一次苦战，我都不去看看他……”

“不行的，渠议长专令，你不能出去。”辛妈这时候也不说“你外公”了，摆出来官衔显正式，“再说了，他出了那么大的事，也没想着给你报平安啊，那是不是正好说明在那个注定单身的家伙眼里，你根本就不存……”

话没说完，一名办公区警卫匆匆出现在门口：“报告。”

“你好，什么事？”辛妈问。

“办公室电话，找摇翘小姐的。”警卫把目光投向辛摇翘。

“哦。”辛摇翘有些无精打采，她的工作电话还挺多的，这两天她也不怎么乐意接，“谁打来的呀？”

“那人说他叫韩青禹。”警卫说。

辛妈愣了愣神，有点不敢相信，心想：难道他打了一架，脑子突然开窍了？

身边，一声立体装置的轰响，跟着就是一阵风。

“我去办公室呀！”女儿的声音从楼下传来。

辛玛坐在沙发上，苦笑着抬头看了看窗外，心想：唉，果然还是战士比科研系统的人更吸引女孩子啊，不过想想也是，一个男人拿着两百页的研究报告，一路大喊着“哈哈哈哈，我出成果了”，向你奔来，然后纸页掉了一地；另一个男人双刀在手，一身是血从绝地峡谷满地的强敌尸体中踉跄着向你走来，然后也不说话，只是对你笑了笑……这就是换成我，我也扛不住啊！

“喂，你……你还好吗？”电话里，辛摇翘呼呼喘气。

“还好，好得差不多了。”韩青禹说。

“嗯，我……”

“我有件事想求你帮忙，不，是两件。”韩青禹把拆除第三代装置和吴恤参军资质审核的问题，都跟辛摇翘说了。他很少求人帮忙，但是真到没办法的时候，该求的还是得求。

辛摇翘愣了愣：“所以你是说，你要来2所看我？”

看她？韩青禹心想不是去拆装置吗？想了想，觉得也差不多，就说：“嗯，如果2所能拆那个装置的话……”

“当然能呀，我姑奶奶以前就参与过大换装的。”辛摇翘拍胸脯说，“另外那个事……我也可以帮忙想办法。那你什么时候来呀？”

“还不确定，我回头打电话给你。”

现在上面的路子已经找着了，只差人了。

“人根本没法找啊。”一路上，温继飞嘀咕着。

一群人走过护士们的休息室时，温继飞突然站住，听了听里面的动静，说：“有个办法可以试一试。”

韩青禹等几个人听完这个办法，都有些起鸡皮疙瘩。

“这，好像有点肉麻啊，不过确实可以试一试。”

第4章

一捆光棍

201医疗站，韩青禹等人现在已经放弃在周边寻找了。吴恤大概早就离开了，附近能找的地方他们也已经反复找过好几遍，他们暂时就只能指望温继飞那个肉麻的办法了。

“可是这都一天了，你那破主意，看来也没用啊。”贺堂堂说。

“有用没用的，继续试呗，反正你们也没别的办法。”温继飞转头，看向韩青禹说，“吴恤进城不会饿死吧？就他那不吭声的性子，肯定低不下头去要饭……他不会去抢劫吧？”

“不会，一个我还他枪给他两支药膏都付钱的人，他有自己的原则，饿了顶多进山，他能找着吃的。”

作为另一个很擅长在山里找食物的人，韩青禹说：“我比较担心的是有人看他一副没进过城的样子，欺负他，毕竟现在社会其实挺乱的……然后以吴恤的认知和习惯，事情一旦超过忍耐限度，要反抗，很可能就会动手。”

欺负自然是往轻了去的说法，可是谁敢保证呢？实际上这年头的坏人，比想象的坏多了。

大伙儿开始想象韩青禹说的那种情况，渐渐都有些不安。总之希望老天保佑，吴恤遇见的是好人，然后能赶紧回来，不然就真的是一个能为难死人的局面。

吴恤用宽长的草叶和藤蔓将黑色的长枪裹缠得严严实实，像拎甘蔗一样拎在手里。他已经出走一天了。

衣服还好，虽然归还了那件联军秋季作战服，但吴恤还穿着先前贺堂堂借他的那套运动服，他自己的那身黑衣当时已经扔在尼联国了，他总不能光着身子出走。

其实吴恤昨天晚上才跟着一辆从医疗站出来的车离开山区，今早才进到城里。

之前，吴恤只在去尼联国的路上经过了城市，所以哪怕是眼前这个偏僻的小县城，一切都让他感觉有些迷茫和不安。

没有好奇，他多数时候都不会对什么东西好奇或者感兴趣。唯一让他焦虑的问题在于：这里似乎根本没有人知道那个不义之城在哪里。他从出山到现在问了许多人，绝大部分人都表示不知道，没听说过。有一个戴着眼镜，像学究样的中年人当场带着困惑反问他：‘你是不是在说监狱？你去探望人啊？”

吴恤想了想，说：“不是。”

还有一个面有油光的男人眯着眼，笑得很怪，问他：“瞧你这文绉绉的装相，是说的不衣之城吧？就是不穿衣服的地方，红灯巷子？”

吴恤想了想，说：“不是。”

除此之外，吴恤也发现了，在城里要吃上饭比在山里困难，喝水也难，这里的水沟都是臭的。

他身上一分钱都没有。

吴恤想着一会儿出城进山去过夜，现在他正在一处街边巷子口的张贴栏下躲雨。他没有衣服可换。

雨有些大，从傍晚一直下到了晚上八点多钟。吴恤面前的这条老旧小街在雨里依然热闹，虽然小城里没什么车辆，但是天黑后，街边就有不少人推出来遮着篷布的车子，开始卖各种饭面和油炸小吃。

吴恤正对面的是一个卖馄饨的小摊，一架铁皮车，底下燃着煤，锅里冒热气，车后面是一对爷孙俩。

爷爷站着包馄饨，招呼客人，七八岁的小孙女就在一旁小凳子上坐着，有客人来时帮忙递碗勺，没客人时就低头写作业。

过去的几个小时里，她偶尔会抬头看站在街对面的吴恤一眼，爷爷也一样。

吴恤则谁都没去看。

雨小了一些。摊位前暂时没有客人，不过老人家还是下了一碗馄饨，等熟了之后捞出来，搁进早放好调料的大碗里，再加半碗水烫开。

“搁个勺子，”爷爷扭头对孙女示意了一下，“你给对面那个哥哥送过去吧，我看他站了好久了，记得要说不收钱。”

瓷勺子落进碗里“叮当”一声。

“嗯。”小丫头站起身，抬头看看吴恤，双手在衣服上擦了擦，然后捧了碗沿高处，小心翼翼地走过马路。

“给。”小丫头站在吴恤面前，把大碗捧起来，同时仰头看着他说。

吴恤低头看看她，没说话。

“哥哥你饿了吧？这个给你吃，不收钱。”小姑娘说不收钱的时候加了摇头的动作配合，马尾在脑后晃了晃。

“吃吧，小伙子，正好我这下雨天包多了。”街对面老人家也笑着喊，“出门在外，谁没个有难处的时候啊，吃吧。”

吴恤犹豫了一下，摇头：“不用了。”

“可是我烫。”小姑娘嗲声嗲气委屈地说。

吴恤看见她皱着眉，只好伸手先把碗接了。

小姑娘笑了起来，同时双手摸了摸耳垂，背到身后去，说：“吃吧，哥哥……我在这儿等碗。”说完她站到吴恤身侧去，扭头仰面看着他，眼睛和嘴巴都在笑。

“谢谢。”吴恤低头喝了一口汤，很烫，很暖和。

“吃个馄饨。”小丫头说，同时踮脚，把勺子顺着碗沿转到吴恤手里。

吴恤把枪靠在张贴栏上：“嗯。”他接了勺子，舀了一个馄饨放进嘴里。

“我家馄饨好吃吧？”

“好吃。”

“但是你太高了，哥哥，跟你说话我脖子酸，要不你蹲下来吃？”

“好。”

吴恤蹲下了，吃着馄饨，有些不自在。

“我现在没钱。”他主动又说了一次。

“不用钱呀！”小姑娘扭头看了看他身后，小声说，“这个是甘蔗吗？我其实也挺爱吃甘蔗的，但是吃得不多，一小段就够了。”

吴恤想了想，明白了，眼神有些尴尬地说：“这个不是甘蔗。”

“哦，咯咯……”小姑娘尴尬地笑起来，似乎因为贪嘴，自己乐了好一会儿，“你不要告诉我爷爷哟。”

吴恤点头，沉默着把馄饨吃完了，直到还碗的时候，才突然问了一句：“你们馄饨摊还接着摆吗？”

“嗯，还摆的，收摊会很晚。”小姑娘虽然有些困惑，但还是回答。

“那你们等我一会儿。”

吴恤说完便起身，拿起长枪离开街道，留下捧着空碗的小丫头一脸困惑。

走到没人的地方后，吴恤开始奔跑，他记得进城前，在城郊远处的山下看到过一片没收干净的甘蔗田，虽然是收剩的，但是挑一挑，应该还可以找出一部分能吃的。

就这样，大约一个小时后，爷孙俩看见雨幕中，吴恤又回来了。一身的泥巴，衣服都湿透了，肩上扛着一捆甘蔗，少说得有二十几根。他走到他们摊位前，放下，然后说：“谢谢……甘蔗。”

“这，你，小伙子你这心眼怎么这么实呢……”老人神情无奈，似乎想推拒一下，但是吴恤已经转身，准备离开了。

走了大约两步，吴恤的脚步顿住。

此时已经是夜里九点多钟了。

雨夜的老街上行人稀疏，难得再来客人，老人家闲下来干脆摆了一台旧收音机在小方桌上，坐下一边休息，一边听电台。

小姑娘也放下了作业，跟爷爷要求转台听流行歌，同时等那个哥哥回来。

刚才吴恤放下那一大捆甘蔗的时候，爷孙俩都分神了一下。电台的声音依然从收音机里传出来，在已经逐渐沉寂下来的雨夜街道上，显得格外清晰。

“你的星辰我的歌，大家好，我是你们的主持人郑大贤，欢迎继续收听FM93.9……下面是点歌时间。”

虽然吴恤一直都想要一台收音机，也很想听，但是这会儿真正让他顿住脚步的，是主持人接下来的话。

“那，第一位……还是这位叫作温姬的护士小姑娘，也还是送给同一个人……这已经是第二天了。”主持人顿了顿，带着笑意、善意和无奈说，“这位叫作恤的朋友，如果你能听到……回去吧，你的朋友们一直在等你。”

“今天这位护士小姑娘的留言说，‘恤，回来吧，我们有办法了，我们等你。我很想你’。”接着是机器按钮拨动的声音。

“她这次点的这首歌呢，很巧，我本人也非常喜欢，《大地》。接下来，让我们一起聆听。”

趁着前奏的工夫，主持人继续说道：“同时我也真心希望这位叫作恤的朋友能够听到，能够尽快回到你的朋友们身边……已经两天了，她不停拨打我们电台的电话，我想他们一定很着急、很无措，大概他们也实在没有别的办法了。所以，请不要让他们再担心和失望了。”

主持人的声音到此停止，歌声传来：“多少次艰苦的开始，他一样挨过去；患得患失的光阴，是从前的命运，奔向未来的憧憬……”

吴恤整个人背对馄饨摊，就这么僵在了那里。

他原以为这一别，只要不道别，就不会被挽留。

虽然他现在也不知道该往哪里去，却没想到这么快又听到消息。

所以这就是温继飞先前想到并实践的肉麻招数了，那天他经过护士休息室门口听到收音机点歌台的声音，突然想起来吴恤一直很想要一台收音机。

所以吴恤如果真的在城里乱转，也许就会停下来听，也许就听见了。

当然温继飞自己不能打，电话是他找熟悉的护士帮忙打的，连着打了两天。

华元990年，这招可不过时，而且他们眼下要“对付”的这个人，是吴恤啊，吴恤哪经历过这个，又怎么可能禁受得住？

两个人在这方面的段位落差，可能比现在韩青禹和大尖弥望之间的实力落差还大。

“眼前不是我熟悉的双眼，陌生的感觉一点点。但是他的故事，我怀念。回头有一群朴素的少年，轻轻松松地走远，不知道哪一天，再相见……”

歌词传进吴恤耳朵里，唱的是有一群朴素的少年不知哪一天再相见，他脑海里是韩青禹靠墙坐着说“跟我走吧，以后就是兄弟”；然后是温继飞起身跑去买衣服，是夹到碗里的五块肉，是一样分给他的源能块；当然还有一次次不留情面，拿他的糗事开的玩笑……

温继飞料事如神，吴恤这样一个从来没有太多情绪的人，瞬间就有点绷不住了。

“哥哥，哥哥？”小姑娘站侧边仰头看了看，有些担心地说，“你怎么哭了呀？哥哥。”

哭了吗？

吴恤茫然地抬手在脸上抹了一把，他不敢相信他竟然还会掉眼泪。眼泪这种东西，太陌生，太奇怪了啊。

歌声继续从收音机里传来：“回头有一群朴素的少年，轻轻松松地走远，不知道哪一天，再相见……”

“我没事。”吴恤说完，然后不自觉笑了一下。对他而言，笑容几乎是跟眼泪一样陌生的东西。

“可是你衣服都湿透了。”小姑娘看着还是有些担心。

“我没事，真的没事……不过我现在有事情马上要走了。”吴恤侧身低头，看了看小姑娘，“你叫什么名字啊？”

“我叫王若冰。”小姑娘扑闪着眼睛，脆生生地说。

“好，我记住了，以后我会回来看你和爷爷的。”吴恤招了招手，跟面前的小姑娘说再见，郑重地向老人鞠了一躬，然后转身，把病孤枪背回背上。

在夜雨里，他朝那个他唯一记得的方向走去。

他要回去。

早上六点多，韩青禹几个挤在一扇窗户后面，拉着窗帘，从缝隙里看着那个站在医疗站门口的身影。

“怎么样，你们先说我牛不牛吧？”

温继飞得意地笑起来。

韩青禹终于松了一口气，心头一块大石落地，感谢的同时不得不服，说：“牛，这个是真牛。”这方面确实还是温继飞比较厉害，他自叹不如。

另外几个也是一样，都先把温继飞夸了一通，不过跟着互相议论了一下，决定关于温姬小护士那茬，还是不提了，因为真的怪恶心的。

“那我们现在是下去骂他，还是笑他啊？”贺堂堂笑着问。

“别呀。”沈宜秀善意地建议，“还是都自然点，装作没事吧？吴恤虽然不会表现出来，但现在肯定很尴尬了。”

正说着呢，刘世亨探头说：“哎，你们看那是什么？他旁边那一捆。”

几个人凑上去看了看。

“好像是甘蔗，这……恤儿有点想法啊。”

一群人就着那捆甘蔗，又说笑着闹了会儿。

韩青禹开口，说：“好了，下去吧。”

吴恤看见他们了，看见他们朝他走来……还好现在医疗站不算很热闹。要不是他中途迷路了，以他开启装置的速度，绝不会这会儿才到。现在的他，十分尴尬啊。

“回来了？”走近，眼神对上，韩青禹先平淡地问候了一句。

吴恤刚准备点头回应。

“哎哟，这是甘蔗啊？”贺堂堂假装刚发现，上去绕着那捆甘蔗左看右看，“啧啧，这么大一捆，吴恤你不会是打算假装这几天只是出去给我们砍甘蔗去了吧？”

吴恤：“……”

“你懂个屁！”温继飞假装帮腔，然后上去搭吴恤的肩膀，跟着挤对说，“看咱吴恤多懂礼数啊，出趟门回来还不忘带东西。”

这一下，几个人忍不住都笑出来了。

一片笑声里，吴恤强撑着，说：“很甜的。”

“啊？哈哈哈……”

吴恤说：“真的，你们吃吗？我去削。”

“吃什么吃！你抓紧时间去换身衣服，大家吃点早饭……时间紧迫，马上得出发了。”温继飞无奈地说，“就等你了。”

吴恤也没追问：“那这些甘蔗？”

“这个……”

“带上吧。”韩青禹想了想，说，“正好这回我找了一个朋友帮忙办事，咱们过去，不能失了礼数。”

行程其实并没有温继飞说的那么紧迫，摇摇晃晃那边答应帮忙后，并没有给出具体时间限制。

等到吴恤洗完澡，换了衣服下来的时候，韩青禹一群人已经收拾好东西，在食堂吃早饭了。

贺堂堂看见他走过来，起身，把之前那件秋季作战外套扔给他，说：“以后别再还了啊，再还真的翻脸！”

联军夏秋常备作战服每人各有两套，穿坏了打申请又可以再领。贺堂堂这件短风衣给吴恤穿着正合适，又不是什么难得的东西，大家能明显看出来他喜欢，干脆就送给他了。

吴恤接了，低着头回应贺堂堂的话，然后把衣服翻面后穿上，戴着兜帽掩饰尴尬，坐下来一起吃早饭。

他多数时候给人的感觉，就如同这件联军制式短风衣一样，灰扑扑的，没有鲜明的亮色，但是充满坚韧感。这大概就是他喜欢这件衣服的原因。

吴恤坐下后没有说什么，没有解释、感谢，也没有对孤独的感慨，出走一趟再回来的他还是一样没有多话。但他有去想，想得比过往都多，想好的事也放心里。

“哎，那个摇摇晃晃到底什么背景啊？这么大的事都能办。”温继飞吃完了，放下勺子，一边抹嘴，一边好奇地问。

韩青禹摇了摇头，把最后一口粥咽下去，说：“具体我也不是很清楚，但是应该很厉害。”

韩青禹和辛摇翘也只见过一面，通过三四次电话，他现在一样不清楚辛摇翘爷爷和外公两个家族在蔚蓝华系亚方面军，乃至整个蔚蓝体系中的地位。

韩青禹不知道她外公就是华系亚方面军议事团的议长，世界蔚蓝联盟议事会主席团成员之一的渠重时，而爷爷辛明执，是华系亚方面军最顶尖的科学家之一。

韩青禹只知道这姑娘身在科研系统，在次一序列当联络官，同时出一趟门要带几万块钱和十几块源能块。有一次出走，来抓她回去的是两架直升机和一个S级大人物，那个大人物好像还当过她的老师。还有就是之前听陆军长说起她家的时候，隐约透露出来一点他也惹不起的意思。

这些就够了，韩青禹想着要是这回她真的能帮忙把吴恤的事办下来，就谢天谢地了。

“应该是她家大人很厉害吧？”韩青禹又想了想。他察觉到在整个蔚蓝体系中，似乎只有科研系统可能出现一整个家族都很厉害的情况，而军队体系里，因为融合度不能遗传的关系，并不会出现类似情况。蔚蓝的武力和科研，两个大的系统之间，又是互相独立的。

这似乎是好事。

差不多时间，早一步吃好饭去打听事的刘世亨回来了，他一边走，一边说：“我问了一下，因为不是公务出行，不管是用车还是飞机，都得咱们自己出钱，除了油耗，还要损耗。”

韩青禹一听要花钱就有点心疼，抬头说：“那……”

“咱们现在很有钱啊。”刘世亨畅快地笑起来，“我定了飞机。不过从这儿去机场，先得开十几个小时的车。”

医疗站的救援机是不能外借做他用的，所以他们要先开车去另一个蔚蓝基地的机场，再去科研2所。行程审批文件都已经由辛摇翘那边出面弄好了，否则没有哪个蔚蓝机场敢带人去科研所。

早饭后出发，一行人开了辆普通牌照的面包车出来，第一站到了吴恤之前待过的那个县城。

进了县城，经过一条有综合市场的街道时，刘世亨把车停在路边，让韩青禹、沈宜秀和吴恤在车上待着，然后他和温继飞一起叫上贺堂堂下车。

小县城的市场，菌菇、笋干、茶叶、茶籽油和晒干的海鲜，各种干货特产应有尽有。东西都不贵，温继飞和刘世亨一路走过去，疯了似的买。

贺堂堂两手没一会儿就拎满了，他忍不住问道："咱们买这些东西干吗啊？"

温继飞和刘世亨手上也都拎着东西，回头看他。

刘世亨说："咱这是去找人办事啊，堂堂。青子没考虑那么多，我俩得考虑啊，难不成我们真的抱一捆没卖相的甘蔗去？"

"可不是？那甘蔗是因为青子跟摇摇晃晃熟。也不是不能送甘蔗，毕竟一样米养百样人，说不定人家就喜欢这个。"温继飞接着说，"但我们这也相当于是去姑娘家里拜访了，还是科研系统的文化人，大高门，咱怎么也得把事情替青子办妥当了。一是为这事，其次，虽然不抱希望吧，但是……万一将来就有点啥呢？"

"哎呀，"贺堂堂不服气一声，"那个我懂！我的意思是，咱不是很有钱吗？怎么就买这些东西啊？"

温继飞和刘世亨互相看了看，笑着说："这就叫分寸啊，堂堂。这些东西呢，一来符合咱们现在大头兵的身份，二来显心意，这就够了。咱真要拼命去找什么贵重的东西送去，反而不妥当，容易让叔叔、阿姨心里别扭，也容易出错。你想啊，那摇摇晃晃的家里，能缺钱、缺东西？咱送的就是一个诚意，再一个诚惶诚恐，生怕不周啊。"

贺堂堂听完点了点头，他没全听懂，但是脸上是一副受教的表情，心想，这方面队里有两个懂的人在就好了。再一想，现在队里还真是能打的和能混的都有，不怕吃亏。

东西都装上了车，车子差不多快塞满了，弄得韩青禹有点蒙。

温继飞和刘世亨也懒得跟他解释，开着车让吴恤形容了一下昨天老街的景象，然后向路人描述、打听。他们并不指望吴恤自己能指出路线来。

"现在差不多午饭时间，我们去碰碰运气。"温继飞说。

车子到老街的时候，很幸运，老人家的馄饨摊中午也出摊。只是没看见那个叫作若冰的小姑娘，应该是上学去了。

他们商量了一下，留了不方便露面的沈宜秀和武器装备在车上，另外几个人都下了车。

过去后，他们在摊位侧边放的一张小方桌旁围坐下来，要了五碗馄饨。

老人家应下生意后抬头，看一眼，然后再看一眼，辨认出来其中一个是吴恤，笑了起来，说："带朋友过来了？"

吴恤眼神里带着感谢，用力点了点头。

"那就好，那就好。"老人家连声说，话里和笑容里都透着安心。

而后，正好馄饨上来的时候，背着书包的小若冰也回来了，像是中午放学要在这里吃午饭。跟同行的同学挥手道别后，小姑娘走到摊位前，听爷爷说了几句，开心地转身，一溜儿烟跑到吴恤面前：“哥哥……哇，好多哥哥啊！”

“哎，小朋友真可爱。”温继飞说着推了推吴恤胳膊。

吴恤点头，然后有些别扭地拿出刚在市场上买的新书包、新文具和小玩意儿，递给若冰，说：“这些，给你的。”

“啊？给……给我……”小丫头有些意外，先是眼神惊喜了一下，跟着有些犹豫，回头去看爷爷。

“拿着吧。”吴恤主动向小姑娘说了一句，又抬头看向摊位前的老人家，眼神诚恳说，“让她收下吧。”

老人是知道他有多实心眼的，看见他的眼神，就知道东西推不了，推来推去反而容易尴尬，又看了看发现他们是开车来的，干脆笑着点头：“那我们就不跟你客气了……若冰，快谢谢哥哥们。”

“嗯，嘿嘿，谢谢哥哥们。”小姑娘开心极了，礼貌地道谢。

“不客气，乖。”

老人家很快又端了一碗面过来，放下说：“孩子的爸爸、妈妈都上班，没空给她做饭，她爱吃面……若冰坐下跟哥哥们一块吃吧，但是不许太吵，影响哥哥们说话。”

“嗯，好。”

小姑娘坐下了，倒了点醋，安静吃面，只在哥哥们问她学习之类的问题时才乖巧回答。隔了一会儿，看见几个人的馄饨都快要吃完了，她才忍不住停下来，有些不舍地问：“哥哥，你们以后还来吗？你们要待在我们这儿吗？”

吴恤看看她，摇头。

“哥哥们要去很远的地方了，你要好好读书，我们以后再来看你。”温继飞笑着帮忙说了一句。对于这样一个善良、可爱的小孩子，他们每个人都很温和，同时抱着善意。

吃完，韩青禹等人支开小若冰，在每个碗底压了一百块钱，然后起身告辞。他们没敢多给，怕给老人和孩子惹祸。走到路对面要上车时，他们才回头说：“爷爷记得收一下碗。”

老人收碗看见钱的时候，车子已经开出有些远了。

“爷爷，你说哥哥们是做什么的啊？”小若冰看着渐渐远去的车子，有些不舍，喃喃地问。

“不知道呀。”爷爷心里一样藏着困惑。

“那他们真的还会回来看我吗？”

“会吧，会的。”

蔚蓝华系亚方面军科研2所原来也在南方，小型飞机的航程时间反而没有之前的车程长。

因为去的是科研所，几个人都在思考，有没有可能因为辛摇翘的存在，金属块提炼就不用手续费了？

众人在飞机上重新计算了一下现在手头的源能储备，三块金属块都在韩青禹身上，然后是沈宜秀背包里的六十三块集体储备的蓝晶块。另外每个人各自都还有五块蓝晶块。

这样算了一下，单是蓝晶块，就够用一段时间了，几个人最后商量决定，这次暂时不拿金属块去提炼。

辛摇翘从接到韩青禹上飞机前打的电话开始，已经心神不宁大半天了。她没有特意打扮，依然穿着工作制服，但是看着时间差不多，就提前抱了几把伞去小机场等候。

没多久，飞机就来了，带着发动机的轰鸣声从灰色的天空中降下来。

机舱门打开，韩青禹第一个在舱门口出现，落地，“呼”的一声撑开了一把联军配发的纯黑色雨伞。

然后第二个，第三个……

每一个都一样，下机，开伞。

辛摇翘赶紧把借来的满怀雨伞找地方放下，自己手上撑了一把，准备上去接人。但是只走了几步，她就又站住了，眼神有些发愣。

雨幕中，第一个走向她的就是手上撑着黑伞，身上背着立体装置，双刀错位同出右侧肩头的韩青禹。

然后在他的侧后方，右边是一个机器人样子，背着长刀的全甲战士，左侧则是一个穿着秋季作战服，戴着兜帽，背着黑色长枪的蔚蓝战士。最后面，还有三个背着装置和刀的战士。

“好帅啊！就是他们一起，从第三探索地绝境峡谷杀出来的吗……哎，那是什么？”突然看见贺堂堂扛在肩头的那捆东西，辛摇翘困惑了一下。

“其他东西呢？”这一边，贺堂堂也刚发现，六个人里就只有自己扛着东西，想到那一大堆礼物，他忍不住问。

“有推车帮咱们运。”温继飞说。

“那你早说啊！”贺堂堂一下委屈起来，懊悔地说，“害我还把甘蔗扛过来了，不行，我得送回去。”

他说着就要回头，温继飞伸手拉住他：“别啊，别回去了，你这个不一样，你这个是给摇摇晃晃小姐的见面礼。”

说话间，两人离得近了些。

温继飞凝神看了两眼，神情语气都有些惊叹，说：“那个，就是摇摇晃晃啊？”

他们一群人里只有韩青禹和贺堂堂先前接触过辛摇翘。

贺堂堂点头说：“怎么了？”

“很不错啊，传说中的盘儿亮条儿顺，说的应该就是这样的姑娘吧？”温继飞说着扭头看了看韩青禹，心说：你这回可得争点气啊，兄弟。

“你好。”韩青禹主动打招呼说。

“啊，你好。”有些陌生的问候，想想也合理。

辛摇翘朝后面跟着的几个人热情地笑起来：“你们好。”

然后包括沈宜秀在内，大家纷纷打了招呼，吴恤也想开口，但是试了一下没成功。

温继飞笑着说：“摇摇晃晃你好。”

“嗯？你们一起的时候，都是这么叫我的吗？”话说得有些慢，带着玩笑的意味。辛摇翘心里苦了一下，然后笑起来，主动说：“其实我叫辛摇翘，你们可以叫我摇摇，也可以叫我翘翘，叫晃晃也行，就……好吧，摇摇晃晃也行。”

她这么一说，大家都笑起来，但是纷纷改口叫翘翘。

同时间，贺堂堂也把那捆甘蔗放下了。

“这是……甘蔗？”辛摇翘终于看清楚，茫然了一下。

“嗯，我们给你带了点水果。”韩青禹说。

对的，甘蔗是水果，很甜的，辛摇翘想罢，笑着点头：“谢谢你，我可爱吃甘蔗了……好多啊。”

然后她定神看了看那捆甘蔗，这要是搬去办公室，同事们看见了……想了想，还是趁爸妈都在上班，先搬回家放房间里吧，她想好了便说：“那我带你们去那边坐会儿，然后我先把甘蔗扛，搬……拿回家。”

“直接搬回家吗？”温继飞问了一句，接着说，“那不用你自己扛，我们扛就行，正好我们也想去家里问候一下叔叔阿姨呢。”

“可是他们现在都不在家。”辛摇翘说。

“那也没事。”温继飞说着就回头找礼物去了。

原来还有啊！辛摇翘远远地看见了那一大堆特产，有些尴尬，但是想想也好，这样能替韩青禹证明，他其实还是想得挺周到的，于是干脆地收下了。

辛摇翘又哪里知道，其实老妈也没上班，一直躲在楼上远远看着呢。而且辛妈已经认出来那是一捆甘蔗了。

“头回见到有人送礼物送一捆甘蔗的。还真是，有点创意啊……”辛妈哭笑不得。

科研所的生活区和工作区一样不好进，它有专用的接待区域。

辛摇翘现在有些尴尬。

虽然访客报备是提前就已经做好了的，但是实际登记的时候，还是有人没能拿到通行证。

吴恤没有拿到并不让人意外，意外的是铁甲里的沈宜秀，竟然也被拒绝了。守卫给出的理由是她的身份无法直接确定，有被冒充的可能。

说到安全方面，蔚蓝的科研所因为设备复杂和实验室建设困难的关系，位置通常几十年都不变，说实话并不算隐秘，洗刷派和自保派两边知道的都不少。所以它就干脆摆在那里，用超级防卫力量，站在明面上恭候。

几十年下来，用一层又一层的枯骨垒出了无形的禁止令，让这两个任谁都觉得最容易受到攻击，也十分值得去攻击的地方，渐渐变得安全了。

“没事的，你别在意。”韩青禹见此情况主动走上前，对正在和工作人员交涉的辛摇翘说，“这是科研所应有的谨慎，就得是这样，蔚蓝才能让人安心。”

辛摇翘听见了蓦地转回头，马尾几乎打着韩青禹，然后像突然有些不认识地看着他，心想：是谁说韩青禹不懂这些的？老妈？站出来！哼！

其实，韩青禹就只是说了句实话。

除了在温继飞等人口中是个“死铁直人”，在其余的大部分事情上，他一直表现得都还不错。

“只是放东西，你们去吧，他们三个帮你拎上去，我们在这里等。”韩青禹又说了一句。

“嗯，好。”辛摇翘说罢有些着急，想快点放好礼物，于是便转身拎了那捆甘蔗。说起来她也是A级老兵，拎这点东西丝毫不费力。

辛摇翘上楼梯的脚步有些快，她说了楼层，然后走在第一个，特意拉开一点距离，想着她得先进屋把甘蔗藏起来，这个不好让爸妈他们看见。

她拿钥匙开门，推开……正好辛妈从阳台上走进来。

警卫岗哨和登记室都在视线外，当妈的并不知道女儿会直接先把东西拎回家。所以，突然打了个照面时，母女俩同时有些意外、窘迫和慌乱。

“妈，你……你不用上班吗？”辛摇翘手上拎着那捆甘蔗，有些结巴。

辛妈想了想：“啊，我身体有点不舒服，就请假回来了，咯咯。”

“妈妈你咳得好假啊。”女儿的眼神和语气有些小埋怨。

“怎么了？”当妈的见被戳穿了，干脆理直气壮地说，“那我是你妈，我还不能关心、好奇一下啊？”

说着，辛妈的眼神落在那捆长长的甘蔗上面，不自觉退两步，把视线拉远，把女儿和甘蔗框在同一个画面里。

“哈哈哈……”虽然她刚才远远地已经先看过了，近了再看，还是没忍住。

辛妈捂着肚子说：“哎哟，肚子疼，翘翘你的那条青鱼，还真是，干什么都能出乎意料啊……妈妈现在一点都不奇怪他把甲虫按爆在你身上了。”

“怎么了吗？”看老妈笑成这样，辛摇翘弱弱地嘀咕一句。

辛妈努力缓了缓，笑着说：“倒是没怎么，只是妈妈见识少了，这辈子都还没见过，有人送女孩子一捆甘蔗作为见面礼的。”

“那，又怎么了呀？”辛摇翘倔强地反驳，“哪里不对？甘蔗不也是水果吗？而且那么甜，还节节高，送人都不知道多合适。”

“是哦，仔细想一下，还真是很合适。”

怕女儿过于窘迫，辛妈努力正了脸色，加了点头的动作配合，表示自己真的赞同。

两秒后，辛摇翘结束观察：“嗯。”

辛妈突然又笑了起来：“哈哈哈……”

“又怎么了呀？”这下辛摇翘急了。

“对不起，对不起，妈妈实在是没忍住。”当妈的自己缓了缓，看着女儿手上那捆甘蔗，一边笑，一边说，“翘翘，他居然送了你一捆光棍？”

“什么？”

“一捆光棍，哈哈哈……”

辛摇翘：“……”

“还真是适合他送的礼物啊，果然是注定光棍的家伙。”妈妈又大笑起来了。

辛摇翘不想理她了，低头不说话拎了甘蔗去阳台。然后在转过门框的一瞬间，辛摇翘也忍不住笑起来，其实自己忍了好一会儿了。韩青禹同志还真是……又强又帅又酷又有趣啊！

“对的，放阳台好，这样吃不完的还可以先种起来啊，翘翘。”妈妈在客厅还在喊。

气死了，气死了，不过这个主意好像还不错，辛摇翘想着，突然心里头“咯噔”一下，她好像忘记什么事了。

哎呀，人！

辛摇翘想罢连忙跑回去，路过客厅时跟妈妈说了一声他队友要上来，然后继续快速跑到门口。

温继飞他们仨礼貌而谨慎地等在一段楼梯下，光听见笑声了，具体的对话反而没刻意去听，也没往上走。

“抱歉啊，我……请，快上来吧。”

辛摇翘招呼的同时，辛妈也出来了。

“摇摇晃晃，这是你姐姐吗？”贺堂堂“耿直”地问。

辛摇翘摇头，有些开心地说：“是我妈妈。”

“哎呀，阿姨好。”

“阿姨好。”

“阿姨好年轻啊。”

三个人连声问候，同时隐晦地解释韩青禹没上来的原因：“听翘翘说，我们还以为阿姨不在家呢，能见到阿姨真好。”

想不到那家伙身边还有这么通达人情世故的人啊，辛妈这个年纪身份了，自然不会介意，反而因此对韩青禹高看一眼，同时多了几分好奇，笑着说：“谢谢，你们好，瞧你们夸的，阿姨的心情准能好上好几天。欢迎……快，进来坐，阿姨去给你们泡茶。”

说着把人往里接。

“阿姨，我们就不坐了。”几个人进门，把手上拎的礼物放下。

“怎么还带礼物啊，哎哟，这么多。”辛妈说。

“就一点土特产。”温继飞说，“都不是什么贵重东西，就是青子的一点心意。他这人不太会说话，也不知道送什么好，就稀里糊涂买的。阿姨您看……还让您费心收拾了。”

其实这种家庭肯定是有人帮忙照顾家务的，但温继飞还是这么说了。

“不会，不会，阿姨就喜欢这些东西。”

辛妈应着，心里愈发好奇那个韩青禹到底是怎样一个人了。

她其实打听和了解了挺多的。几乎肯定会成为超级武力的新兵表现；他身边聚集的人；从峡谷那一战到这次在吴恤的事情上，他所表现出来的担当……这些似乎都告诉辛妈，那个看起来注定光棍的家伙，除了会把甲虫按爆在女孩子身上，会送女孩子一捆甘蔗，必然还有什么特质在身上。

算了，不急，慢慢再看看吧。

第5章

换装手术

温继飞三人没一会儿就先下楼了。

眼看着就快到午饭时间，辛妈拉住正要走的女儿，多问了两句：“你真的不叫他们来家里吃饭啊？招待一下朋友，其实是可以的。”

辛摇翘说：“不叫。”

不叫的理由自然有许多，其中最重要的一点是吴恤和沈宜秀没有通行证。

丢下两个队友在外边，然后自己来别人家里热闹这种事，韩青禹肯定是不会干的，所以他现在选择留在楼下陪他们，然后也没明说，多好，多细心啊。

辛摇翘心想那她肯定也不会这么干啊，回答妈妈的却是：“我怕你们吓着他。”

辛妈哭笑不得：“我还能吓着他？那决死的峡谷，他都一人双刀，生杀出来了，咱家又不是龙潭虎穴，你妈妈又不是超级高手。”

“那要是你突然忍不住笑他呢？肯定就吓着他了。”辛摇翘认真说完，母女两个互相看看，都笑了起来。这种情况确实很可能出现。

人走后，辛妈独自忍不住想了一下：所以，要是女儿能顶得住，这种人其实也还蛮有趣的吧？但是，人家好像根本就没往这方面想啊，满脑子都是长刀所向呢，是注定辉煌于战场的人……得得得，我搁这儿胡乱寻思个什么劲啊，就我们家翘翘的身份，哎哟气死我了。

几人的午饭是在接待区的食堂吃的。

因为已经知道沈宜秀的情况，所以辛摇翘便要了个小包间，也没有带上同事、朋友作陪。

辛摇翘一边吃，一边观察，觉得韩青禹身边这群人有趣极了，就连不说话的吴恤都有趣，还有虽委身在铁甲之下，但是依然乐观、坚强的沈宜秀也很可爱。

她好想跟他们做队友啊，然后一块儿去试炼，一起杀出峡谷，再一块儿去目击一线砍大尖的头。这么想着，她就对自己的身份感觉有些哀伤了，明明她是很强的A级，却从没有向大尖挥过刀，而是一直被困在办公室和实验室。

“我会好好做好自己那份的。”她最后认真地想。

辛摇翘并不知道，其实温继飞、刘世亨和贺堂堂三个，此时也正失望呢，因为摇摇晃晃没有多带两个年轻女科学家来。

“哎，翘翘，”温继飞主动打听，“你们这儿，年轻的女科学家多吗？”

辛摇翘摇摇头：“不多，很少。”

“哦，想想也是，那你们这儿男女比例失调一定很严重吧？”

“还好，因为所里还有一个科普宣讲队，大概就跟文工团差不多，多是年轻人，而且漂亮女孩子很多。”辛摇翘没有多想，“还都是有才艺的，唱歌、跳舞、舞台剧什么都会，方便寓教于乐，向战士们普及新的科学认知。”

“咕嘟。”桌边三人慌忙喝了口水掩饰。

“那有机会真得去认识认识啊，学点知识。”

刘世亨现在已经准备在蔚蓝长待了，同时也发现，这蔚蓝的美女，不管战士、护士还是科学家，都有一股子特别的气质，远不是以前名利场上见过的那些女的能比的。

“是啊，我没文化，特别缺科普。”贺堂堂也说，跟韩青禹一样，他也惦记将来要娶媳妇呢。

温继飞比较直接，他问：“那方便吗？方便的话，去认识一下。”

“方便呀。”辛摇翘正想说自己和她们可熟了呢，旁边沈宜秀却咳嗽两声，提醒道：“温继飞同志，你昨天才跟医疗站的小护士们依依惜别呢，当中还有好几个，当时眼眶都红了。”

她说的是实情，201医疗站的医生护士，虽然开始都是对韩青禹最热情，但是相处到最后，最舍不得的还是温继飞。

“在不久前，他还跟战训基地装备场的女装备官们依依惜别呢，那场面，可比医疗站大多了。”韩青禹也帮腔凑了个热闹。

温继飞笑起来，也不惭愧，反正他就是爱闹而已，实际也没下过手。不过照这样下去，想一想，要是有一天大尖和蔚蓝的存在公开了，他真的娶了那个跟他有过约定的女孩，那结婚的场面——

唯一目击军团第九军战训基地装备场全体女装备官，含泪祝福温继飞新婚快乐，白头偕老；

蔚蓝华系亚方面军第201医疗站全体女医生女护士，含泪祝福温继飞新婚快乐，白头偕老；

蔚蓝华系亚科研2所宣讲队全体女队员，含泪……

“所以你别理他。”韩青禹朝辛摇翘说了一句，转回正事上说，“吴恤的事？”

“手术已经安排了，我姑奶奶说她亲自来做，她是当年大换装的负责人之一呢！”辛摇翘顿了顿，“另外那个……也在解决。”

她用了“解决”这个词，实际就是赌气、耍赖、卖乖、撒娇，跟外公求、闹，不行就跟外婆装委屈。但是事情的进展并不是很顺利，老头们做事都太有原则性了。

“谢谢。”韩青禹松一口气，真诚地道了谢。

午饭后，辛摇翘领着他们去了招待所。

六人的大套房，早一步就已经订好了，辛摇翘决定自己这几天也住外面，跟沈宜秀住一间。

普通人世界里的旅馆、招待所都以单人、双人和三人间为主，但是蔚蓝体系下的招待所，最多的就是多人套房，别说是六人间了，就是十几二十几人的房间，都是十分常见的。

这是出于安全考虑，在这个世界里，很多时候人少就意味着危险，睡觉也是有风险的行为。同时根据以前的统计，双人间和三人间，甚至比单人间更危险。

安顿下来后，当天下午，几个人就跟着辛摇翘先去见了姑奶奶。

远远地看见了姑奶奶，大伙都开始有些不安。

“姑奶奶多大年纪了？退休多久了？”沈宜秀问。

“八十多，退休……很久了。”在辛摇翘记忆中，好像从她记事开始，姑奶奶就是退休状态了，只偶尔参与一些课题研究。

辛摇翘答完很快反应过来，看了看沈宜秀，然后看向吴恤、韩青禹，道：“没事的，姑奶奶虽然年纪大点，但是手脚可灵便了……你们看，她还能自己穿针呢。”

大伙再一看，此时此刻，姑奶奶正在窗户口，对着光穿针呢。

她左手举着针，右手一个大回环，相隔二十厘米左右，在空气里戳，戳，戳。发现戳不中了，姑奶奶把线头放嘴里抿了抿，仔细对准，再戳……

“要是我没看错的话，”贺堂堂缓缓地说，“姑奶奶现在手上是不是没线？”

“嗯。”刘世亨说，“忘在嘴唇上了。”

剩下几个默默点了点头，都不作声。

“要不算了吧？”温继飞小声说了一句，忧心忡忡地看向吴恤。

温继飞几个人这么说，固然是真的有些担心，但同时也少不了玩笑的成分。因为显而易见，姑奶奶肯定不会独自完成这个手术。

她既然能借手术场地，自然也能借医务人员，而且必须借。这样等到了手术现场，不管姑奶奶是负责指导，还是真的亲自动手，总有人在旁盯着，可以提醒。

但是吴恤不懂这些啊，而且他曾经在那个封闭山村经历过的装置手术，确实就是死亡率很高的，超过70%，所以他当真了。于他而言，这一刻恍恍惚惚，事情真到生死抉择上去了。他的命，就在不远处那个正在用意念穿针的姑奶奶手上了。

吴恤低头想了想又抬头，看向韩青禹，短暂的沉默后开口，依然是平静的语气：“青子，你说我换了装置会很强。”

这大概其实是半个问句。

“啊，应该会，我觉得会。”韩青禹被他这认真的姿态带得不自觉也紧张了一下。

“这个是肯定的呀！”一旁的辛摇翘突然把话题接过去，神情、语气都有些夸张和不解，“你们不知道吗？这个有每一代装置的数据，可以算的。”

剩下的人用神情反应告诉她：我们没文化，我们不知道，我们需要科普。

“不考虑个体因素，提升可以接近一倍。”辛摇翘笃定地说。

接近一倍？！

当场，六个人全蒙了，包括吴恤自己。

迎着一片不敢相信的目光，辛摇翘一时都有点怀疑是自己记错了，她闭着眼睛重新回忆确定了一遍，然后睁开眼又看了看大家，再次笃定地说：“真的是这样的呀。而且战斗力的提升还是次要的，更关键的是装置外置后，穿戴者的内脏器官不再受到直接冲击，承伤能力的提升，相比之下还要更大，至少两到三倍。”

这……疯了啊！

“就是因为这样，哪怕Ne后来突然叛出蔚蓝，成了洗刷派，蔚蓝的历史都依然记录他的功绩，那些跨越时代的老兵，也一直感念着他的贡献……用爷爷的话说，这叫一码归一码。”

辛摇翘又补充了一句，正是Ne 的科研突破和贡献，才让立体装置实现了从内置连接到体表灌冲的跨越。但是此刻，已经没人有心思跟她讨论这个了。

沉默的现场，贺堂堂突然悠悠地叹出一口气。

原本他还能用吴恤穿甲时间更长这个理由安慰自己，想着自己迟早要夺回队内战力第三的地位，可是现在……第三名，好像已经离他远去了。

“好歹我也是B+啊。”贺堂堂嘀咕感慨，同时扭头，依次看了看韩青禹、沈宜秀、吴恤，“你们简直不是人。”

温继飞和刘世亨忍着笑，一左一右搭上他的肩膀，开始安慰他。

刘世亨说：“没事的，堂堂。”

“对啊，虽然你现在战斗力排不上号了。”温继飞说，“可是，等到学校开家长会的时候，你还可以给我们扮家长啊。”

刘世亨先点头，再摇头：“可是我们已经不读书了。”

“哦，那就没用了。”温继飞利落地说，同时撒手。

贺堂堂伸手，一把一个抓过来，扔飞，哭笑不得地说：“滚滚滚，至少我比你们俩能打。’

“对的，堂堂，你别灰心，你其实比绝大多数人都要强的，一个小队也不是两三个人的战斗。”沈宜秀认真地说，“就像这次在尼联国峡谷，要不是有你一直护着我和菜心，我们也许就撑不到走出来，更做不到喊人回去，那样青子也许……”

“也许就死了。”韩青禹把话接过去，看着贺堂堂说，“现在咱们源能块多，你可劲用，我舍得。”

贺堂堂没吭声，用力点了点头。

同时，温继飞和刘世亨又凑回来了，温继飞笑了一下，然后翻回正经脸，说：“不闹了，不闹了，其实现在我心里真正好奇的问题是——等吴恤换完装置之后，能砍赢青子吗？”

他这一问，所有人的目光都落在韩青禹身上。

砍得过吗？

要是在峡谷地那个生命化源能溢出的状态，韩青禹知道，就算吴恤换了装置，肯定也不是自己的对手。但是如果只有立体装置和液态源能，他现在还真不一定能砍赢吴恤，就像他也不一定能打得过锈妹。

韩青禹用穿甲才五个月这一点默默安慰了一下自己，笑着开口，大方说：“大概会是吴恤占上风。”

“啊！”剩下几个都惊了。

韩青禹笑着说：“这是好事啊。”

沈宜秀点头，也说：“对。”

沈宜秀知道韩青禹还有一个可能被激发的特殊状态。至于她和吴恤换装并适应后的实力对比，也应该在伯仲之间。但是，吴恤的战意和毅力，他那种以战为生、为战而活，甚至一度因为被刻意引导而麻木到只知道战的心理状态，她比不上。所以真打起来，她觉得自己大概会输。而且吴恤之前那些年，源能供应应该很匮乏……所以，他以后会更强。

沈宜秀这样想罢，由衷地开心起来。

“总之咱们小队的整体实力，又是一个飞跃！”温继飞最后总结了一句，为小队和青子高兴的同时，也把自己作为一枚骰子的那些郁闷暂时都抛开了。

一群人热议完了，才发现一件事：吴恤自己，始终都没说话。

目光都转到他身上了。

吴恤觉察，从思考中回过神来，抬头：“什么时候可以做手术？”

他问得很认真，带着决然。

大家都看出来了，温继飞故意也很认真：“你决定好了？万一……你不怕死吗？”

吴恤沉默了一下，摇头：“没事，只是会有点可惜。”可惜还没和你们一起并肩战斗过，吴恤心里这么想着，但是这种话，太难为情了，他说不来。

至此，当场最不了解吴恤的辛摇翘，终于也把情况看明白了，有些无奈同时有些着急地说：“其实没那么严重的，姑奶奶应该只是忘了戴老花镜了，而且早在大换装那个时代，技术就已经很成熟、很可靠了。”

“那她万一忘了呢？也很可怕啊。”温继飞接茬。

笑声中，辛摇翘继续认真解释，说清楚手术会有姑奶奶的徒子、徒孙，至少四名科研所的优秀医生到场辅助，大家才真的把心放下来。

吴恤自己也松了一口气，同时有些尴尬，就更不说话了。

进屋。

“姑奶奶。”

“姑奶奶。”

“姑奶奶好。”

一群人依次问候。

“姑奶奶，你的眼镜。”辛摇翘在窗台上找到老花镜，走过去，帮姑奶奶戴上了，转头又把人逐个介绍了一遍。

“啊，好，孩子们好。”

姑奶奶先按着辛摇翘的介绍顺序，把人逐个看了一遍，然后重点又在韩青禹身上看了看，接着是吴恤，最后是沈宜秀。

“你就是沈军长家的那个小姑娘吧？”姑奶奶突然朝沈宜秀问了一句。

因为早已经退休，她并没有参与过对沈宜秀的研究，但是作为相关领域的重要前辈，她也知道前些年那个关于沈宜秀的研究项目。

沈宜秀点头：“是的，姑奶奶。”

“神奇啊，居然还活着……还活着，就比什么都好啊，好孩子。”老人家感慨了一句，伸手牵起沈宜秀的手，在她手掌上轻轻拍了拍。

隔了一会儿，姑奶奶转头又跟辛摇翘小声嘀咕几句，再转回来，看向韩青禹。

“韩小子？”

“姑奶奶。”

“姑奶奶很想解剖你啊。”

韩青禹突然觉得有点瘆人。

辛摇翘站在姑奶奶身后，连忙摆手，解释说：“别误会，别误会，姑奶奶只是听我说起过你的事，她很好奇你为什么只是新兵就这么强，提升还这么快，然后她是医生嘛，就这样表达了。”

“不是啊。”姑奶奶摇头，没好气地说，“我是想看看他脑子到底为什么这么木。”

第二天上午，科研2所接待区医疗室的唯一一场手术，请动了科研所的大拿姑奶奶，也把现在所内几个叫得出名字的医生基本都请到了。他们是来给一个刚被蔚蓝拒绝的人做手术的。

因为辛摇翘家里的背景，大家不得不给她这个面子，她个人也为此做了很大的努力。而且，到场的年轻一辈医疗科研人员，也难得看到一场蔚蓝全球大换装时代的经典手术——古老的第三代装置，在人体上的剥离。

手术室外。

“吴恤你是不是怕啊？你好像在抖。”这次丝毫没有嘲笑的意思，温继飞关切地问了一句。

不管大家先前怎么轻松说笑，真到了手术的这一刻，担心还是难免的。

“没有……有。”吴恤木着脸，然后承认了，“我看见那个针头，有点怕。”

手术前要打针。

吴恤怕针。

一个全身六七道刀口都死战不退，被于家大小姐一剑捅进肩窝都一声不吭的家伙，竟然怕打针？！

意外过后，畅快而无奈的笑声响起来了。吴恤微微颤抖着，走进手术室，剩下的人就在外面等着。

韩青禹低头在地上摆弄一套他从尼联国峡谷八十多人身上挑选下来运转最好的第九代装置。

这就是给吴恤预备的，原先的考虑是联军的装备申请通常不能很快下发，准备让他先用着，现在既然参军审核一时半会儿通不过，韩青禹就更庆幸自己弄回来一套了。

“你们别太担心了。”辛摇翘从里边走出来，走近说，“姑奶奶今天精神很好，这个手术也不难的。”

韩青禹尽量轻松地笑了一下，说：“我们知道。”

“而且我跟另外几个叔叔阿姨也都说了很多遍了，让他们帮忙仔细看着点。”

“谢谢。”几个人都这般说。

就这样，等了一小会儿。突然，有些急促的脚步声从手术室向外而来。

按道理手术不可能这么快结束，现在应该才刚开始没多久才对，所以这串脚步声就像踩在每个人的神经上，让地上蹲着的、坐着的，一个个都像受惊吓的猫一样，弓着背，闻声弹起来。

从手术室出来的是今天到场最年轻的一个女医生，是大块头，此刻脸上神情不太好，显出来横肉，眼神也凶，整个人看起来都有些急。

“你们，”女医生没好气地说，“去管一下他吧！”

听到不是什么可怕的消息，众人终于都缓出来一口气，纷纷问道：“怎么了？吴恤他……”

“那个人不肯麻醉。”女医生恼火地说，“这种手术不麻醉，还说他没事能扛住，他脑子有问题吧？”

原来是这样啊，他们想着。

吴恤不愿意麻醉的理由其实很简单，作为一个曾经差点被伙伴趁机掐死的人，一个被族长派人夜里刺杀当作训练的人，这样成长起来的吴恤，其实很缺乏安全感，又怎么可能轻易接受麻醉？

“你们能不能管了啊？”见没人吱声，女医生气愤地催了一句。

“能能能！”大家连忙说。说完，他们一起跟在女医生后面，走到手术室门口，韩青禹朝里说：“吴恤，这个得麻醉啊，没事，我们就在外面。”

一个说完，再一个接着说。

实在很难想象，那个家伙竟然有一天要人这样哄，大家依次说罢，都是哭笑不得的表情。

隔了一会儿，女医生走回到门口，说：“好了，你们出去吧，别在这儿站着。”

几个人重新回到门外等待。放松下来，聊了会儿天。

“对了，我帮你申请的刀，应该快到了。”辛摇翘突然说，然后压低声音，有些小显摆的样子，“是咱们同次一序列，那个死打铁的亲手打的哟！”

“死打铁的？”韩青禹困惑一下。

“嗯，他们都这么叫他，我就跟着叫了。”辛摇翘有些窘迫，“其实他是咱们华系亚方面军，甚至将来可能会成为整个蔚蓝，对死铁理解最深的科学家，打铁只是一个象征性的说法。”

等到辛摇翘解释完，韩青禹才知道这是多么荣幸和重要的一件事情。

他现在身上的两把死铁直刀，都是联军配发的制式战刀，就是非连接和非接触部分，都用合金填充，传说中指不定什么时候砍着砍着就只剩一个框的那种。因为尼联国峡谷的那一战，现在双刀的表面，已经出现一些裂纹了。

而韩青禹即将拿到的那两把刀，外形依然是制式死铁直刀，但是整体都用死铁打造，而且是由华系亚最强的死铁铁匠亲手打造。

现在他们几个人里，沈宜秀的特制战刀是全死铁的。然后吴恤的病孤枪是全死铁的，而且纯度很可能比锈妹的刀更高，他曾用这把枪在掌心旋震，在试炼地崩碎过阿杜仆手下十几柄弯刀。

现在，韩青禹终于也要用上全死铁的双刀了，不出意外的话，会是特殊工艺，很强很强。

没有什么比战士拿到称手的武器更令人期待的了。

“谢谢。”韩青禹满心喜悦，接着谨慎小心地问，“那要多少钱……不是，多少源能块啊？”

既然是在蔚蓝，这么高档的东西，韩青禹随便乱猜也知道钱估计是没用了，除非很多很多。

辛摇翘摇了摇头：“不用的呀，你本身有金质勋章，而且这次在尼联国给咱们华系亚方面军弄回来那么多死铁和装置，还有那么多俘虏，按道理你是可以申请的。只是他们抠门，看你不知道，就不主动跟你提……我帮你惦记着呢。”

“这样啊，那就好。”听到不用付源能块，韩青禹彻底安心了，喜悦的心情随之进一步放大。

辛摇翘扭头看了看旁边，同时像是很随意地说：“我就是帮你去1所找了一下那个打铁的，请他亲自动手来做而已。”

这是在邀功了，虽然用了“而已”。韩青禹想了想，那我要怎么办？给她源能块吗？但最后他只说了句：“谢谢你，真的很感谢。”

如果能用感谢解决的话，就能省两块源能块，反正她好像也不缺。韩青禹厚脸皮地想着。

一旁的辛摇翘开心地笑起来。

“不用呀，我就只是跑一下。他原来一开始是要来我们2所的，那样也就不用费这个事了，可惜上面硬是把他弄到1所去了。”辛摇翘说着突然抱怨起来，“2所就是后娘养的，唉。”

“所以，2所地位不如1所啊？差很多？”温继飞在旁接话茬问了一句。

辛摇翘点点头。

温继飞：“为什么？”

“这有什么好问的。”韩青禹接茬说，“难道不是因为排序吗？”

“才不是嘞，这只是建立先后而已，以前有一段时间，2所的成绩都已经超过1所了，只可惜后来……”辛摇翘突然有些激动起来。

很快，连同沈宜秀在内，大伙都围了过来，听辛摇翘说了一段2所的隐秘历史，也是2所从曾经后来者居上，到后来成了“后娘养的”的原因。

Ne来过华系亚，来过2所。

在他叛出蔚蓝之前的一年，他带团队考察，曾经在2所短暂停留，借用这里的设备做过一些隐秘的实验。就如普通世界里的医药科学研究一样，实验大概与源能、动物有关。

“具体发生了什么，我就不知道了。”辛摇翘最后说，“反正就是失败了，出了事故，2所整个源能实验室都因为这件事被废弃，封锁了很长时间。一年后，Ne叛出蔚蓝后，上面干脆直接用混凝土浇筑，把那块地方盖住了。”所以，现在的2所，其实是新址。

辛摇翘说旧址离这儿不远，就在山背面，而那片曾被Ne拿来做实验，后来被水泥浇筑的实验室区域，前几年开始也曾一次次被挖开、探索和研究。

“现在那里挖了一个大洞，不过什么都没发现。”辛摇翘说。

周围一圈七嘴八舌的议论。

韩青禹默默低头想了会儿，抬头：“那地方我们能去看看吗？”

他刚好像听到了源能，既然实验室损毁了，直接浇筑封盖了几十年，到前几年才打开，那里面有没有残余散落的源能呢？

源能是不会被污染的，这是蔚蓝课堂上的常识。所以，韩青禹有点心动，心想：我去方便一下，应该没问题吧？

曾经尿窃蔚蓝储备站的伟大构想，因为他站在正义一方而被搁置，这里不过是一个废弃的旧址，怎么说，都应该不算偷吧？

Ne，源能，动物实验。

当这三个词摆在一起，韩青禹也不知道自己怎么了，突然就联想到了在试炼地，阿方斯家族对尸体的收集，而后进一步想到了他最近感兴趣的一个概念：生命化的源能。

这玩意到底是什么，怎么回事，韩青禹暂时不敢随便去问，或许也没有人能告诉他。

“哐”的一声，两扇门契口分离，手术室大门被打开。

韩青禹看了看时间，已经过了将近两个小时。

姑奶奶瘦小的身影带头走出来，后面跟着两排徒子、徒孙，看着感觉像又找回了当年的气场。只不过她看起来有些疲惫，同时有些愤怒。

“这种手术，搁以前蔚蓝大换装的时候，一般医生，都不用半小时就能拆好一个……”姑奶奶说着站住了，扭回头看一眼，“这家伙……”

“吴恤他？”

韩青禹心里怕是吴恤又添乱了，可是不对，吴恤不是被麻醉了吗？

“他，一会儿再说他。”老太太顿了一下，说，“先说给他做内置手术的那个人……简直不顾人命，半吊子就敢瞎搞，弄得整套东西乱七八糟！”

吴恤的置入手术是在于家村做的，条件可想而知。韩青禹了解得也不多，就只点头，没接茬。但是姑奶奶的样子看起来像生了很大的气，她缓了缓，还是十分生气地说：“这要是以前我下边的医生弄成这样，我就得把他自己弄上手术台去感受一下！”

大约这就是今天耗时如此之长的原因了，看来这台手术的过程进行得并不轻松，还好，最终顺利完成了。韩青禹认真道着谢。

辛摇翘在一旁拿了手帕给姑奶奶擦汗，跟着揉肩膀、捶腿，嘴里哄着说：“姑奶奶不气，不气。”

“好，姑奶奶不气，不气了。”老人家温和亲切，双手捧了一下翘翘的面颊，转头对韩青禹说，“你跟我过来一下。”

说罢自己先走去，韩青禹跟着走了几步。

“你在哪儿找的这个人？”姑奶奶站定后转头问。

“尼联国捡的，出身于一个于氏的村子。”韩青禹老实说。

“于氏？”姑奶奶皱眉想了一会儿，“是于金魁那一支的后人？”

“这个我不太清楚，具体也没听吴恤说过。”韩青禹说，“但是他，应该不是他们家的后人，只是捡来养作战奴的孩子。”

“哦，这样。”姑奶奶点点头，皱眉想了想，“那算了，我看你也不知道别的，具体还是等他清醒了，我自己问他。这几天我会让护士帮忙看护。”

“谢谢姑奶奶。”

“嗯……”姑奶奶点头，抬头说，“麻醉药对这个人无效，你知道吗？”

韩青禹：“啊？！”

“也不是完全无效，但是已经用到最大剂量了，他还是留着意识，而且很快就清醒了。”

韩青禹试着去体会这个表述所代表的含义。

“所以这台手术，至少一半是他自己扛下来的。”姑奶奶的神色看起来似乎有些动容，“我没见过这样的人。”

韩青禹也一样，整个人被震撼到了。

“杀阵男儿，莫要亏待。”姑奶奶最后郑重地说了一句。

吴恤手术后的身体虚弱到了极点，后来打听细节才知道，他身上第三代装置的置入，粗暴混乱到难以想象。所以，内脏的修补比伤口还要困难数倍。

对此，韩青禹没有半分小气，直接拿了十块源能块，让吴恤日夜泡着，而且后续管够。

这样一直过了五天，吴恤才转醒。

吴恤睁眼的一刹那，看见韩青禹、锈妹、温继飞、贺堂堂、刘世亨等人全在床边站着，他虚弱而努力地把嘴角往上扯了扯，似乎想对他们笑一下，但是没成功。

“我，很开心。”他用几乎听不见的声音说。

第六天，韩青禹的新刀到了。

两把乍看跟唯一目击军团制式战刀外形几乎没有差别的直刀，韩青禹手握上去之后，才感觉出不同。有一种可以用它们斩断一切的自信，从掌心传递出来。尽管这两柄战刀的刀刃，其实都只开了一半。

一半就够了，锋利这个概念在死铁的身上，其实意义很小，在速度和力量的作用下，它的钝，也是它的韧。

把刀拿到阳光下对着仔细看，蓝色的流光，在刀身上不经意地流动，韩青禹试着向战刀灌注液态源能。“嚓”的一声，刀面蓝色闪电短促闪动了一下。

把双刀插回背上，这一刻韩青禹内心的幸福感，是任何一个不曾悬命于战场、寄生死于手中刀锋的人无法体会和想象的。

辛摇翘就站在他面前。激动之下，他伸手，稍用力地握住了她的肩侧，看着她的眼睛，诚挚地说：“谢谢你，摇……翘翘。”

“啊，嗯，不客气呀。”辛摇翘幸福地笑起来。

“这里有对练场吗？”韩青禹突然问。

“嗯？”这转折，辛摇翘一下没跟上。

“我想试一下刀。”

“哦，好。”翘翘晃了晃神，才说，“有的，我带你去。”

吴恤的病房。

贺堂堂脚步匆匆地跑进来。

温继飞和刘世亨同时扭头：“嘘，干吗？”

“青子跟锈妹在对练场试刀！”贺堂堂神情有些激动地说。

温继飞和刘世亨互相看了看，相当自暴自弃地说：“那又怎么样？有意思吗？有什么好看的？”

“那个当然没什么好看的。”贺堂堂转身，一边走一边说，“但是别怪我没提醒你们，科研所那个科普宣讲队，那些文工团的姑娘，可都跑去看青子了。”说罢他自己已经走到门外，跟在后面的脚步声生风。

“这也太危险了，我得去保护青子。”刘世亨一边跑一边说。

“是啊，对青子来说，那些姑娘肯定比大尖更难对付。”温继飞反手拉了贺堂堂的胳膊加逗，“对练场在哪儿呢？快点，我得去帮帮青子。”

对练场。

韩青禹和沈宜秀分别立在擂台上。

沈宜秀手里拿着的是韩青禹换下来的那两把刀，既然有了新刀，这两把战刀按规矩就是要上交回收的，所以干脆拿来斩一下试试。

也不知从哪儿听来的消息，看台上来了四五十个姑娘。

韩青禹有些茫然，转头看了看。姑娘们贴身的连体舞蹈服外面裹着一件厚外套，脚上都是白色的舞蹈鞋。想到辛摇翘之前说的那个宣讲队，韩青禹明白了。

“你们又不是战斗人员，看这个干吗？有什么好看的？”他问。

看台上一个姑娘爽朗地笑着说：“看你呀，十年最强韩青禹。”

“你好看。”另一个姑娘接道。

然后一片笑声，花枝乱颤。

第6章

送花的男孩

韩青禹现场实际看到的情况，温继飞和刘世亨早就预料到了。宣讲队的姑娘们，必然是要比一般的女孩子更加热情开朗的。

她们的工作就是时常要在各地奔走，说是科普宣讲，其实同时多少还兼着劳军表演。当那些长时间在山林海岛窝着的战士看到她们，得多热情激动啊！

“所以，我怎么就是个骰子呢？要是现在换成我是韩青禹，那蔚蓝的世界得多美好。”温继飞想着。

三个人用身在战场的速度冲进对练场，连串的脚步声，在空旷的场地上不断回荡……

“人呢？”温继飞站在侧边门口，木木地问，“宣讲队呢？”

他们到场后看到的是擂台上的韩青禹和沈宜秀，看台上只有辛摇翘，宣讲队的姑娘们一个影子都没得。

“刚都让青子赶……劝走了。”

沈宜秀在擂台上开口回答，哪怕隔着铁皮，都能从语气里听出她的哭笑不得。这大概说明，就连锈妹都觉得韩青禹有些不可思议，让人无奈。

“韩青禹！”温继飞神情痛苦地怒吼一声，“你疯了吧？你大爷的，你赶她们干吗？”

韩青禹表情有些尴尬，扭头看看他，认真地说：“我也不想的，可是我有个新的战斗技巧，打算一会儿跟锈妹对战的时候试一下，这个最好是要保密的。”

保密？刘世亨心里嘀咕说你不会还担心宣讲队有潜伏的洗刷派吧？你大爷的，将来倒是不怕美人计。

“你们也一起看一下吗？”擂台上，韩青禹又问道。

温继飞白他一眼：“我一点都没兴趣。”

但是他说完又想了想，反正来都来了，还是气鼓鼓地坐了下来，跟刘世亨、贺堂堂一起议论抱怨着。

辛摇翘独自坐在旁边，始终没说话。

这一刻她的心情是复杂的，一方面在想，妈妈说的可能是对的，他真的满脑子只有战斗，另一方面又想，他真的好受欢迎啊，还好他是这样，多让人安心啊。最后她才猛地又想：哎，那我怎么办？

擂台上，武器碰撞的声音传来。

沈宜秀用双刀架住了韩青禹的一次正面劈砍，刀身合金部分顿时碎裂，铁片乱飞，同时外部死铁框子受力变形，直接受到斩击的那一处，更是几乎绷断。

好强！

韩青禹落地，满意地看了看手里的新刀，然后插回背上，换了另一把，说：“换刀再来。”

沈宜秀点点头，扔了手上双刀，而后，“哐啷”一声拔出自己的特制长战刀，严阵以待。

来了，韩青禹冲刺的速度依然惊人，虚影在擂台上直线延伸，到二十米左右时，便腾身而起，双手合握战刀劈落。沈宜秀横刀去架……

“嗯？”

沈宜秀一声错愕，因为韩青禹并没有落下来。

这一刻他们两人的姿态，身在看台上的四个看得更清楚。他们看见韩青禹冲到锈妹面前，腾身劈斩，然后身体在空中，在猛烈下压的过程中突然悬停。

就象电影定格的画面，但是有一种飘逸感。

虽然只一下，但是已经完全骗过了锈妹的格挡动作，制造出时间差，下一秒，韩青禹身形再动，落地同时俯身横斩……刀锋在锈妹大腿一侧停住。

这一刀若是斩实了，锈妹当场就得受伤。

韩青禹起身，收刀。

“啧，难怪青子说要保密。”看台上，贺堂堂嘀咕了一声，他知道，这是杀招。

而擂台上，沈宜秀有点不敢相信地看着韩青禹：“怎么做到的？你把源能浪涌截断了？！”

在瞬间截断源能浪涌，又在瞬间重启，这是一般情况下蔚蓝战士们眼中制动的极致，很难很难，同时很容易伤到自己，或者一个不慎源能不继，就会成为靶子。

韩青禹点头。

源能如浪涌，截断，再开，截断，再开……这个循环如果能做到流畅紧密，就意味着，他可以做到某种程度上的移形换影。要是能快到极致，它甚至还可以换一个说法：

虚影，或假分身。

切换越快，虚影越真实。

“可惜你就是有八百个分身，你也没有一个姑娘啊。”看台上，从震撼中回过神来的温继飞悠悠地感慨了一句。

“喏，就是那一片。”

山坡上，辛摇翘指给韩青禹看2所旧址被封闭的那片区域。

在她手指的方向，三座不小的山峰之间，灰色的水泥填充着山谷，上面已经零星长出杂草。

这片区域比韩青禹最初想象的要大得多，得有六到七个足球场那么大。

这么一看，曾经的2所，因为Ne的一次短暂停留，所付出的代价确实是巨大的。

整片灰色的场地，就如同一个建在山间的大水库，只是水面突然硬质化。

韩青禹向往那个地方有几个原因：首先他是想看看有没有残留而没被发现的源能，哪怕那些源能落在泥土里；其次是因为Ne这个符号，以及他猜想中可能与生命化源能有关的实验。

在动物身上做源能实验，目的大致逃不过两条：一是制造源能战斗兽，二是通过动物来改变源能的某些性质然后提炼。

两者之间，韩青禹倾向后者。

这是他目前最感兴趣、最迫切想探索的问题，峡谷一战已经证明生命化源能的强大，韩青禹想试着去了解它、掌握它。

但是因为在试炼地的经历，得知了一个蔚蓝的历史英雄、星耀蔚蓝勋章拥有者的家族，却有那样的作为……所以韩青禹现在对蔚蓝高层的那些人，并没有太大的信任。

他怕死，怕被更多人盯上，所以不敢直接说，只能先自己摸索。

“挖开的洞口在那边，在水泥层下面，听说差不多都被掏空了。”辛摇翘又说了一句。

“那样也没找到东西吗？”韩青禹问。

辛摇翘摇头说：“没有，至少没有大的发现。”

“那我们能不能去看看？”

“不行的。”

“不是没有发现吗？”

“可还是有战士看守。”

“守得严吗？”韩青禹没犹豫，直接问。

辛摇翘愣了一下，她不太理解韩青禹为什么会这么想去那个地方，但是很明显，他甚至打算偷溜进去。

想了想，辛摇翘说：“不算很严，应该说有点松散，但是毕竟有人驻在那里专门看守，一般也不好溜进去的，除非……”

“除非什么？”韩青禹紧跟着问。

“除非宣讲队排新节目，试演，看效果。”辛摇翘毫无保留地说，“她们试演的时候会邀请观众，这边的大部分战士都会去看，就是看守洞口的也偶尔会跑到这边山坡上，拿望远镜看。”

她的意思很明显了，只有这样的时机，才能溜进去。

韩青禹听明白了，算了算自己的时间，有些着急地问：“那她们最近几天会试演新节目吗？”

“好像不会。”辛摇翘说，“她们前阵子刚试演过，应该还没排。”

“那怎么办？”

辛摇翘一下没吭声。

温继飞从旁挤进来，看着韩青禹，缓缓地说：“除非某个十年最强新兵主动去说，他想看，很想看。而且因为时间的关系，只有这几天有机会看。”

“可是我刚得罪她们了。”韩青禹回忆了一下，说，“刚才她们走的时候，好像有点生气。”

温继飞说：“那你去道歉，去哄啊。”

韩青禹低头，沉默不语。

辛摇翘暗自笑起来，心想他怎么可能会去道歉，去哄女孩子啊，妈妈都说他……

韩青禹抬头，看向温继飞：“怎么哄？你教我。”

好几天没看见的女儿终于着家了，她这会儿正一个人坐在沙发上啃甘蔗，手里拿的那截甘蔗有制式死铁直刀长，咬一口从嘴里撇开的时候就像在挥刀。

心疼点儿牙哟！辛妈一看就知道辛摇翘在生气，从阳台到厨房，从厨房到卧室，来回路过客厅几趟，终于还是没忍住，幸灾乐祸地问：“你家的甘蔗还甜吗？”

辛摇翘坐正了，看看妈妈，梗着脖子说：“甜！”

“逞强。”辛妈笑着凑近了，“怎么了？他惹你了？你终于发现扛不住了吧？哈哈哈，快说说，那个家伙都干了什么？”

辛妈心想：快说来听听，让妈妈开心一下，解解压。

关于这一点，辛摇翘自然不能说实话，她不能说“韩青禹想进2所旧址，我还没有原则地选择帮他”。她想了想，只好把责任推到宣讲队的头上，说是她们几十个人舞蹈排一半，跑去看韩青禹实战对练，韩青禹赶人，给人惹生气了，现在还不得不去道歉。

“肤浅！”辛摇翘拿着甘蔗坐起来，一脸正气地说，“他就只是好看又很能打而已，都不认识，也没接触过，她们这样也太热情了……这样子就很盲目，对吧？妈妈。”

辛妈看看女儿恳切的眼神，知道她在寻求支持，脱口而出一句：“搞得好像你当初那样就不肤浅、不盲目似的。”其实后面还有半句，“别忘了你当初可是看个照片档案就跑去看人的，你可比她们肤浅、盲目多了”，辛妈想了想，好歹是亲生的，忍住了。

“那我不一样的呀。”辛摇翘说。

辛妈：“嗯？”

“那怎么一样？”辛摇翘挺胸说，“只能说我看人看得准。”

辛妈：“……”

沙发上，辛摇翘笑了起来，然后特别认真地解释说：“我都已经接触、了解过他，也知道他的问题了，我还依然喜欢……那我这就是深层次的真正的欣赏了。”

辛摇翘这几天下来，已经连韩青禹“死铁直人”的绰号都知道了，也听说了他的一些事迹，有时候气吧，有时候又觉得有趣。

“从科学角度来说，好像还真有点逻辑。”辛妈思考了一下女儿的话，笑着，点了点头。

她没有接触过韩青禹，主观上一直认定他是那种纯粹的战士，全心全意想要守护蔚蓝的那种，所以他心无旁骛。就算女儿没忍住透露了他对源能块的痴迷，她也觉得那只是责任的压力和对实力的向往。

“要不这样吧，你把你攒的那些源能块都拿出来，然后妈妈去找你爸、你外婆、你奶奶，我们几个再给你凑凑……”

“然后直接给他吗？”

辛摇翘困惑地问了一句，接着脑海中突然浮现出一副画面：妈妈板着脸把一堆源能块扔在那个“死铁直人”面前，强势地说：“我们家翘翘看上你了，很盲目……这是聘礼，拿着！我们家背景很强大，知道吗，你敢不要试试？”

好像也不错，有点刺激。

蔚蓝大家闺秀强娶“死铁直人”。然后他就盖上红盖头，委屈不甘先“嫁”进来……然后她再慢慢哄，变成爱情。

辛摇翘这么想象了一下，就把气出了一大半了。

但是辛妈好像并不是这么想的，她坐下来，说：“直接给他干吗？妈是想着凑个四五十块，去换一块金属块来，切个心形，然后再穿个孔，拿红绳给你挂脖子上。”

辛摇翘：“……”

聂小真是2所宣讲队五组小组长，虽然是小组长，但也才二十四岁，通常宣讲队的女孩子能活跃到三十岁以上的并不多。

多数到了一定年龄都会嫁人，然后过几年生孩子、调岗，甚至有不少主动申请调去前线当后勤。因为她们中的大多数都嫁给了战斗英雄，不管是军官还是士兵（蔚蓝90%以上的军官，都是要轮岗上前线的）。这其中，曾有过很多美好、感人，或是悲壮的故事。

别看她们是宣讲队，实际上因为总是在一个又一个防御区域奔走，她们的生命，也经常面临危险。

曾有小队分派的队员在保护宣讲队前往下一个区域的途中全体战死，也曾有宣讲队的姑娘，流着眼泪，毅然捡起战士们留下的装置和刀，去做必死的战斗。

那些属于战场和刀锋、希望与绝望并存的蔚蓝的爱情，往往更冲动、更盲目，也更纯粹。

“可是战斗英雄也不能这么过分呀，稀罕什么？”聂小真跟十几个小姐妹走在一起，顾不上排练结束后的疲惫，依然气愤地抱怨着。

虽然那个板擦十年最强新兵，那个传说中不久前一人双刀杀出尼联国试炼地峡谷百人杀阵的家伙长得也很好看，可是宣讲队的姑娘们什么时候受过这样的对待啊，她们舞蹈服都来不及换就跑去了，结果还被赶出来。她们平常不管到哪儿，感受的可都是满腔的热情和喜欢。

“就是，气死我了。”另一名女队员也赌气说，“而且还饿死我了。”

她们今天因为中途跑去看韩青禹对练的关系，耽搁了训练进度，又必须补上，所以到现在才下班，都已经过了饭点。

跳舞其实很累人，队员们现在一个个饥肠辘辘，心里难免就对那个自以为是、不通人情的家伙更气愤了。

“再去看他我就属狗。”一名队员赌气说。

“嗯，我也是。”一群人赌气回应。

“而且也不给他看，以后咱们找机会，就故意去他驻防的地方表演，然后点名不许他看，针对他。”

“好！解气，好主意。”

宣讲队日常生活训练有独立的场地，是个小礼堂式的建筑，门口不小，有几根大石柱支撑起来的顶盖。小姑娘们出了门，叽叽喳喳一路议论着，挽手向食堂走去。

突然，其中一个人停下了脚步，站住了，但是两臂没松开左右的人，就这么把一排十几个人都拉停了下来，接着她们又挡住了后面出来的人。

“怎么了？”后面的人问。

“看那儿。”前面的人示意。

目光望去，前方不远处的一根灰白大石柱下，有一个身影站在那里，低头靠在石柱上，身上是唯一目击军团秋季作战服，身后是斜出肩头的双刀。

他正在整理怀里的东西，是很大的一捧花！

“他……他不会是看上我们中哪个了吧？一见钟情！”

“嗯，你没看见花吗？虽然都是野花，可是这大冬天的，他要找到这么多，肯定很不容易。”

“是啊，原来他一边赶走我们，一边却偷偷去准备花。”

“看他，还是木木的样子，但是直接得让人好喜欢啊。”

这一瞬间，在宣讲队姑娘们的眼中，那里低头站着的那个人，他肩头的刀，以及手里的花，这样的画面构成似乎有一种血色的浪漫在蔓延，莫名十分动人。

动人到让她们中有人想起自己本就属狗，或属一下狗有什么关系？

动人到有人想，要是花到我手上，我就说“嫁”。

并排两面老旧的水泥墙中间的那条走道，就是接待区和工作区的分界线。

温继飞、贺堂堂和刘世亨陪着沈宜秀一起，坐在外侧的那面围墙上，就不算越界。

之前帮韩青禹一起满山找了几个小时的野花，走了好远，此时几个人鞋底都有泥，身上粘有草叶。高高的，他们坐了一排，看着韩青禹在笑。

远处正发生的那一幕场景，想来若不是因为这次的特殊情况，他们或许一辈子都没机会看见。

“可是这样的话……”锈妹终究没被这群人彻底传染，保留了善良，此时双手抓着腿边围墙，突然担心地说，“这样去请了她们表演，但是青子又不看，到时他和我们中途离场了，被那些姑娘发现，岂不是更遭她们怨恨了？”

“这还用想？这是肯定的事啊。”温继飞轻松笑了一下，说，“但是你以为韩青禹同志会在意吗？”

“他不会。”刘世亨说，“也不是不会，而是他很大可能根本觉察不到这件事。就是姑娘们，怕是要伤心了。”

“对的，哈哈。”温继飞转头看了看沈宜秀，“不过别担心，我会帮着青子安慰她们的，到时你们去忙，我这个骰子，就不去拖后腿了。”

“那不成，那我肯定得拖上你。”刘世亨本着好事不能让温继飞一个人占了的心理说，“那边又不会有危险，都是去看，说不定你眼最尖。”

正说着呢，韩青禹的身影动了。

“他到底行不行啊？”贺堂堂伸着脖子，也不知是真的担心，还是其实期待出点什么状况，“这种事，他也不会啊。”

“他现在一定很尴尬。”沈宜秀也说。

“错了，他会忘记尴尬。毕竟咱青子本质上是一个很纯粹的人，一旦心里有目标，就会蒙头奔着目标去，所以他压根顾不上尴尬。至于能不能行……”温继飞顿了顿，“反正我都已经教他了，看发挥吧。”

韩青禹的鞋底有泥巴，身上也有草叶。

刚回来的时候沈宜秀建议他换一身衣服再去，温继飞当场就阻止了，说就这样最好，这是生造都造不出来的造型。

所以现在，韩青禹站在那里，虽然动了动，但是没往前，他迟疑道：“我鞋底有泥，过来的话，地上会脏一片。”

这个不是温继飞教的，只是他看见面前的地面十分光洁，真怕弄脏了。

聂小真顿时笑起来，她突然觉得这个木木的战斗天才不懂和女孩交流的样子，包括他现在一身泥巴、草叶担心弄脏地面的样子，可爱极了。天知道她用可爱形容韩青禹是一件多么违和的事情，但是此刻，姑娘确实就是这么想的。

在周边一片的笑声和小小的议论声中，聂小真笑着开口，逗趣说：“那换我们过来，但你得先说是什么事……是要把我们从这里也赶走吗？”

韩青禹摇头，把满怀的野花捧起来一下。

这捧花是刘世亨帮着粗略搭配过的，以白玉兰为主，夹着一小部分黄花蕊白花瓣的水仙，另有松梅枝、一品红和一些不认识的枝叶作为陪衬。

整体看着还行。但是，宣讲队的女孩们工作期间频繁在各个防御区域奔波，从战士们手里收过的各种野花多了去了，大多都比这好看。

“粗糙是粗糙了点，可是架不住她们还是想要啊，你看，都过去了。”远处，刘世亨忍不住嘀咕了一声。

这会儿其实已经演偏了，韩青禹这段完全就没按温导的剧本来，他本该潇洒帅气一点才对，哪怕带点儿兵痞的轻佻样子都没事。

而站在温继飞的角度，他看韩青禹哄女孩子的样子感觉很郁闷，因为明明整段都垮掉了，效果却都有。

也就十几米的距离而已，聂小真现在已经站在那里了，哪怕在宣讲队这个实际兼着文工团工作的地方，她也是出挑的女孩，漂亮、开朗，此时穿着舞蹈服，身材毕现。

心跳怦怦怦，哪怕从军八年，收过无数一线战士送上的鲜花，聂小真此刻的激动和不安，依然无法抑制。

——是我吗？是我吧。原来我的故事发生在二十四岁的时候呀，原来是这样的剧情。

聂姑娘看见韩青禹站在自己面前了，脑海里也已经开始想，接了花要说什么了。

周围一大片目光呢，她要矜持，可是这是个木头啊，她要是太矜持了，他以为是拒绝怎么办？

“你……”姑娘开口的同时手都抬起来了。然后，僵在那里。

“上午的事，很抱歉。”韩青禹完全没注意到这些，他按计划一边说着，一边从大捧的花束里挑出一支白玉兰，欠身送给聂小真。

“啊？！”聂小真木木地接住了。

然后韩青禹朝旁移动，找到下一个：“上午的事很抱歉。”

再下一个……

道歉很真诚，花也是辛苦摘来的，姑娘们接在手里，满意终究大过失落，多数心里都想着　虽然不是跟我示爱吧，但是这样，总比人和风光都被其中某一个独占的好啊。

而且面前正道歉的这个人，他是蔚蓝年轻的英雄啊，现在拿刀的手捧了花，百人峡谷都不变色的脸上带着歉意……这面子和尊重，给得够大了。

按说他完全没必要这样做的，上午是我们自己跑去的，我们也不是什么大人物，除了私下抱怨几句，还能干吗呀？

可是他还是做了，而且这么真诚。这样想着，温暖和感动就都升腾起来了，姑娘们接花在手里，笑容和语气都有些宠溺，口里说："没关系呀。"

"我们理解的。"

"你安心啦。"

她们不气了。

除了聂小真，她可不知道韩青禹是一个"死铁直人"，刚才那一会儿，她被"单点杀伤"了，所以此时内心的失落特别大。

姑娘一赌气，就不管不顾了，想着上去，把玉兰花还给他去。

"哎，你……你怎么了？"气赌了一半，手里的花也还出去了一半，姑娘抬头，突然失声惊呼，声音里带着巨大的惊慌和担心。

因为，她看见一线血水正从韩青禹嘴角流下来。

"没事，只是有点旧伤。"韩青禹笑一下，抬手抹了嘴角的血说。

"在尼联国受的伤吗？还没好呀？"

"嗯，还没好利索，所以早上赶大家走，其实……其实就是好面子，逞强，不想被你们看到我虚弱无力的样子。"按照温继飞给的台词，韩青禹说。

原来是这样，聂小真把花收回去了，她现在不赌气了，光剩心疼了，说："那没事的，你怎么还跑来道歉，真是的。"

"是啊，是啊，不用道歉的。"其他姑娘，一个个也都说。

"不光道歉。"韩青禹接着说，"我另外还想问一下，你们最近有节目要试演吗？我在部队认识一个老兵，后来受伤了，每天动不动就吐血，他说他在一线的时候看过你们的慰问演出，很精彩，所以，我也很想看一下。"

"有。"实际是没有的，但是开口的一瞬间，姑娘们说，有。

任务完成，韩青禹松了一口气，心说温继飞这方面果然还是厉害，同时完全不知道，自己其实演垮了好几段，而且差点造成了麻烦。

"不过你，你身体撑得住的吧？"聂小真从韩青禹的眼神中得到了肯定的答案，狡黠地笑了一下，"那你要先回答我们几个问题。"

这段没有准备啊，韩青禹茫然地点了点头。

此时，温继飞几个都已经杀到现场旁观了。辛摇翘也还是没忍住，下来躲在一旁看情况。

"你没结婚吧？"聂小真笑着问。

她这一问，姑娘们当场一起笑出声来。

"没有。"韩青禹答。

“女朋友呢？”聂小真继续问。

韩青禹摇头。

“哎，你为什么戴着银镯子啊？”突然旁边另一个姑娘插了一句，有些意外的语气。

“这个……”韩青禹抬起手腕，看了一眼。

于是，在场的每个人都看到了，蔚蓝年轻的战斗天才的手腕上，竟然真的戴着一只银镯子。那只镯子有些旧，样式也老，本身并不吸引人。

“来部队的时候，妈妈让带来的。”韩青禹老实回答。

“那有没有说让你遇见喜欢的姑娘，就送给她呀？”又一个姑娘笑着问。

这一问，韩青禹没回答，但是他的反应，本身就是答案。

于是，一瞬间，他手上老旧的银镯子，就变得意味非凡了。

围墙上只剩沈宜秀了，她站了起来。

作为他们这群人里唯一的女孩子，也是除吴恤外思想最简单的一个，从小成长环境相对单纯的锈妹现在其实有点不安。

她回忆着温继飞在过去之前，因为看出她在不安，特意对她说的话。

“安心，他是真的道歉，不是吗？现在皆大欢喜。附加也只是看一场排练试演而已，又不是谋财害命。而且但凡被青子……被我们坑过的人，好人，最后往往得到的都更多，不是吗？你去想想。所以青子这人吧，死直归死直，其实重感情。”

沈宜秀仔细想了一下，发现事情似乎确实如此。

比如她一开始就被他“欺负”，还差点以为要被他赖掉一块源能块，现在却因他而重新找回了希望，站在这里。韩青禹把源能块看得再重，也没有对她小气过，更从没把她当成累赘。

再比如尹菜心，认识是从她被骗走两百五十块开始的，对了，还有一块“不小心忘记还”的源能块，韩青禹说那是她的保护费。后来他救了她，护着她，也做了可以性命相托的朋友。

还有吴恤，他也是从受伤被青子抢走病孤枪开始的，现在人生已经是另一个故事。青子这次一下拿了十块全满的源能块给他温养身体，说不定私下里其实心疼得要死。

至于阿杜仆……他就算了，他被坑那是活该，他还想杀他们呢。

这样想着，沈宜秀整个人就轻松下来了。

而且她第一次明确察觉了一件事：跟青子他们一起的这些日子，她竟然从没有把自己当成过累赘和负担。

“我似乎一直都觉得自己很重要、很被需要，也一直忘了去觉悟和体会，他的某一次拼命、冒险，或者是连我们都一起取笑的厚脸皮和小气算计，换来的只不过是我几个月，甚至只是一个月的消耗而已，他就那么一点，一点，攒啊，攒啊……所以，他到底是怎么做到的呀？他从没对我们说过相关的话。”

现在远处的那一幕，似乎是姑娘们在打听韩青禹的私人问题了。好事情呀，他就这一个毛病，但愿他能遇见合适的人。

沈宜秀这么想着，突然好奇他会说出什么样的答案，她猜想那一定很有趣，决定回头问一下贺堂堂。

人群侧边的墙角，贺堂堂此时正在观察现场情况，他拿手背敲了敲温继飞，说：“你们发现了吗？那些姑娘现在看那只镯子的眼神，都已经变了。”

温继飞和刘世亨沉痛地点头。

这一刻他们并没有发现，其实在人群的另一侧，有一个人也在偷看，而且竖着耳朵，超级紧张不安。

辛摇翘想，镯子啊……偷走不知道算不算？或者可以拿源能块去换吗？

“那你打算在蔚蓝娶老婆吗？”

姑娘们明确了银镯子的重要性，兴致就更大了，有大咧咧的姑娘很直接地问了。当然她们不一定都是打这个主意，其中单纯好奇的成分也不小。

“别害羞，在蔚蓝的人不都要考虑这个问题吗？因为说不定，就要待上一辈子。”

见韩青禹没回答，姑娘又劝导了一句。

第一次被女孩子问这种问题，韩青禹想了想，老实说：“最好当然是不在蔚蓝娶，因为那就意味着我们会永远在准备那场战争，永远不知道什么时候会死。”

他说得很坦诚。

现场气氛因为他的这个答案而突然变得有些沉重，因为身在蔚蓝，人们面对最多的，就是失去，有太多失去丈夫的妻子和失去父亲的孩子。

韩青禹没有明说的恐惧，其实每个人都懂，只是多数时候，他们都只能让自己忽略，否则每个人都会活得忧虑而疲惫。

“那你……”这一句问了一半。

“想等打赢了，回家相亲。”

韩青禹直接答了，同时咽回去了后半句：或者蔚蓝沦陷了，带着家人朋友逃亡。

因为他很认真地说了“相亲”这个词，现场又一次笑起来。

“那你相亲想找什么样的姑娘啊？”聂小真灿烂地笑着，问了一句，她现在一点都不讨厌他了，更不生他气。

“还没想过。”韩青禹说。

“那你现在想想，先想好又没事，我们还可以帮你参谋参谋。”另一个姑娘笑着接茬，看了看韩青禹的表情，见他似乎并没有思路，于是帮着提醒，“很简单呀，比如首先，希望对方是什么家庭背景？”

就这一问，旁边角落里，辛摇翘的小拳头就攥起来了。

韩青禹低头想了一下，很快抬头，说：“普通人家。”

他是用蔚蓝战胜后回家乡生活的思路往下去想的。如果明年，蔚蓝胜利了，没有了大尖，那么他这一身不便暴露的武力，大概也就没了用处。难不成他去当大侠吗？现实的世界不是小说，武力一旦不能去比赛，其实就没什么用，而且联盟对此肯定会有相关的约束。

到时蔚蓝联盟是否继续存在，又该如何解散，才是人类最大的问题。一个弄不好，或许又是一场战乱纷争……那是韩青禹绝对不想去参与的。

所以到那个时候，他很大概率就只是一个有点积蓄，同时身体素质极好的普通人而已。他将隐藏蔚蓝的身份，过上平淡的生活。

第一个答案出来了，在场宣讲队的姑娘们大多都符合，当即有人追问："性格呢？"

"懂事？"韩青禹对此没有什么具体的想法，便按照传统的逻辑，答得有些含糊。

样貌自然是不需要问的，姑娘们几乎个个漂亮，也自信，她们说："那还有吗？你自己想想。"

还有吗？韩青禹想了想，冒出来一个念头，就直接说了："大概不要太忙。"他需要一个跟自己过平淡日子的人啊。

至此为止，辛摇翘惨痛地发现，她似乎完美避开了所有标准答案。而且，她能明显察觉韩青禹想在胜利后尽快摆脱蔚蓝的渴望和决心，但她的家庭背景决定了，她和她的家人们，必然要成为蔚蓝尾声的一部分，不管那个时候的蔚蓝会走向何方。一旦有纷争，他们就必然会被卷入其中，无法脱身。

这样默默失落了一会儿，辛摇翘走了，她不听了，假装没听过。

宣讲队的新舞蹈试演安排在三天后，时间定在晚饭后，按照演出的惯例，场地安排在了室外，而且特意安排在接待区。现场来的人很多，有的坐在地上，有的自带板凳，有的干脆就站着。

韩青禹等人也是了解后才知道，宣讲队的每次试演其实就是科研所的最重要休闲活动之一，如同一个不固定的小型节日。

吴恤的身体状态已经恢复一些了，能够站起来走动，他本身对于去看演出没有任何兴趣，但是青子让他七点半左右要过去，他也就准时去了。

"这里。"

吴恤听到韩青禹的声音，扭头分辨了一下，低头走过去。

此时节目大概进行了四分之一，韩青禹坐在一个中间偏侧面的位置，和贺堂堂等人分开来坐。

演出开始的时候他就坐在这里，宣讲队的姑娘们都看见了。

穿着一身秋季作战服，戴着兜帽，韩青禹一把把和他同样装束的吴恤拽下来，然后自己起身，小声说："你今晚的任务就是戴着兜帽在这里坐到演出结束。"

吴恤看他，点一下头：“嗯。”

与此同时，另一边，刘世亨从后方伸手拽了一把温继飞。

“走了。”他小声说。

“我不去啊，我看舞蹈……哎哎哎，你……”

他被贺堂堂锁着脖子拽出来了，因为怕暴露，没敢激烈反抗。

就这样，几人从各个方向偷偷离开了现场，开始沿山腰向后山2所旧址摸去，到约定的集合点会合早就等在那里的沈宜秀和辛摇翘。

第7章 代号Ne你好

夜幕下，他们的面前是一座山，不是很高，山顶上有几星烟头的淡淡火光。几个人坐在高处，一边抽烟，一边拿望远镜看着远处的表演，偶尔能听见议论声，但是距离远了，听不清具体说什么。

根据辛摇翘的话判断，这是驻守那个班大部分人去到试演现场后，留下的几个本该守在洞口的人。

他们这样做似乎已经是一种习惯了，按理说应该算失职，但是也没有人做检查和计较。

“那地方以前没挖开的时候，还有十几年前刚挖开的时候，确实还有洗刷派或自保派的人来送过几条命，后来能用的东西都搬空了，也一直没有任何发现，这几年渐渐地，怕是请他们来都嫌路远了。”翘翘说纪律就是这么松散下来的。

此时他们一行六个人正躬身环着山腰前进，六个人里，辛摇翘和韩青禹在头，沈宜秀和贺堂堂在尾，中间是刘世亨和温继飞。

韩青禹抽空回头问温继飞说：“你怎么跟来了？”

“被硬拖来的啊，他俩自己不能看，也不让我继续看。”温继飞说完自己有点犯嘀咕，“不行，这样显得咱们小队做事乱七八糟的，我假装是不可或缺的一部分吧，咱们也假装有计划性和目的性。”

贺堂堂问他：“这个怎么假装啊？”

“咱们取一个行动代号吧，很正式的那种，就像那些有名的军事行动。我听说蔚蓝也有这个传统，以前杀红肩的那次，叫作‘破罐’。”温继飞想了想，“我们这次是第一次接触和Ne有关的东西，不如就叫作‘Ne你好’？”

辛摇翘难得有机会参加这样的集体行动，而且还是非正义的、游走在规则边缘的，因此兴致很高，当即有些兴奋地说：“好啊！”

剩下没人反对，只有贺堂堂在碎碎念：“有趣吗？我怎么觉得怪吓人的，就好像真的要去见那个家伙似的，那是雪莲的头头啊！也不知这个Ne能不能打，要是换成‘叶简你好’，我就建议大家不要去了。”

“嘘。”韩青禹示意一下，然后朝旁两步趴下来。

五个人立即跟上，随之趴下，埋头不出声。

韩青禹也是人，自然也会犯错和误判，但是在趴坑这件事情上，任何时候只要他趴下，那么跟着他一起趴下，就一定是对的。

隔了一会儿，不算明显的脚步声和偶尔踩断小树枝的声音传来，有人从大约十几米远的地方走过，上山。

“神了啊，青子，你这听力，什么情况啊？”人走远后，跟着韩青禹起身，刘世亨忍不住问。

韩青禹扭头：“你们一开始都没听到吗？”

“没有。”五个人齐摇头。

韩青禹心想那还真有点奇怪了。

不过现在并不是思考这个问题的时候，而且就算去思考，怕也没有结果。韩青禹身上已经有太多东西自己都搞不清楚了，虱子多了不愁，走一步看一步吧。

继续前行没一会儿，辛摇翘就说到了。

如果把被水泥浇筑封盖的2所旧址看作是一个三山之间的水库，那么它现在被挖开的洞口，大约就在水坝的下方。

洞口超乎想象的大，看着可以轻松进出挖掘机和卡车。

他们趴在侧面山坡又等待了一会儿，确定没有人看守了，才准备进洞。

辛摇翘刚撑起来身体，就有一只手按在她肩胛骨上，她扭头看去，韩青禹说：“你就待在外面吧。”

“为什么？”

“我们要是不巧被堵住了，还能说是瞎逛正好转到这儿，见到山洞没人看守，好奇就进去了，估计也判不了什么大罪。你不一样呀，你是这里的科研人员，这样说不过去的。”

“哦。”辛摇翘脸上露出失望的表情，“可是我不去，里面什么是什么，你们也不知道呀，你不是因为好奇才去看的吗？让我一起去吧，我给你们介绍。”

她的眼神就像是要糖的小女孩。

“让她去吧，真要被堵住了，就都说是好奇，翘翘不也没进去过吗？”沈宜秀在旁帮着劝了一句。

这傻妞并不知道，韩青禹这么做除了他说的原因，其实还有一重考虑：他的一些秘密，暂时还不想让与蔚蓝高层紧密相关的辛摇翘知道。

“那咱们赶紧吧。”辛摇翘在心里偷笑，趁韩青禹犹豫的工夫，已经第一个下到了洞口。

其他人连忙跟上，韩青禹无奈，只得一起下去。

进洞后，一行人快速通过外圈山体部分，很快进入到一个让人有点发晕的空间。

抬头看一看，上方千疮百孔，各种支撑，脚下倒是泥土地面。再回忆一下刚刚进来的过程，似乎一路都是下坡。

“所以咱们现在其实是在实验室的底下？”韩青禹问。

“对的。”辛摇翘给出了肯定的答案，他们头顶才是2所源能实验室的旧址，“当时实验室是整体被水泥浇筑的，浇了很厚，你们理解吧？就像是有人把铁水倒进蚂蚁窝。”

众人想象了一下，点头。

“要全部挖开，工程和难度就都太大了，所以爷爷他们就决定这样挖，然后拿原先的图纸找位置，有想看的东西，再从底下挖上去。”

一众人再次点头。

“可是为什么要这样用水泥浇灌？就因为Ne来过吗？”温继飞突然不解，“对了，翘翘你好像说过，最开始是出了实验事故才废弃的……当时不会死了人吧？会不会是闹……”

他的思路突然跳转，让现场的气氛一下变得阴森恐怖起来。

试想，如果有人因为实验事故死了，还被水泥浇筑，那得多大的怨愤？

“这个，虽然我没看过档案，但是实话说，”辛摇翘表情为难，“死伤肯定是有的，当时一整片实验室都毁了。”

突然一声轻微的响动，从几人后方传来。

“啊！”

韩青禹再次捂嘴，同时一巴掌拍在沈宜秀的铁皮嘴部位置。

可以想象，现在铁皮下一定是十分愤怒的眼神，沈宜秀伸手，气鼓鼓地把他的手打掉了，扬了扬拳头，然后转身示意韩青禹看别处，意思不是她。

辛摇翘用手捂着嘴巴，既害怕又歉疚地看着韩青禹。

“只是墙面没夯实的泥土掉下来了。”韩青禹无奈地笑了一下，说，“你是科学家啊，怎么还信这个？”

“科学家才信呢。”辛摇翘小声嘀咕了一句，止住恐惧和颤抖，也把刚开了一个头的话题止住了。

辛摇翘带着人继续往下走。

这里挖开的地洞内部规模极大，但是并非整体展开在一个空间里，它像被蜿蜒道路联系贯通的一间间路边的大院子，这一块，那一块，甚至有的地方院子叠院子。

有的空间里，天花板几乎都已经被挖空了，露出来水泥层和没被取走的设备外壳。

“这个电饭煲，我去，得有几十米高吧？”贺堂堂仰着头转了一圈，震惊感慨。

“全露出来的话有六十多米，这是源能转换系统的其中一个设备，就是把金属块提炼成蓝晶块的那个系统。”辛摇翘辨认了一下，说，“里面有用的东西都已经从底下拆走了。”

“然后这个，”她跑到另一边，指着天花板上留下的巨大空洞，饶有兴趣地说，“我猜这个应该就是爷爷说过的，以前实验过的源能治疗仓了。目标是通过物理灌输源能，在一段时间内维系重伤战士的生命，直到他们可以手术。实验当时是Ne亲自主导的，大家都抱着很大的热情，私下里叫它续命仓，可惜最后还是失败了。”

“然后你们看那个锤子一样的东西……”

似乎只有这些包含蔚蓝先进科技的东西能让辛摇翘忘记恐惧，她真的把自己当作带领参观的科学向导了。她一路走，一路兴奋地做着介绍，就这样，一群人已经完全深入山腹。但其实……

“其实我们根本就听不懂啊。”温继飞老实说，“实不相瞒，本科学家毕业考试总分230，物理12分。”

“我们也就只能惊讶一下，说它们好大而已。”贺堂堂老实补充。

刘世亨准备开口同时转头看了一眼，愣住：“青子呢？还有锈妹？他们俩去哪儿了？”

人没了。

六个人里最强的两个，突然就没了，悄无声息……

山洞瞬间又一次变得阴森恐怖。

被抓走了吗？！

“青……”

“别喊，喊个屁啊！我们只是在旁边那个院子看得太入神，耽搁了一下而已。”

韩青禹带着沈宜秀从墙角出现，同时偷偷在衣服上擦了擦手。

按照韩青禹的吩咐，沈宜秀带了一桶水来。刚才他让她倒了一些在墙上，然后他伸手触摸湿润的墙壁，想探测是否有源能的存在。

似乎是有的，但韩青禹不确定是不是因为自己太渴望而造成的错觉。当时某一个瞬间，他似乎有捕捉到极其细微的源能涌动。但是那丝涌动很快就消失了，也可能因为那点儿水根本没办法不间断地渗透到深处，导致他的感知距离和范围也有限，总之没有结果。

现在沈宜秀手里的水还剩下半桶，韩青禹打算待会儿换个地方再试试。

“走吧。”

话音刚落，密集的大片墙体脱落的声音从身后传来。

刘世亨顿时惊慌，四顾说：“不会是地震了吧？”

“不是。”韩青禹抬头示意一下前方的墙体，“地震的话，不可能我们这里一点动静都没有，只有后面，那里面。”

他说了“那里面”，因为感觉很明确，震动来自山体内部，似乎有东西，正从其中翻卷泥土而来。

“鬼打墙吗？”贺堂堂瑟瑟发抖地问，现在他们也都听见了，有东西在后方墙体内卷动。

“鬼打墙可不是这个意思，那是让人走不出去……这个，鬼钻墙吧？要么就是哪个没拆的设备，自己开了。”温继飞还有心科普、分析，但此时，他的面色已经惨白。

“走……跑！你们快跑！”

韩青禹结束思索后一声疾呼，他不知道那会是什么，但至少那是一件能在厚重山体中破土行进的东西，大概率是活物。

可是，来不及了。

身后“轰”的一声，破墙而出的声音传来，然后是带着金属感的庞大身体落地的响声。

众人回头看了一眼，霎时间摔倒的摔倒，爬的爬，剩下的也都呆滞站住。

“这什么玩意啊？！”

明明辛摇翘说这地洞已经挖开十几年了，科研小组、工作人员和机械设备来来往往，不知几十几百趟，但是都没有什么大的发现；明明这里也一直有人驻守，但是从没出过事情，更没有发现过什么特别的东西。可是，现在在他们面前破墙落地的这个长土条子，不管算不算大事，至少视觉冲击够强。

韩青禹估摸了一下，以自己一米八的个子双手环抱这个东西，都做不到指尖相触。

“这……这里以前真的没出过事啊。”

六个人现在是前二后四的队形，辛摇翘和温继飞三个一起被韩青禹和沈宜秀挡在后方，她在惊诧过后，焦急不安地说了一句，像是因为把众人带入险地而十分愧疚，想要解释。

“我知道，这事不怪你。”

韩青禹此时内心已经有一个判断：这东西既然深藏几十年都没被发现，甚至不管外面环境多吵闹都一直安分守己，偏偏现在突然从山腹下冒出来，90%的可能，跟他刚才对山体做的源能感应有关，另外10%的可能性是锈妹，因为她的特殊性。

——它，是来找我的？我有什么能吸引它的？难道是生命化的源能？！

韩青禹抬头仔细看了看，要说这泥土覆身的玩意儿是蛇，但蟒蛇有这么大吗？蟒蛇又什么时候还能破土钻山了？但是它现在下半身盘曲，上半身直立的姿态，要说它不是蛇类，那就只能是机械了，蛇形机械。

韩青禹正想着，长土条子突然做了一个类似落水狗上岸后抖水的动作。身体摇晃摆动，硕大的头部一屈一伸，随之满身的泥土和石块落地大半，砰砰作响，中间竟然还夹着金属的声音。

机械？

不。

“蛇！”温继飞惊呼一声。

已经抖掉大半泥土的生物露出部分身体，尤其是头部，血口开合，蛇信吞吐，真切无比，不是蟒蛇还能是什么？

但是要说它是哪种蟒蛇，说不清，这东西整个头部充满原始感，与电视和杂志上看过的巨蟒都不一样。

“是蛇我就放心了，管你多大。”温继飞在极度恐惧之下，逞强说笑，声音颤抖，“青子，你的活来了，十八辈祖传手艺，去吧，大显身手吧。”

“滚。”韩青禹有些无奈，气得想笑。

怪蟒的攻击意图是明显的，这一点从它上半身不断前探和嘴巴开合的动作就可以判断，以它的体型，当场吞下三四个人，问题一点不大。

“嗡嗡嗡嗡嗡”，当场，五人先后开启身上的立体装置，同时锈妹身体一震，蓝色流光划过铁皮，也进入作战状态。

“哐……”

随即每个人都拔刀在手，蓄势以待。

但是怪蟒的攻击并没有立即发动，它的身体做好了攻击准备，一双眼睛带动硕大的头部，持续在几个人之间做着注视、转移的动作。

先是韩青禹，再是锈妹，接着辛摇翘，然后是贺堂堂……

——这怪蟒难道能区分我们几个人的实力？或者源能融合度？就像它能感应到我对山体的源能探索一样？

韩青禹正想着，身后突然传来一声惊呼。

因为怪蟒的视线在投向后排最右边的刘世亨时，原本一直平稳的动作节奏突然变化，猛地一下大幅度甩头，看向最左侧的温继飞。

然后它又从头看韩青禹，锈妹，辛摇翘，缓缓看向贺堂堂，接着猛地甩头，看向温继飞，再看向刘世亨，又猛地甩回，看温继飞，看贺堂堂。

看温继飞，看……

它乱了！

所以，判断是对的。韩青禹心想，这怪蟒竟然真的能区分他们的实力，或者可以感应到他们身上的源能涌动。

它刚才在做依次观察，像在甄别对手的危险程度，又像在挑拣肥瘦，不料遭遇温骰子的不断翻面，给它翻晕了。

虽因他而来，但是既然来了，也不介意全部吃掉吗？

突然一声尖厉的嘶吼，仿佛是在证明它是蛇类无误，怪蟒激怒，放弃了排序，身体回缩少许，做出弹射攻击的姿态。

“当！”

一柄死铁直刀在它即将扑出的瞬间，已经先行命中它的七寸要害。但是一声金铁交击的铣响后，刀未破体，而是直接被弹飞。

韩青禹一个纵身接刀在手。

“鳞片？”后面温继飞问。

“死铁！”韩青禹答，他听清楚了，也看清楚了，这怪蟒身上竟然有死铁！

韩青禹在脑海中迅速整理思路，一条特殊的蟒蛇，也许就是在刚才辛摇翘说的那种治疗仓中，持续接受源能的物理灌注。这个过程中，它的身体被放置在一个鳞片状的死铁圆筒中，然后它长大，从被束缚到撑起死铁，投入山腹？

完全主观的判断，毫无依据，却有一个越发清晰的疑问：它活那么久，吃什么？源能？那得多少源能啊，得多浓缩？难道是金属块？那，还有没有？

“杀！”

在怪蟒第二次准备做出攻击的瞬间，韩青禹已经直接挺刀反扑了上去。

身后几个都看傻了：他怎么突然就杀上去了呢？不是说身上有死铁吗？这么诡异，不先分析一下？还是他发现怪蟒其实很弱？

“刺啦……”

怪蟒张口斜向咬来，韩青禹闪身避开，前冲的同时身体后仰，双刀在怪蟒腹部一路切割下滑，尖锐的铁器摩擦声中，两刀去路，一路火星四溅。

结果，无伤？！

怪蛇下腹尽数被鳞片状死铁覆盖，丝毫无伤。不待韩青禹撤回，怪蟒上半身回收的同时巨尾一卷，作势要将韩青禹缠住绞杀！韩青禹无奈脚下一顿，腾身而起。

怪蟒见状，硕大的头颅横甩，带着风声，从侧面砸向他。韩青禹在空中持双刀一架。

“砰。”

因为腾空，他在巨大的撞击力道下整个人飞射出去，但他手中一柄直刀，在飞出的同时已经脱手，直取怪蟒眼珠。

又是一声，怪蟒头部一侧，将韩青禹去势凶猛的死铁直刀撞飞出去。

韩青禹再一次有些狼狈地捡刀在手里。

“不行，你们得先走，我再慢慢想办法弄死它。”试探结束，韩青禹说。

现在的情况，他自己的速度反应都比怪蟒快，自保应该问题不大，但是怪蟒周身防御力极高，找不到弱点，根本无法击杀。

这种情况下，韩青禹最怕就是它改换目标去攻击其他人，尤其是没经历过战斗的辛摇翘和实力不济的温继飞、刘世亨。

“但是，跑不了啊。”温继飞有些沮丧地喊道。

温继飞还能不知道跑吗？他不当累赘的决心和战斗开始便迅速脱离的经验都足够丰富，刚才他已经带着刘世亨开始跑了，结果没跑两步，他发现前方三十米不到即是尽头，别无去路。

“它到底是什么？”温继飞接着吼了一句。

韩青禹想了想：“不出意外，应该是Ne当年留下的实验体。”

全场陷入短暂的沉默。

“那会不会不止一条？”辛摇翘在后面，木木地出声，“既然这样，很可能就不止一条，或者不止这一种改造类型、这一种实验体。”

“那它们几十年下来，也没有东西吃啊，怎么活下来的？”贺堂堂问完这一句，愣了愣，几乎是无法控制地转头看了沈宜秀一眼。

这时，似乎是为了减轻战斗负担，怪蟒突然吐出一个东西。

那东西块头不小，裹着黏液落地，撞击石块，发出来的竟也是金石交击的声音。

稍微愣神过后，几个人同时定睛看去。

“锈妹别看！”

韩青禹第一个看清，立即回身，挡住沈宜秀的视线。

沈宜秀抬头看了一眼韩青禹，若她的眼神可见，此刻大约会有些复杂，这种复杂最后被表现在了声音里。

“可是我已经看见了。”她用尽量平淡的声音说了这一句，而后，嗓子像被阻塞着，很艰难，才又说出来两个字，“青子。”

这两个字给人的感觉，就像一个委屈害怕的小女孩，跑到她最信任也最依赖的那个人面前，带着无助忍着哭，喊出的那一声。

这一刹，韩青禹想抱她一下，但是怪蟒已经在蓄势了。它似乎就是为了方便战斗才吐出那个东西的。

落在地上的物体表面是黏液滑落，露出来的却是一具死铁铁甲，大致跟锈妹是一样的构造，但是具体到细节，又稍有不同：除了整体更大，里面似乎是成年男人的躯体，它的面部、胸部、腰部，都是透明材质的，像是特意为了方便观察而设置。

这让铁甲内可怖的一切，都变得清楚可见。

那是一张苍白泛黄、有成片黑褐色斑点的脸，这种色泽和斑点覆盖他身体所有可以被看见的部分；他的眼睛睁着，但是灰暗无彩，生死不知；身上好几块皮肤被剥离，金属带甚至穿透部分脏器，肉眼可见，腰部也有着显眼而夸张的孔洞。

“我……我那时候一直昏迷，我还太小……”沈宜秀想说她不知道自己在铁甲下到底是什么样子，会不会也是这样。

锈妹平常总是太懂事了，以至于很多时候韩青禹几个都忘了，她其实要下个月才满十八岁。

十七岁的小女孩，那个曾托付给韩青禹一面小镜子，说如果有一天垂死，她想看看自己的小女孩，她其实也一样是爱美的吧？

这一刻，因为第一次看到“同类”，沈宜秀完全无法控制对自己身体的可怕想象，整个人被巨大的阴影笼罩，惊惶无助。

“嗞！”怪蟒扑来！

一声怒吼，韩青禹情绪爆发，他正好需要宣泄，直接迎了上去。

腾身避过一次怪蟒的嘴咬加尾扫后，他整个身体打横急速旋转，同时去势向上，双刀如电随身飞转，一路从蛇腹斩到怪蟒的颌下。

几乎完全依靠这股不断冲击叠叠的蛮力，韩青禹就将怪蟒砍翻了出去。只可惜依然没能对它造成什么严重的伤害。

“你不一样的呀，笨蛋！”最后一脚蹬在怪蟒身上，韩青禹腾身而回，同时有些恼火地大声说道。不过要他说更多温柔宽慰的话，他就不会了。

“我看过你的档案，你是唯一的特例，秀秀。”第一句，直接命中关键点，辛摇翘在混乱的场面下开口，声音冷静而理性，让人不由自主地信任，“别怕，那是尸斑，而你活着，秀秀。你活着，而且你一直在长大，所以你的皮肤也在生长，不可能没有活力的，明白吗？伤口会在源能的作用下愈合，加上自然生长的修补作用，你现在非常健康。如果一定要想象，我告诉你，现在最符合你想象的，其实是吴恤的身体有几处刀口的样子，仅此而已。”

话毕，沉默。变化发生在沈宜秀的铁甲之下，没有人能看见，但是现场氛围的变化，大家可以由己及人地感觉到。

“服气了。”韩青禹一边持刀与卷土重来的怪蟒对峙，一边在心底不由得感慨。这还是他们这群人第一次清楚地意识到，辛摇翘同学她真是一个文化人啊，是货真价实的科学家。短短的几句话，也说不上高深，但是从关键点的切入，到层次递进，情真意切，让人不得不信。

这些话，不是另外几个人能准确捕捉、总结并表述出来的，尤其还是在现场这么混乱的情况下。不光韩青禹不能，就是温继飞、刘世亨和贺堂堂，他们到这时候再做补充，也依然只有老套的几句：“是啊，锈妹，早都说你肯定很白了。”

“白里透粉的那种白。”

“而且锈妹还有梨涡嘞，那个肯定不会长没了。”

韩青禹看着情况应该差不多了，大吼一声：“嘿，别忘了这儿还有一个我一下弄不死的东西呢！”

大伙的注意力重新转移到他身上。

后无退路，韩青禹大声说出自己的计划：“我试着把它引开点，你们找机会先出去，然后锈妹回来帮我，我今天一定要弄死这东西。”

“对的，就你家那个传统技艺，青子，你今天要弄不死它，愧对列祖列宗啊！”

温继飞也看出来韩青禹至少可以处于不败的位置，得空还开了个玩笑，同时跟另几个一起，向沈宜秀身后移动。

韩青禹懒得搭理他，奔跑的同时双刀再次卷上，身形变幻，围着怪蟒劈砍，锵锵的金铁交击声不绝于耳。很快，怪蟒的注意力就被他完全吸引了。

韩青禹且战且退，将怪蟒引向墙壁一侧，给温继飞他们腾出来出去的空间。这一刻，那边几人正贴墙往外挪。

怪蟒这边上半身后倾，作势前扑……

“不好！”

韩青禹心里惊呼一声，只见那怪蟒竟突然变幻了姿态，后倾的动作完成后不接前扑，而是继续向后，同时侧向翻身。庞大的身躯迅速展开拉长，翻转如龙，咬向那边五个人。而且角度刁钻，是贴墙而去！

“当。”

贺堂堂提刀当先挡了一记，虽未被咬中，但是力量不足，被一下撞开。

怪蟒血口继续咬向和他并排的温继飞和刘世亨。

这一瞬，立体装置的音爆声和撞击声几乎没有间隔。

场面落定，锈妹站着，左手死铁手臂大半截直接灌进怪蟒口中，将它阻在那里。

一人一蛇，形成僵持。

下一幕，仿佛为了发泄刚才满心的恐惧和愤怒，锈妹一步上前，侧身位站定，同时右手上扬，把住怪蟒上颌。

“去死！”

铁甲双臂箍住蛇头在肩后，力量爆发，躬身如电，竟然在这一瞬间，将怪蟒巨大的身躯拔离地面，而后借势而起，将它整个身躯，从肩头翻了过去。

如鞭抽地！

过肩摔！

身形对比落差巨大，画面更加震撼。

锈妹硬生生给一条水桶粗的死铁巨蟒，来了一记过肩摔。整个动作过程不足两秒，干脆利落，力道十足！

这是压抑情绪作用下的悍然爆发。

沈宜秀刚才这一下，是借势而起，借了怪蟒本身翻腾冲咬的力道，所以整个翻摔的速度和力道都快到惊人。

蛇身被翻甩出去，在空中如盘曲的鞭子被抽直，打向远处，一直到最后砸在地上那一下，发出来都是脆生生的响声。

怪蟒落地抽出深深的印痕，身体短暂僵直，而后尝试翻滚，第一次发出极度痛苦的嚎叫。但是它的口和首，依然还在锈妹手上。

韩青禹看见这一幕，心想：是了，这东西身体这么庞大、沉重，而且还穿着铁甲，大概就如一个超级胖的人，身上穿着防护甲，别人打他几拳他都没啥事，但是他自己摔一跤，能摔出内伤。

那就摔它！

锈妹大概是这么想的，也可能她并没有想，只是因为感觉摔得很过瘾，就想继续。

但是这第二下，是硬翻，没有整个身体的翻转和借力的过程，所以她虽然也能将怪蟒拉起，却有些费力，翻不出那种“甩鞭子砸地”的效果。

韩青禹背后蓝光闪烁，身体爆开空气，从她身边掠过，到前方，双手一把抄住凌空的蛇尾。

“甩起来！”

锈妹一下明白了，双手发力把怪蟒硕大的头部往上一送，同时撒手，抽出铁臂。

只见前方，韩青禹保持疾奔，丝毫不停，整个身体配合同时发力，就这么扯着蛇尾，将怪蟒整个身躯，凌空翻打过去……

这一次，怪蟒没有发出嚎叫。它落地后身体缓慢抽动、扭曲，似乎有短暂昏厥的迹象，但是还在挣扎。

就在这时，一个女孩的身影直接扑了上去，辛摇翘飞身扑到怪蟒身上，而后以刀做绳，一手刀柄，一手刀背，拼命勒住蛇颈。而后贺堂堂、刘世亨，以及最后赶到的沈宜秀，也都扑了上去，用尽全力压制怪蟒。

“青子杀它！”

韩青禹先找到它的七寸心脏位置，却发现它被最厚的死铁鳞甲包裹，正准备尝试找位置斜向下刀，或实在不行试着斩开时，突然一声怪响从蛇尾处传来。

辛摇翘几个感觉到手上轻松了很多，身下怪蟒的挣扎，渐渐变得无力，继而瘫软。众人茫然回头，才看见温继飞拎着刀站在蛇尾那里。

蟒身两大弱点，一处是七寸，另一处是排泄口。

作为韩青禹多年的好友，温继飞偶尔听过，所以就在刚才韩青禹去找七寸的同时，他找到了另一处。

一刀捅入，两刀翻搅，三刀夺命，直接干掉怪蟒大半条命。

“那里，没有鳞甲吗？”韩青禹表情有些复杂地问。

“可能太长了，没盖住。”温继飞淡定地说。

“嗯？那里是哪里呀？”辛摇翘神情困惑，认真地问道。

“对啊，你们说的到底是哪儿呀？”沈宜秀也一样困惑和好奇。

贺堂堂和刘世亨在偷笑。

韩青禹忍住，板着脸说：“别瞎问，女孩子，哪来那么多好奇？”

沈宜秀和辛摇翘互相看了看，委屈，生气，不作声了。

与此同时，怪蟒已经垂死，无力反击。

所以有些讽刺，它终究还是死在了自己一开始就曾感觉困惑、可怕，实力捉摸不定的那个人手里。

死得如此屈辱，毫无尊严。

韩青禹将怪蟒的鳞甲剥落，扔在一边地上，将其身体切开。他有些失落和难受，亏了啊。

因为他并没有在怪蟒的身体内找到源能块或金属块，全部找遍，也只找到了一个死铁打造的说不清作用的精密设备。

这东西看样子就不简单，而且既然一直在它体内的话……肯定有大用，但是对韩青禹没有任何意义，就连辛摇翘看了，也对它毫无头绪。

“那没有源能的话，它到底吃什么活啊？”贺堂堂刀尖上挑着巨大的蛇胆，问了一句。

它吃什么？

答案很简单，它不是刚就吐出来一个吗？

韩青禹走向那具先前被怪蟒吐出的铁甲，思路逐渐清晰起来：蟒蛇体内的这个设备，很可能是帮它汲取生命化源能用的，它的前期是直接灌冲源能，后来的几十年，则以生命化源能为食。而生命化源能的来源，应该就是那些和锈妹相似的铁甲战士。而且，这山里肯定不止这一具。

它将他们吞食，而死铁显然是无法消化的。吞食，只是为了通过体内设备汲取生命化源能。吸完了就再吐出，等铁甲重新吸收、转化，之后再次吞食，就这样循环，它活了几十年，而且不断成长。

“这里面，应该是一个活死人，活的是身体最后那点机能，死的是意识。”韩青禹蹲下来，观察了一下铁甲的情况，有些沉重地说道。

现场沉默。

“如果我的逻辑是对的，那么这具铁甲的身上，就应该有源能块，甚至为了保持更长时间，可能是金属块，然后有配套的特殊激发装置。”韩青禹这么想着，期待着，伸手在铁甲上感觉了一下。结果很意外，铁甲身上竟然没有源能块，更没有金属块。

短暂的失落，巨大的痛苦。继而，韩青禹的困惑延伸：那他们的源能供应，到底来自哪里呢？

思路到此暂时断了。

这时，贺堂堂站在怪蟒尸体旁边，示意了一下，又问：“那这个，还有那些鳞甲，怎么处理？挖坑埋了吗？不埋，把这些东西留在这儿，咱们迟早要暴露的啊。”

他这一说，大家都跟着担心起来。

“没事。”韩青禹平静地说，“正好这样，我们可以说是怪蟒自己出洞，突然卷走了锈妹，然后我们为了救人，才冲进来和它搏斗的。”

他说得简单明了，但是在场另外五个，同时都把惊叹的目光投向他。

“合理的进入理由，同时还为科研人员解决了隐患，提供了重大发现的线索，咱们无过，还有功，不是吗？”韩青禹反问，“待会儿再把现场弄一下，应该没问题吧？”

“没问题，一点问题都没有。”刘世亨解释道，“我们只是惊叹为什么只有这种时候，你的脑子才这么好使，这么灵活？”

“对的，就你这脑子，要是能稍微分一点到某件事情上，你又怎么会是一个如此直的‘死铁直人’呢。”温继飞笑着继续挤对道。

他说完，包括沈宜秀和辛摇翘，大家都笑起来。

韩青禹无奈，一边继续尝试思考刚才的问题，一边带领大家一起处理现场。

温继飞和刘世亨拖着怪蟒尸体来回走了两趟。

“哎，你相信世界上有龙吗？”温继飞突然问刘世亨。

“信啊。”刘世亨直接点头，“怎么不信？我还被一条龙服务过呢。”

温继飞想了一下，说：“滚！”

正蹲在地上和沈宜秀一起研究鳞甲的辛摇翘听见了，抬起头，恳切认真地问：“什么是一条龙服务？”

沈宜秀跟着茫然抬头，等待答案。

温继飞无奈地看看她们，凶道：“问问问，青子刚不是说了吗？女孩子，不要那么好奇。”

沈宜秀和辛摇翘异口同声低低“哦”了一声。

“要好奇，就好奇这个。”温继飞突然认真，蹲下来，“蛇化蛟，蛟化龙，你们听过没有？”

大家都点头，看向他。

“那你们看这里。”温继飞说。

怪蟒头顶褶皱的皮肤被他用手拨开，露出来两个白色的凸起，左右各一，很不明显，但是确实在那儿。

“刚不小心摸到，真是骨质的。”温继飞眼神有些夸张，“所以，它不会是在长角吧？还是这种怪蛇，本来就这样？”

没人认识这种怪蟒，先前的判断，都觉得它是因为源能变异了。所以，它在长角？难道真是蛇化蛟，蛟化龙？！

惊了。

蒙了。

“我觉得倒不一定是什么蛟龙之类的，毕竟那些东西太玄虚了。”辛摇翘一边思索，一边缓缓开口，“但是，‘越原始就越靠近源能’这句话，你们都听过吧？”

“听过。”何止听过，几个月前，几个人还因为这句话茹毛饮血呢。然后大伙都看向辛摇翘。

“我现在一下也说不清楚。”迎着一众期待的目光，辛摇翘坦诚地说，“我只是觉得Ne的实验和这句话之间，应该存在某种联系，我们的研究……”

“研究？那还是你们来吧。”温继飞直接打断说，“这活我们可干不了。”

说完他站起来，走开，接着包括韩青禹，每个人都起身，站到一边。

科学研究这种事，韩青禹掺和不来啊，也不想掺和，他只想要源能块。

“青子。”身后，沈宜秀突然喊了一声。

韩青禹转身：“怎么了？”

“我想进去那里看看。”沈宜秀指了指墙壁上怪蟒来时破开的那个大洞，“可以吗？”

第8章 山洞怪蟒

沈宜秀想进山腹的原因，想来跟那具铁甲有关。

她想对自己多一些了解，但是一直没有别的途径。如果刚才那具与她同类的铁甲的制造者，真的是Ne的话，那么说不定，她去了就能有一些发现，找到一点未来脱离铁甲的可能。

韩青禹同意了，事实上就算锈妹不说，他自己也想去看一眼。一来是锈妹的原因，二来，既然在那具铁甲身上没有发现源能块，那么怪蟒的源能供给，到底来自哪里？这大概只有山腹里的情况，能够给出答案。

现场很快布置完毕，包括从山洞入口到战场位置，怪蟒游走的痕迹，也都做出来了。

温继飞、刘世亨、贺堂堂和辛摇翘四个人留下，回到洞口附近，一是出于安全考虑，二来也准备随机应变。一旦有人来了，他们就会做出刚脱险的样子，上去说明洞内的情况和他们的危险遭遇。

若来人时，韩青禹和沈宜秀还没回来，他们就把情况说成是：因为杀死第一条怪蟒后，疲惫疏忽，锈妹冷不丁又被另一条怪蟒拖走了，所以韩青禹追了进去，而他们几个正要出洞求救。

“其实要是耽搁太久的话，咱们还真的得去求救。”温继飞点了根烟，挖了个土坑埋烟灰，问辛摇翘，“科研所一定有不少高手吧？”

辛摇翘看了看他，点头：“不过高手主要都驻防在工作区和生活区，听到有动静一般并不会马上出来，因为通常外面也没什么特别重要的东西和人。”

“怕被调虎离山？”

“嗯，发生过。”

辛摇翘说发生过的那次“调虎离山”，其实是雪莲的人当时花了很大的代价，把科研所的高手差不多都调动出去了。他们的人潜进来，在路口遇到一个带着一壶小酒和一碟花生的人，就都没能再回去。

调虎离了山，山中还有比虎更可怕的存在。

他们说话的这会儿，韩青禹和锈妹开着立体装置，正在山体绵长的甬道中快速爬行。

当然了，要是爬着爬着，发现实在太深，或者发现里面可能存在比怪蟒更可怕的东西，韩青禹也做好了中途折返的打算。不行就不去了，他爱源能，更爱生命。

甬道不算很窄，有可以勉强团身转向的宽度，但是因为太长，黑暗且幽闭，还是让人感觉十分不适，有一种由压迫和压抑滋长的绝望感，随着时间和深入距离不断增强。

“我们说说话吧？”沉默爬行了一会儿后，坚持一定要爬在前方的沈宜秀开口说道。

“好啊。”

韩青禹回答的同时，难得调皮地拿指关节敲了敲她的铁小腿打趣，希望能帮锈妹稍微排解一点压抑的感觉。

锈妹缩一下腿，啧一声：“哎呀，不许闹。”

听着是生气的样子，但是语气似乎还带了点儿笑意。

“再爬一会儿要是太深，咱们就回头。”她接着说道。

“嗯。”韩青禹应了一声。

“你等打赢了，就回家吗？”沈宜秀突然说了一句，接着解释道，“我向贺堂堂打听了一下你被宣讲队那些女孩子问话的时候是怎么说的，所以知道。”

“是啊，我很想回家。”韩青禹回答。

“嗯。”沈宜秀顿住了一下，说，“你一定会安全回家的，青子……真希望可以快点打赢。”

已经八十多年了，漫长的守护不知终点。

希望能快点打赢吗？是的，都希望。

但是，一旦人类真的胜利，从此没有了大尖的威胁，蔚蓝联盟也将解散或改变存在方式。这个结果对于沈宜秀个人来说，也会是极其可怕的。她不知道自己到时候应该何去何从。

这一点她早有想过，但是没说过。

意外的是沈宜秀很快发现，韩青禹竟然也替她想过这个问题。他听完她的话，直接说：“其实应该不可能很快，大概也不用那么快。反正到时候，你肯定已经出来了，安心。”

“我……”沈宜秀卡住，支吾一下，“我可能永远都出不来了……当时科研项目小组的医生和科学家们，最后就是这么说的。”

这时候，换作是别的男人，大概都会给予希望和宽慰，但是韩青禹不会啊，他说：“那我一定在战争结束前，给你攒到很多很多的源能块，不行我就去抢。”

因这一句，沈宜秀在前方的身体，突然停了一下，沉重的铁皮下有几声轻微的抽泣，被竭力掩饰住了，然后她笑起来，很开心地说：“好啊。”

韩青禹说：“嗯。”

“那我到时候可以去找你们玩吗？去看你们。”沈宜秀顿了一下，“我会不会吓着叔叔阿姨啊？”

“不会。”韩青禹笑了一下，说，“到时我会先跟妈妈说‘妈，快来看，我今天拣了一块大铁皮回来，可以卖废铁’。”

沈宜秀伸腿，朝后蹬了一下他。

“这样不行啊？那我换一个，我就说‘妈，你快来看，我给咱家买了一只好大的铁皮桶’。”韩青禹说着自己笑起来。

这回沈宜秀没蹬他，想了想，继续往前爬，同时说：“我不跟你说了。”

“我开玩笑的，我会直接跟爸妈说，你是我的朋友。”

韩青禹在身后平静道。

没有回应，沈宜秀继续爬了一会儿，才说：“嗯。”

回复了这一个“嗯”字后，她有些哽咽。

这样又爬了大概两三分钟，她再次停住了，说：“我摸到向下的通道了，但不知道深不深，你把手电筒给我一下。”

正说着呢，一个石块，被她不小心挤落下去，隔了有那么五六秒钟，才传来落地的轻响。

“好像有点深。”沈宜秀说。

“你拿刀，换我先走，咱俩都注意听四周动静。”韩青禹说着攀上墙壁，继而几下抢到她前面。

韩青禹将刀插在墙里，把手电筒打开，朝下照了照。电筒的光照不到底，被黑暗吞噬。

“啪嗒。”

落地的第一步，他踩在了一块石头上，发出的声音在空气中荡开去。韩青禹第一时间警惕地拿起手电筒扫了一圈，还好，四下里没有任何动静。

“看来这里应该没有怪蟒了。”韩青禹心想若是还有，察觉我到来，它应该会马上扑来才对，像刚才那条，千里迢迢都来了。

这时，锈妹也已经落地，脚步轻缓踩在坚实的泥土里，没发出一点声音。

“我在墙上凿了些小土坑，万一待会儿要跑，可以直接蹬上去。”她说，“到你觉得该跑的时候，不用犹豫。”

“这不是废话吗？”韩青禹没回头说。

沈宜秀：“哦。”

大概是因为现在的诡异环境会让人很自然地想到最危险的可能，韩青禹一边观察，一边继续说：“像在尼联国峡谷一样，你记住，任何时候，都要听我的。”

他的语气平淡却不容置疑，且他已经证明过，危机时刻，他总是冷静而正确的。

像上次在尼联国试炼地的经历过程，他们后来回头总结，得到韩青禹最多肯定和赞许的，有两件事：第一件，是他在峡谷换出沈宜秀三人后，他们没有犹豫，头也不回直接杀向试炼场外求援。当时只有沈宜秀一个人自作主张，尝试把韩青禹推出去，自己留下牵制。为此她受到了好几次严厉的批评，韩青禹说她差点害死所有人。有两次沈宜秀都被骂哭了，但她在心里，其实还是服气的。

第二件，是温继飞入场一开始就果断脱离战场的选择。韩青禹说那是最冷静和最有利的判断，可以试想一下，如果后面的整个过程，温继飞也在，事情会变得何等糟糕。

温继飞跟沈宜秀可不一样，他被夸了也要跟韩青禹回怼，说自己要是没走，说不定已经一战成名。

想到这些，沈宜秀点了点头，带着小情绪服从说：“嗯，我记住了啦。”

小情绪什么的，自然是会被忽略的，韩青禹不再说话，手电光从脚底沿着地面延伸。

视线内可见的部分地面，除了怪蟒游走的痕迹，大体平整而坚实，虽然难免粗糙些，却有明显的人为痕迹，想来这肯定跟Ne有关。

“那次实验应该是表面上一套，实际上另一套。”

韩青禹说着把左手刀插回背上，一手手电筒，一手死铁直刀，和沈宜秀保持一个斜向的以背抵背的两人队形，小心翼翼地往前走去。

这地方竟然不小，两人走了一会儿，没有遇到危险，也没有发现什么异常，沈宜秀忍不住小声说：“怎么好像没有东西？”

“有。”韩青禹的声音也很小，但是其中带着难以抑制的激动。

他已经感觉到了源能的存在。

“注意警惕，跟我来。”韩青禹带着沈宜秀朝侧边走，在绕过一个有些蜿蜒曲折的转角后，面前景象变化，淡淡的蓝光，在一片漆黑中隐现。

“这是……”

“我们可能要发财了。”

韩青禹说着，带头继续往前走了一小段。

蓝光渐盛，让手电筒的光都渐渐变得多余。

“你看到……什么了？”沈宜秀跟过去，站定，同样愣了愣。

面前是一块普通农家院子大小的场地，这里面的蓝光最盛。

有一个奇怪而结构简单的死铁框架，从天花板到地面相连，有四个与先前在外面看到的“电饭煲”和“大锤子”相似的缩小版装置，分置在房间的四个角。然后房间中间，占据绝大部分空间的，是至少七八十具的铁甲人。

透过铁甲透明的部分可以看到，他们几乎每一个都跟刚才怪蟒吐出的那具一样，有着恐怖的肤色和尸斑，只是程度各不相同，有更严重的，也有程度很轻的。

这大概跟它们被怪蟒吞食的时间间隔有关，但是无一例外，全是“活死人”。

“他们……”沈宜秀努力止住恐惧和不安，但是依然颤抖地问。

“一个生命源能的生物链。”

韩青禹说话的同时也有些发怔，因为这一刻，在他的脑海里，先前中断的思路被接续上了。

“怪蟒吞吐这些铁甲，汲取生命化源能维持生命和成长。铁甲的来源，应该是翘翘刚才说过的那个续命仓项目，一些受伤垂死的战士被送来参与实验，搏最后一点挽救的机会，然后生物链建立，Ne制造实验事故，让这里被封锁，让生物链自动运转。”他接着说。

“那怪蟒养起来，是准备用于和大尖的战斗吗？还是Ne当时在不可能被认同的情况下，私下为反抗蔚蓝留下的后手准备？”沈宜秀自动避开了一些会让她恐惧的问题。

“这个可能性，好像确实不能排除。但是我猜不是。”韩青禹顿了顿，“在我现在看来，怪蟒应该只是生命源能转化的其中一个步骤，食物链的高处，还有东西等着在一定的时间收割它。”

“Ne吗？”

“大概是。”韩青禹说，“可惜怪蟒被我们先宰了。”

对话中断于此，因为更多的问题让他们困惑，比如为什么是华系亚，其他地方有没有？再比如Ne做这些和他的叛逃是否有关，他真正的意图是什么……一切暂时都无法推断。

沉默中，沈宜秀木然地看着那些铁甲。那些人，也许本就会死，但是最后变成这样，以活死人的姿态，成为食物链的一环……

那种不得解脱的悲哀冲击着沈宜秀的神经——若人真有灵魂，那也许，是比我更大的痛苦吧？

“你知道眼前这个是什么吗？”韩青禹突然问了一句，打断了她的沉思。

沈宜秀回过神来，她知道这里是给铁甲供给源能的场地，铁甲身上之所以没有源能块，就是因为它们都被放置在这里，就像从土壤里汲取养分的蔬菜一样。沈宜秀摇头：“我不知道。”

“你没去过源能场吗？对了，你是没去过。”韩青禹转回去说，“这是一座小型的源能场。”

就跟当时为了测定源能融合度，走近源能场的时候一样，韩青禹在靠近后，其实早就已经感觉到那种“敌对的撞击威胁”。

但是这座源能场太小了。

所以，对比当初在源能场遭遇的“重型卡车”，韩青禹现在的感觉就像面对一辆童车，一点也不慌。不止不慌，他甚至有些兴奋。

沈宜秀点了点头：“那我们现在要回去报告吗？”

“啊？！”惊诧错愕的一声，韩青禹转头看向锈妹，“蔚蓝不缺这点源能的呀，再说，这是我们找到的……我们，很缺啊。”

沈宜秀在铁甲下偷笑，继续说：“那也要报告的呀，何况这里发现的这些东西，可能都很重要。”

“这些东西当然留给他们研究，但是源能……”韩青禹想了想，“你知道为什么怪蟒之前几十年都不出洞，今天却突然出去，要把你卷走吗？”

沈宜秀扭头：“那不是你编的吗？”

“编你个头啊。”韩青禹郁闷了，“那就是真实的情况，记住了，事实就是那样。”

沈宜秀点头，配合说：“那怪蟒为什么突然出去，把我卷走？”

“因为这座小型的源能场，最近正好耗尽了。”韩青禹嘴角一翘，“它失去了源能供给，才不得不外出觅食。”

“嗯！”沈宜秀终于忍不住了，声音里带出一点笑意，点头，“对的，就是这样子。”

韩青禹还是怕沈宜秀不够坚定，毕竟她是蔚蓝子弟出身。

然而眼前是一座小型的源能场，就算小，它也带个场字。况且这又不是蔚蓝的东西，韩青禹心想，我没偷自家的菜，我偷的是洗刷派头头的菜园子。而且说不定，我这回还给2所消除了一个很大的隐患呢，若不然这东西一直放着，等Ne来收菜的时候，难道不会动2所？

韩青禹想罢就更正气凛然了，认真地说：“锈妹啊，我问你个问题，咱们唯一目击军团的这个名称，含义是什么？”

问题来得不着边际，沈宜秀乍听有些茫然，扭头看看他，试探说：“我看到，我消灭？”

“对的。”韩青禹肯定一句，接着问，“那你现在看到什么了？”

沈宜秀转回去，又看了看：“一座小型的源能场？是这个吧，这里现在只有这个呀。”

韩青禹很酷地点头：“谁弄的？”

“洗刷派。”

“消灭它。”

韩青禹说罢抬手做了一个手起刀落的动作，带头一步踏进去。隐形的抗拒依然存在，他似乎跟源能场犯冲，但是这次，童车而已，随便撞。

沈宜秀在身后忍不住一阵好笑，心里想：要是源能是一个女孩子的话，那她一定会喜欢上韩青禹吧？因为他也只有在她面前，才会这么热情，甚至有点可爱。

“你愣着干吗呢？”看她发呆，韩青禹站在场内催了一句。

“好，来了。”

沈宜秀应罢连忙一步踏进去。

她虽然因为自身循环系统的存在，无法被测定融合度，但是进源能场和吸收源能还是没问题的，就像眼前这些远不及她的同类。

蓝光中的两个人都安静了下来。

源能覆盖全身，如温泉涌动的感觉，依然十分舒适，虽然慢了些，却是韩青禹怀念的，也是他平常享受不起的。

“怎么好像渐渐变少了？”没一会儿，锈妹开口，困惑地问，“你有这种感觉吗？青子。”

韩青禹点头。

听着有些失落，沈宜秀继续说：“是不是它被你说中了，真的就剩一点点了啊……我已经快感觉不到了。”

“不是！”韩青禹摇头，没有失落，而是眼睛放光，“它只是激发的速度很慢，跟不上我们的吸收速度。”

一座小型的源能场，既然要维持这么长时间，那么，它就应该像一座小火山，不可能一下喷得太猛。这个道理很简单，然后顺着往下想：那将它激发的原材料，是什么？

这里的设备，是不是正好就是辛摇翘刚才介绍过的，金属块提炼系统的简易缩小版？

答案很明显了。

“这里有金属块。”

韩青禹说完，全力运转一下，完成了对场内源能的吸收，最后估量了一下，体内大概有十几块满储蓝晶块的量。

此时场内仍有微弱的源能不断被激发出来，但是韩青禹已经不在意了，回忆了一下辛摇翘刚才的介绍，找到左上角一个电饭煲一样的设备，上前，拔刀。

沈宜秀看出来了：“你就这样直接撬吗？”

“不然呢？”韩青禹扭头，理所当然地说，“你让我慢慢拆吗？那我也不会啊，我才高中毕业。”

“这跟高中毕业有什么关系？明明就是土匪。”沈宜秀小声嘀咕一句，而后主动上前说，“按照你刚才说的逻辑，它不得是自动耗尽的吗？那你把东西弄坏了怎么办？”

韩青禹想了想："也是，我忘了。"

沈宜秀再往前两步，把他挡到身后说："让我来试试吧，我以前在科研所被研究的时候，在他们的书上看过图的。"

韩青禹让开了。

事实证明，在了解基本结构的前提下，设备似乎并不难拆，锈妹的铁手拧起螺丝来也很方便，没一会儿，沈宜秀就把螺丝都卸了，试了试，扭头问："打开吗？"

韩青禹想了想，背过身，说："你开吧，你看。"

他不敢看，怕几十年消耗下来了，剩得太少，看了会伤心。

这可是一个源能场啊，就像打劫打到一个小地主家，结果只弄到三五斗米，像话吗？！

"哐——"金属盖被打开的声音传来，韩青禹紧张地等待着。

然后，就没了动静。

"怎么了？"韩青禹等了一会儿，终于忍不住问。

"我……我不知道这个是不是整块都是。"沈宜秀的声音有些惊慌，"你自己来看。"

整块？

还以为有很多块呢，整块的话，再大它又能大到哪去啊？韩青禹这么想着，迫不及待地转身看了一眼……

幻觉。

不纯。

假的吧？

"是真的。"最终，他伸手，把电饭煲里差不多有小半块砖头大小的金属块拿起来，随手感觉一下，放进口袋，冷静地说，"是真的，整块都是。"

听到说是真的，沈宜秀都快激动坏了，却发现韩青禹平静得可怕。她心想这不可能，这还是青子吗？沈宜秀转头，仔细看了看，才发现韩青禹其实在抖，激动得颤抖。

"这块得有十四五块金属块那么多吧？拿大的比。"她藏着笑，小心地问。

"差不多。"韩青禹点了点头，突然松一口气，"好了，这样血娃以后就不用被隔离审查了，不然我真的怕自己哪天没忍住又去抢源能块了。"说罢他自己笑起来。

沈宜秀也笑。笑着笑着，两个人突然猛地看向对方。

"怎么会有这么大块的金属块？"

关于这个问题，猜测有两个——

第一，Ne有蔚蓝不知道，至少是蔚蓝绝大多数人都不知道，而且没听说过的金属源能块来源。这要是真的，它所意味着的东西，就大了。

第二，它是很多金属块融在一起弄出来的。这个可能似乎确实存在，但是细想，又很没必要。沈宜秀说根据她看过的书，在"电饭煲"里放金属块，一次放很多小块，也是可以的。

如果是第一种可能，或哪怕只是不能排除第一种可能，那么韩青禹要拿走这块金属块，隐瞒不告诉蔚蓝高层，似乎就很不应该了。

这件事实在太重大，可能关系到全人类的前景。

“问题是上交后，他们会给我足够的补偿吗？”韩青禹想了一下，觉得按蔚蓝一贯的规矩，这种可能性接近于零。

首先，他们说不定本就知道这件事，这个概率并不小，那样的话，情报的价值就没有了，就只是上交了金属块而已。

其次，就算他们不知道，事情本身也还存在着小块融合的可能。因此，在第一种可能性被证实之前，就肯定够不上给韩青禹一枚星耀蔚蓝勋章的分量，而且大概率还要被当作机密，保密很久。所以，短期内最好的结果，大概就是因此再拿一块金质蔚蓝守护勋章……那也太亏了。

事实上，对于韩青禹本身来说，他得到这块金属块的意义和价值，也是巨大的。

它意味着韩青禹可以在接下来相当长的一段时间内，源能基本无忧；意味着他的实力，可以有一个巨大的提升；同时还意味着，他能有把握随时激发生命源能溢出，能有资本去打上好几场本应很艰苦、很费力的仗。

所以，怎么办？韩青禹纠结着，把金属块又掏出来，紧紧捏在手里。

“交上去的话，你会很心痛，会哭吧？”沈宜秀在旁，小心认真地问了一句，然后说，“我觉得我应该会哭。”

她平常笑归笑，其实早已经能体会，韩青禹对源能块的执着里，其实也有她，有他们这一群人的因素。

沈宜秀心想：他就像是辛苦算计的土匪头子，而我们，就是小土匪。

“嗯，会很难受。”低头看了看手里的金属块，韩青禹坦然承认了。

“肯定呀，只是想一下都很难过。”沈宜秀点一下头，“那青子，你先过来看一下，看这样行不行。”她指着电饭锅形状的装置说。

“什么？”韩青禹困惑地走过去。

“有个印。”沈宜秀说。

经过提醒，韩青禹终于看见了，在装置内放置金属块的铁质平台表面，有一个印痕，是之前几十年间留下的。印痕四四方方，有整齐的、淡淡的缩进层次。

沈宜秀的意思是，通过这个东西，蔚蓝的科学家们也许自己就能发现Ne拥有整块的大块的金属块。

“哎哟，嘞。”韩青禹突然心疼一声。

“怎么了，不行呀？”沈宜秀着急地说，“我的意思是，咱们要不现在先不说，拿了回去等等看，要是他们发现了，咱们就永远不说了，要是没发现……再去说。”

“我只是难过它原来好大。”韩青禹心疼地说。

铁质平台上最外圈的印痕，就是金属块原来的大小，它大概是韩青禹现在手上这块的四倍还稍多，这也就是说，它的初始大小，至少相当于六十块平常能见到的来自梭形飞行器的小块金属块。

沈宜秀：“……”

“你的想法很好，但有一个问题，咱们回去怎么打听这件事他们知不知道？这事一经发现，肯定是特级机密。”韩青禹说。

“那翘翘也不知道吗？”沈宜秀说，“她应该能吧？”

韩青禹想了想：“不一定，她现在的科研方向好像是大尖的语言，上次见面的时候还跟泛蓝大尖聊了半天呢，就是那家伙也没理过她。”

“这样啊，那……”沈宜秀忍着笑，这会儿说正事呢。

“不过她家里……算了，总之不管怎么样，我们先拿着，等几天再看吧。”韩青禹做了决定，示意了一下，“你先把那个装起来。”

“好。”

沈宜秀回去装那个电饭煲了，动作小心翼翼，生怕留下痕迹。韩青禹也把金属块放进了秋季作战服内兜里，低头看了看，怕它显出来。

之后的一切，都显得突如其来。

当怪蟒游动的声音传来，韩青禹想提醒沈宜秀备战时，“砰”的一声，沈宜秀已经被一条巨尾直接扫飞，整个人撞在墙壁上，发出“哐”的一声震响。与此同时，另有两条怪蟒扑向韩青禹。

这三条，其实就在源能场附近休眠吗？因为源能和金属块的消失，感觉不对，才醒过来的？

“锈妹！”

来不及思考，韩青禹双刀同出，挡住两条怪蟒的第一次攻击，身体重重地撞在墙上，第一时间偏头看向锈妹。

刚那一下，她完全没有防备，也没有把身体源能供给调整到战斗状态，突如其来的猛烈打击，让铁甲里的她几乎昏厥。她还没清醒过来，铁甲已经被攻击她的那条怪蟒卷住，开始缠绕。

“嘎吱，嘎吱。”

韩青禹一边应付那两条怪蟒的攻击，一边听到铁甲受力挤压的声音传来。

锈妹的铁甲似乎扛不住怪蟒的缠绕，快要碎了。

一旦铁甲破裂，她的生命机能会迅速衰败，她就会死。

这是锈妹自己曾说过的，也是后来老军长一次次千叮咛万嘱咐的事情，韩青禹自然记得。

“锈妹？”

“嗯。”声音从铁甲中传来，带着痛苦和艰难。沈宜秀有些清醒了，但是现在的她，已经被完全缠绕，没有能力挣脱。

韩青禹猛然注意到攻击她的那条巨蟒，虽然看着大小跟之前那条差不多，但是它头上的角，已经完全生长出来了。

这大概意味着它很强。

不管了，大块金属块在胸膛，贴着心脏，迅速消融了大约五分之一后，韩青禹的身体，感觉到了体内生命源能的溢出。

“别怕！”这一声一点都不大，也不激烈。但是立体装置、液态源能、生命源能，三大源能涡轮都在最鼎盛的状态，在韩青禹的体内，以最激烈的潮涌，翻起滔天巨浪。咬牙无声，双刀齐下，韩青禹去势如惊涛拍岸……“轰！”

“噗。”

“噗。”

怪蟒身体上的鳞甲被他手中死铁直刀直接刺穿，虽然没能直接致命，但是因为吃痛，力道暂时放松。与此同时，韩青禹自己的后背，也被一条怪蟒重重砸中，整个人被砸向地面。

没有挣扎，也没有暂时休整，喷出一口鲜血后，韩青禹已经爬起来，抱起锈妹撒腿就跑。因为就在他视线范围内，又有两条怪蟒已经出现在不远处。

一共五条！

一路从小型源能场跑向刚才下来的通道口，韩青禹焦急恐惧，但又不敢表现过度的紧张，问：“锈妹，没碎吧？”他害怕那个答案。

“没……”沈宜秀已经把源能开启到战斗状态，但是声音依然虚弱。

“能动吗？”韩青禹又问。

“能。”沈宜秀肯定道。

“你知道我很强对吧？”

“嗯……”沈宜秀有些迟疑，“可是你也……”

“你还能爬得动吗？”

“我，能，我们一……”她想说“一起”。

韩青禹把话打断了，说：“那还记得刚说要听话吗？”

“……”沈宜秀不说话。

“要听话。”韩青禹说。

说到这一句的时候，他们已经到墙壁下。借着先前沈宜秀在墙上凿下的土坑，韩青禹抱着她，一口气直接蹬上一百多米的高墙，单手插刀入墙，然后把她塞进甬道。

“爬！”

没有多话，他说完这一声，直接抽刀同时反身一步蹬在墙上，借力凌空，朝着下方一条昂着头颅已经追到墙壁下的怪蟒，当头斩下。

甬道并不宽敞，锈妹身体有伤，两人一起进去，只会便宜了怪蟒。

人在空中，扑斩怪蟒之时，韩青禹再次大吼：“爬！”

这一声，很凶，但他吼的时候，甚至还回了一下头。

这一刻要是可以一起跑，韩青禹肯定不会演什么“你先走，我来挡”的戏码，他不擅长这个。问题是在锈妹重伤的情况下，在甬道里和怪蟒比爬行，那无异于找死，到时两人只会连刀都挥不出。

很简单的道理，一想就通，所以他先留下。他在生死危机面前从来不拖泥带水。

这一点早在他入伍之前，在700储备站扑杀那两名清白炼狱的卧底那晚就已经很明显了，至后来在1123区域初战大尖，在尼联国峡谷地直面百人，也一直如此。

关于这一点，要探究原因，只说是因为他祖上十八代都捕蛇，所以他比常人更冷静。那远不够，但是要再深入，连他自己都想不出还有什么别的因素影响。

今天的情况也没有例外，从怪蟒暴起，锈妹受伤被缠杀，到他拼着后背挨那一下怪蟒巨尾的重击救人，再到后续的奔逃，整个过程他都没有半分迟滞和犹豫。

要说有不同，只有一点，就是韩青禹最后回的那一下头。

此时他人在空中下落，刀在头顶破风，怪蟒的血口，也正昂首咬来……按理说正是最该专注的时候，但他还是回了这一下头。

他怕今天锈妹会死。

第9章 锈妹遇险

沈宜秀有这么强的战力，还有表面看起来那么强的防御，作为近乎完美的战斗体，为什么之前的那么多年，老军长宁愿自己厚着脸皮到处借源能块，时时艰难，也不愿意放她去一线？

因为沈宜秀根本就不适合上战场。别人比她容易伤，但他们伤了可以治、可以残，而她，只要铁甲稍有破碎，哪怕人本身一点没伤，都必死无疑。

这就是为什么韩青禹在峡谷地重见当时问她的第一句是“你有没有坏”，而不是关心她人有没有事，有没有受伤。

她人在铁甲里受伤都没事，但只要铁甲一坏，人就没了，而且那玩意听说只是死铁和合金铸造，有不少地方，其实都并不足够可靠。

偏偏这一次，他们的敌人是蟒，而蟒的撒手锏，是缠杀。刚刚，铁甲被缠绕挤压的嘎吱声密集，说明它已经接近碎裂。

‘别死，锈妹。”在心里想这一句的同时，韩青禹手中刀锋，挟风声斩落。

怪蟒上颌被直接履开一道血口，身体扭曲，扭转脖颈侧向再次咬向韩青禹的同时，发出一声痛苦的嚎叫。

这一声，沈宜秀听见了，人在漆黑的甬道里，一下顿住不前。

回去吗？

那里有五条怪蟒，她看到了韩青禹为救她，被蛇尾重重甩中的那一幕，她也看到了，青子吐血了，正在拼命。所以……她要听话，她得往前爬。

——为什么我这么没用啊？！

沈宜秀想要回去和韩青禹并肩战斗，但是又很清楚，以她现在的状态回去，只会是他的累赘。

韩青禹从来都不允许这样的事情发生在他们这个非正式小队，他信任他们，也要求他们给他最大的信任和服从，他从不解释……他只是永远都先扛走最危险、最艰难的部分。

痛，剧烈的痛从周身传来。

这并不是之前被怪蟒缠杀挤压带来的痛，而是铁甲的表面，可能出现裂纹了。这一刻的感觉，就像是有万千细密的针尖，正刺在沈宜秀的身上，试图抽走血肉，剥离她的生命。

往前的每一步，都是巨大的痛苦……但是必须爬，她必须活下去！

“我爬得很快！”

沈宜秀扭头，看了看黑暗的甬道。她不知距离，但拼尽全力，喊了一声。这一声，也许韩青禹听不到，但是她希望他能听到。

——我爬得越快，他需要守在那里的时间就越短。就算有一天，我真的要死，也不能死在这样的时候，死在青子正为我拼死争取、拼命厮杀的情况下，那样，他该多失望啊，他会骂我吧？他一定会活着出来骂我的。

爬。

黑暗的甬道让她忘记了长度，还好不用分辨方向。她处于一种精神混沌的状态，执着地、麻木地，拼尽全力地往前爬着。

因为刚进了一次源能场，所以身体包裹的源能，能让她保持必要的清醒，不断往上爬着。

爬。

——这里太黑了，我不想死在这里。我还要青子给我看小镜子呢，也要让青子看看我，说不定，他还会夸我漂亮，虽然那一定很为难他。

韩青禹左手刀插在墙壁里，人悬在高处，刚那一下，他并没有让自己落下去，脚底在怪蟒头顶踩了一脚，回弹，在墙壁上用刀挂住自己。

他不敢让自己落下去。

底下原本还算宽敞的空地，现在同时聚集了五条怪蟒，扭曲的粗长身体几乎覆盖住了地面，让那里看起来跟一座肉山似的。

虽然落下去可能有机会找到它们的弱点攻击，但是，有更大概率，韩青禹会在第一时间被缠绕，死在这里。

“这东西，不会真的正在进化吧？”

韩青禹抽空观察了一下，此时下方的五条巨蟒中，至少两条，头顶两侧的角都已经突破皮肤生长出来，看着就像是小牛犊的角。

“唑。”

稍微分神的工夫，其中一条长角的怪蟒，陡然巨尾拍地，一下蹿了起来，身体凌空，拉长，直接咬向墙壁上的韩青禹。

抽刀，韩青禹放任身体稍微下落，然后竭力蹬墙，身体横向转出去数米，避开这一击，再次将刀插入墙壁挂住。

怪蟒在侧面高处，扭头看他一眼，回头，竟然径直向着墙壁上的甬道，犁土爬去。

“有脑子？”韩青禹见状不敢迟疑，脚下在墙壁上用力一蹬，整个人飞扑过去，刀斩蟒身，而后下拉：“给我回来！”

锈妹肯定爬不快，他要守着甬道口，甚至整面墙壁。至于自己最后怎么脱身，他还没想好。

“但是我很快，跑得快，爬也不慢，怪蟒要是不走甬道，一边破土一边追我，肯定追不上……问题是甬道就在那里，我进去后，拿什么堵？”

姑娘们身上还穿着连身的舞蹈服，脚上还穿着白色的小舞鞋，只在外面裹了一件大衣，用双手抱着，正在灌木杂草丛生的山林道上小跑。

她们刚才已经发现韩青禹不在了。恰巧那个时候，守后山的人也来报告，说是那边有响动，来看表演的驻守班战士们立即集体往回赶。

宣讲队的姑娘们问吴恤，他们是不是在后山，吴恤不说话，直接离开，跑去取装置和病孤枪。

那就是他们了，难怪一个都不在……姑娘们气不过，看到守后山的战士正离开，就也跟了上去。

“这次真的太过分了。”夜色有些冷，灌木打在只穿了单薄舞蹈服的腿上，让人生疼，聂小真说这一句的时候，一点玩笑和赌气的成分都没有，就是气愤，还有些难过。舞鞋鞋底薄，踩在碎石上脚底生疼。

“这回我看他怎么说。”这一句裹着好大的委屈。

“我再原谅他我就是狗！”这一句也是咬牙说的。

山道上有一根横生的细枝条，战士们是直接冲过去的，全当不存在，宣讲队的姑娘们看见了，一个俯身钻过去，再一个偏了身体转过去。聂小真抬手把它折在了手里，在面前恨恨地甩了两下，而后丢出去。

聂小真是蔚蓝子弟出身，她的父亲就是融合度B级的一线强悍战力，而且家里头还有银质蔚蓝勋章呢。她打小听着妈妈口中蔚蓝英雄的故事长大，后来又进了宣讲队，到处去做科普和表演，也见过许多战斗英雄。其中热情随和的居多，虽然也有傲气的、冷漠的，甚至暴脾气的，可那都是人家的个性，也不碍着谁。哪有人像这家伙呀，这家伙就是专门欺负人的。

长得好看了不起啊？很能打了不起啊？二十年来最年轻的金质蔚蓝守护了不起啊？

过分！太过分了！

要是韩青禹只是那天上午把她们赶出对练场，那赶也就赶了，气也就气了，聂小真和小姐妹们郁闷失落个一两天也就没事了，可是他偏偏来送花，偏偏看着她，偏偏第一个把花送给她。

他手上戴着一只家传的银镯子，他说想等打赢了回家相亲，找个普通人家懂事的姑娘，他回答这些问题的时候，看着老实有趣极了。

那就没办法了呀！聂小真的一颗心，当场就没顶住。

尽管妈妈总是说，让她趁着人在宣讲队，驻在2所的便利，一定找个科研系统的，可是架不住姑娘就是爱战斗英雄啊，而且妈妈自己不也嫁了战士吗？

那天，他说这次难得有机会，很想看一次试演。明明最近就没安排试演，但是聂小真和队友们都说有，那几天，她很认真地准备。她就不信了，等他看了她跳舞，还能一丝儿不动心。可是……他竟然根本就没看她跳舞，偷偷溜后山去了！

——再原谅他我就是狗，哼，我要是狗，我就咬死他。

聂小真在心里恨恨地想。

不远处，2所旧址地下城口的灯光已经在望了。

他们这里的人，很多都把那个地洞叫作地下城，虽然都没下去过，但是听说很大，而且听说所里的领导们这两年正在商量着要弄个地下实验区呢，觉得空着太浪费了。

聂小真和队友们加快了脚步，到场稍晚了点，看见辛摇翘带着几个人，正跟战士们解释着什么，脸色看起来很焦急的样子。

聂小真和队友们连忙凑上去听。

变异的巨蟒吗？！天哪，这里怎么会有这种东西？而且杀了一条，下面还不止一条，是全甲的那个姑娘被卷走了啊，他去救人，一个人？

该！谁让他不好好看表演，没事跑后山来的……算了，还是等人安全回来，再说他吧。聂小真想着，她身边的队友们也小声议论着。

现场有些混乱，有几名战士进去确认了一下，出来说真有怪蟒，很大，身上还有鳞甲。从还有怪蟒存在的这个事实考虑，韩青禹进去救人的那个甬道，地形不利，十分危险。战士们商量着对策。

“青子他还没出来？”吴恤拉着温继飞问了一句。

温继飞点头，这有一会儿了，他们其实也渐渐开始有些担心。

“我去。”吴恤拎着病孤枪就往里冲。

“吴恤你等一下！”温继飞在身后喊，“你去有什么用啊？你这今天中午才从病床上起来，身体都还没恢复呢！”

吴恤没回头。

这时，山体一声轻微的震响，从山腹中传来。

“真的还有怪蟒？”贺堂堂小声说了一句。

“嘘，是怪蟒砸墙的声音，这样看来，青子和锈妹应该不虚。”温继飞小声分析了一下，接着三个人一起上去，拦住了吴恤，告诉他实际情况，让他安心等待，别去添乱。

“也不能让战士们进去，真有怪蟒的话，他们这些普通战士进去估计也只能白白牺牲，而且说不定还会挡青子和锈妹出来的路。”温继飞嘀咕了一句，然后主动上去沟通。

沟通的方式很简单，就是告诉战士们韩青禹的战绩。

韩青禹抹了一把嘴角的血，他已经不止一次被蟒尾砸在墙上了，尤其是被那两条长角的怪蟒砸中的那两次，让他浑身剧痛，脏腑震动，现在整个气血都已经混乱。

韩青禹提一口气，在心里估摸了一下，锈妹这会儿也该爬到外面了。如果她没事的话，他就开始设法脱身。

这时，一条怪蟒上半身勾着墙壁上凸出的岩石，再一次把巨尾砸向他。

“去你大爷！”韩青禹心想我怕那两条长角的，我还怕你？！

他奋起三大源能涡轮，发泄着心中郁闷和焦急，双手抱起怪蟒砸空的巨尾，用力就是一扯，而后以身体为轴，直接横摆，从右到左，将怪蟒的身体重重砸在墙壁上。

这就是刚才外面隐约听到的那一声。

这一下，巨蟒凑巧勾住了另一边的一块岩石，而韩青禹自己，脚下岩石掉落，身体下坠，他下意识就抱住怪蟒的尾巴没撒手……跟着他神情愣了愣，眼睛突然一亮。

脚下找到着力点，全力发动，韩青禹几步向甬道口攀去。

此时还有些发晕的怪蟒感觉到了拉扯的力道。

韩青禹已经横身退进甬道了，双手抱着怪蟒的尾巴，用力往回拉。怪蟒勾着岩石死活不松开。

没办法了，韩青禹抽刀，对着它尾部胡乱来了几刀，这个伤短时间并不足以致命，但是怪蟒发出一声凄厉的嚎叫，松开了岩石，变得瘫软无力。而后就这样，它被韩青禹倒着拉进了甬道。以它的身形，还有现在的情况，它无法回头。

“堵上了！”

韩青禹拖着怪蟒倒着爬了一段，一边爬，一边不断捅刀，隔一会儿，觉得应该差不多了，才撒手，然后自己团身转向，开始飞速往甬道那头爬去。

这样，剩下的四条怪蟒要来追他，就只能钻山而来，那样的速度必然追不上他……

“他们怎么还没出来？”

“是啊，也没声了。”

女孩们叽叽喳喳的议论声终于让守在洞口的战士们想起来身后还有一群宣讲队的姑娘，既然这里有变异巨蟒，她们就应该赶紧被疏散才对啊！

“你们怎么还在这儿？走啊，万一巨蟒跑出来……”战士说到这儿，回身指了指地洞深处。

他愣了一下。

一个衣服上满是血迹的身影，怀里打横抱着一具铁甲，出现在那里……而后渐渐清晰起来。

那个人回来了！

聂小真和队友们互相看了看，这下，好像没办法生他气了啊。

韩青禹是在甬道最后一段追上锈妹的，当时她还在甬道里，已经接近昏迷了。

“青子？”温继飞几个远远地看见了，还以为韩青禹和沈宜秀是在配合演出呢，装作焦急喊了一声的同时，心里偷偷还松了一口气。毕竟在他们眼中，锈妹刚才可是直接抡着怪蟒砸的啊。

“别太羡慕了，”温继飞甚至还有空跟身旁的辛摇翘打了个趣，“换成是堂堂、吴恤，他也一样抱的。要不你干脆考虑一下，来当我们队友好了。”

辛摇翘心想：我倒是想啊，可是没办法。

近了，韩青禹看着有些无力，但是焦急地大声喊：“愣着干吗？过来接人啊，锈妹她……”声音哽住。

这个时候，温继飞几个才发现，韩青禹自己的嘴角在淌血，而锈妹的手臂，正处于一个完全无力向下垂落的状态。

“锈妹她怎么了？”几个人连忙上去，把锈妹接过来。

“伤得很重。快，翘翘，带她找医生，无论如何保住她！”

辛摇翘点头，抱着人飞奔而去，贺堂堂和刘世亨连忙也跟着追去。

韩青禹把人交出去后，自己的身体晃了晃，猛地甩了几下头，保持清醒，正想跟战士们说里面的情况，偏头，看见了洞口站着的一大堆人。

“你们跑这里来干吗？！”韩青禹吼了一句。

“我们……”聂小真试着回答。

“走！走啊，别愣着！”

“来了，快跑！”说到这一句，韩青禹回身，抽刀，对身旁上前的驻守班战士说，“快找高手来！”

另外四条怪蟒是钻山而来的。虽然迟滞了一些，但也不慢，此时山体内传来的声音已经很近了。

等它们出来，这里的人，几乎都会死。那东西是自己引出来的，何况还有锈妹的仇，还有一腔无法发泄的焦虑、自责和怒火，韩青禹必须挡在那里。

聂小真很久以后都还记得，那天她们跑的时候，她回头看了一眼，当时正好墙壁上土石崩出，而后，有一颗巨蟒的头颅探出来。他迎上去，一步蹬墙，同时喊：“枪！”另外那个人把黑色的长枪笔直扔过去。他身体向后倾斜着，右手在身后接抢，而后急速翻身，伴随着一声怒吼，直接把长枪贯进巨蟒口中，将它钉回墙里。

聂小真被队友们拖着跑，一路担心着，直到旁边不远有风声，一个戴着面具的身影如电而去……2所的S级超级战力，吕神吕墨逸，来了。

她们终于松了一口气，放下心来。

当第二条怪蟒的头颅冲出墙壁的时候，韩青禹手上的这条还没弄死。这玩意生命力强得惊人，而且不出意外马上还有两条要出来，他有些无力，扭头看了一眼，但见一道身影从洞口掠进来，身形如电，手中刀光如同匹练。

蔚蓝华系亚方面军排名前五的超级战力，S级吕神，以目光难以捕捉的速度凌空掠过。怪蟒硕大的头颅被刀锋直接斩断，连一声嚎叫都来不及发出，就在他身后落向地面。

落地后或是还没察觉自己已经没有了身体，那蛇头还在试着向前游动。它的身体，也依然从甬道中扭曲挣扎出来，在地上扭曲、纠缠。

而后，当韩青禹和吴恤终于合力干掉了他们手上这条的时候，吕墨逸也已经干掉了又一条怪蟒，正跟现场剩下的最后一条怪蟒较劲。

“还有吗？没有的话你们愣着干吗？！过来帮忙啊……这条抓活的，弄去给他们研究。”

吕墨逸主动开口的同时，整个人趴在那条怪蟒身上，死死抱着它的脖子，蛇尾缠来，他就伸腿去蹬，像马尥蹶子的样子，真是一点超级战力的形象都没有。

韩青禹和吴恤只好先过去，帮忙压住了蛇尾，三人就这么将怪蟒生生按住了，制服后交给后续赶来的战士。

做完这些，吕墨逸站起来，依然戴着面具，拍了拍手然后开口，带着笑意说：“我们是第二次见面了吧？”

韩青禹点头。

“我记得第一次见的时候，你还只是很能跑，只能站在旁边看，想不到短短几个月，我们就有机会联手了。”意外朴实的感觉，没有丝毫拿腔作势。

吕墨逸想了一下，又说：“怎么样，找个地方聊一聊？我那儿有酒，有花生。”

跟蔚蓝超级战力榜上的高手聊天，必然受益匪浅，机会十分珍贵……韩青禹摇了摇头，说：“抱歉，我有一个队友受了重伤，我要去看着她。”

吕墨逸抬头看看他，用力点了一下头。

“好！正好我待会儿估计还得陪他们进去一趟。”他扭头示意了一下墙上的甬道，说，“下次有机会再聊。”

他连甬道内的情况都没问，说：“你们去吧，快去。”

宣讲队的宿舍就在礼堂楼上，是大间，一间十几二十几个铺位。

因为看见吕神去了而松了一口气的姑娘们已经都回来了，此时正坐的坐，站的站，换衣服的换衣服，整理床铺的整理床铺，都不说话。

一个短发的女孩从外面走进来，手上抱着脸盆，脸盆里有牙杯和铺开的毛巾，人站在门口看了看，突然很轻快地说："汪汪汪。"

她是刚才大声说如果再原谅那家伙自己就是狗的那个。

笑声渐起，聂小真也从刚才回头看到的一幕中回过神来，扫了一眼又笑了笑，她也说："汪。"

"嘻嘻，那我也汪，"有一个女孩笑着说，"小狗怎么了？小狗最可爱了。"

谁能挡得住染血抱着队友归来的画面啊。当然，她们也挡不住他最后赶人时凶巴巴的样子，他抽刀回身挡在那里的样子，以及他一身伤还把巨蟒钉回了墙里的样子。

"我听说，他有一个绰号，叫作'死铁直人'。因为他从来不知道怎么跟女孩子接触、说话，也不懂照顾女孩子，待人男女都一样。"

"就对源能热情是吧？我也听说了，听说他在尼联国的时候带着两只大尖跑，一路直喊'give me'，就这样抢了很多自保派的源能块。"

"那就是源能'死铁直人'，难怪他那么能打。"

"其实他的那只镯子，跟我家的那只很像。但他那个，肯定要出名了，也不知将来谁会戴上。就这样，他竟然还说要等打赢后回去相亲……"

"相亲怎么了？真要到他回去相亲那一天，那才好玩呢，也不知他家村子大不大。"

话匣子打开了，气氛也热烈起来了，笑声中，有人突然语气揪心地说了另一件事："我听说他抱着的那个全甲的女队友，可能这辈子都不能从铁甲里出来了。"

现场一下就变得沉默了。

一样都是女孩子，只要设身处地想一下，几乎每个人都能很快感受到那种绝望，因此不得不感叹那个女孩子在绝望中的坚强。

"她当时好像伤得很重，也不知道现在怎么样了。"

"韩青禹自己也伤得不轻啊。"这一个说完扭头找了找，"小真，要不我们去医院看看他们吧？"

"是啊，去看看，然后也跟他说一声谢谢。不然当时巨蟒冲出来，咱们肯定跑不掉……"当场很多人起身了。

聂小真看了看手表："算了，他们应该正在接受治疗，这么晚咱们就别去打扰了，明天早上再去吧。"

第二天早上，女孩们一起去了科研所的内部医院，找熟悉的医生护士打听。

得到的答案是，韩青禹昨晚回来根本没接受治疗，他和队友一起，已经在那个全身铁甲的女孩子的病房里守了一整夜。

"那个女孩子怎么样了？"她们问。

"女孩子……我们没办法。"医生抱歉地说。

特级加护病房，整洁的房间一体雪白，窗口的帘子拉开了，在风里偶尔飘动，房间里没有医生和护士。

医生们已经什么都做不了了，沈宜秀一身铁甲被放在一个小型源能仓里，但是设备的盖子是打开的。

源能仓现在对锈妹来说已经没用了，她现在的状态，根本无法从外界汲取源能，哪怕是她自己装在身上的源能块，都不能够向身体传输能量。

铁甲并没有碎，只是表面有许多细微的裂纹，但就算是这样，它的内部循环系统依然被破坏了，无法维持正常运转。

吴恤、温继飞、辛摇翘、贺堂堂和刘世亨都站着，他们站了一夜了，想跟锈妹说说话，却不敢开口，因为他们知道她每说一句话都会很痛苦。哪怕不说话，每分每秒，她都在承受着巨大的痛苦。

韩青禹坐着，一只手按在沈宜秀铁甲的腹部，他的液态源能一样不能直接灌进锈妹的身体，但是可以透过铁甲，在她的身体表面形成短暂的源能保护。

这样灌入铁甲的源能总是不断流散，他就一直灌，一直灌。

“青子。”铁甲偏头，有轻微的咯吱声，已经很久没有给出过身体反应的沈宜秀突然缓缓扭了一下头，看了看他，开口的声音细微同时艰难，“你很累吧？”

“不累呀，这有什么累的。”韩青禹说，“你别说话。”

“可是我很累。”

说出这一句时，沈宜秀终于还是做回了十七岁的小女孩，坚强和坚持，终于都走到了崩溃边缘。

“我好痛啊，青子，很痛，很痛。”

四周忍泪的啜泣声低低地响起，就连吴恤，都眼眶通红。韩青禹试着开口，却哽住了。

“你们别哭，别哭，好不好？我跟你们一起的时候都很开心，我舍不得，所以一直撑到现在。”沈宜秀说完这一句，沉默了一会儿，“你带小镜子了吗？青子……让我看看小镜子吧。”

这意味着，她要放弃了。

“不。”韩青禹用力摇头，“不，不给看！”

“可是我，我坚持不住了。”

“我不管。”韩青禹说，“翘翘帮忙联系的那个人正坐飞机赶来，很快就到了，很快……”

“你是我的队员，要不要放弃这件事，由不得你自己。”韩青禹抬头，避开沈宜秀恳求的目光，看着对面雪白的墙壁说，“锈妹啊，你知道你欠我多少源能块吗？”

这个，沈宜秀当然不知道啊，她只知道那大概挺多的。

安静的病房里没人作声，只有韩青禹认真地说着：“最开始陪练的那一块，算你自己辛苦赚的，但后来跟踪洗刷派的那次，是四块加一块，你拿得比我都多。

“还有平常的消耗。在尼联国试炼场你用的也比大家都多，而且那次跟着我打劫的时候，你还漏了一块没捡，你知道吗？我当时就发现了，但是我要带着大尖跑，没时间回头提醒你……我不提，你别以为我就不计较。然后那一次你分了五块，别的地方分的我就不说了啊……就昨晚到今天，你知道你已经用了多少了吗？七块……快八块了。”

在场剩下几个人都安静地听着，他们很少见到这样的韩青禹，他虽然平常也说笑，但其实话不多，更别说这样碎碎念了。

“你，你竟然真的有在算。”沈宜秀好委屈，气恼又想笑，无奈她好累、好痛啊。

“废话，我记得清楚着呢，不怕告诉你们，我有个记账的小本子，就是专门算源能块的。”

韩青禹说话的同时，左手伸进衣服内兜掏了掏，掏出来一个墨绿色硬皮的小本子，大概只有巴掌大小。

抖开，上面记录着一排一排数字。

“竟然是真的！”

账本是真的，温继飞骂了一句，隔了几秒，噙着眼泪笑着说：“锈妹你看啊，这得还的，不然他得哭死，你相信吗？”

“嗯。”

沈宜秀信啊，因为刚刚韩青禹口中数到的每一块源能块，其实都代表她新生的一段记忆，都是他们这些人一起经历过的事情，从她作为机器人陪练开始……

真的还太短暂。

沈宜秀一直都知道，她随时可能死去，但是，这样的日子，能长一天都好呀……她在铁甲下咬了一下牙，说：“可是，以前研究人员就说没办法，医生也没有办法。”

“所以我们找的人不是医生，也不是要卸你的铁甲。”

这是没办法的办法，他们通过辛摇翘找的那个人，叫江愁。几乎没有几个人知道他，知道的人也很少去叫他的名字，他们通常叫他“那个死打铁的”，说他是个“铁匠”。

不久前他刚帮韩青禹打造了两把新刀，据辛摇翘的说法，他可能是整个蔚蓝对死铁理解最深的几个人之一。

目前的情况，锈妹用不了药，灌输不了源能，也换不了铁甲，他们只能尝试从铁甲外部渗透修复。修复自然不是简单覆盖一层死铁上去就行的，它关系到整个循环系统的平衡和运转，一切都要精细到恰到好处。

因为沈宜秀的存活，本身就是目前唯一的特例，一旦不小心动了铁甲的哪个零件，都可能会要了她的命。

后续等待的每一秒都带着煎熬。

沈宜秀自己忍耐痛苦，不再出声，反而是大家一直在跟她说话，说好吃的馋她，说好玩的逗她，也说一些事情气她，嘴里“铁妞”“桶妹”的，一直叫，一直叫……因为他们害怕她不再听，然后就再也听不到了。

每一次嘈杂，以为听见飞机的声音，都能让在场所有人开心、喜悦的同时紧张起来。

“干脆我去机场那边等好了，人到了我马上带他过来。”辛摇翘提了个建议，虽然机场那边安排了人在等候，但她还是想能早一点看见江愁。

韩青禹点头，说：“谢谢。”

辛摇翘走的时候是早上8点，脚步声传来，是8点40分左右，韩青禹的听力很好，听出来是好几个人。然后到门口，剩下两个人。

“来……来了。”辛摇翘跑得很急，进门立即侧开身，让出来身后的那个人，那个“死打铁的”。

因为跟铁匠联系在一起的关系，之前韩青禹等人都主观把人想象成一个留着胡子的中年壮汉，但是见面后发现并不是。

一个戴着眼镜，白净甚至有些偏瘦弱的年轻人拎着一个工具箱站在那里，后面陆续有人搬进来很多韩青禹等人看不懂的设备，几乎把整个病房塞满。

与韩青禹等人照面，他只是点头示意了一下，然后直接走到源能仓前观察，拿工具测量数据。

该说的辛摇翘路上已经都跟他说了。

“我知道她……很特别的机械。”只是机械，名叫江愁的铁匠说完这一句后转过身，看了一眼韩青禹。

“那事情就拜托你了。”温继飞上前准备说几句。

“别说拜托我，我并不是医生，生死的事不归我管。我来，只是因为修复这件历史上唯一的死铁源能内循环系统是一件很有趣的事，就算失败，也是一次很有价值的研究和实验。”

江愁指挥着他带来的人布置工作现场，说话的神情和语气都很平淡，没有傲气或冷淡，只是陈述。

辛摇翘站在韩青禹身边，扯了他衣服一下，说：“现在你知道为什么大家都叫他‘那个死打铁的’了吧？”

韩青禹没出声，天才不正常，这很正常。

“可能会很痛苦，因为我其实只会处理机械。”江愁忙碌中突然转头向沈宜秀说了一句。

“没事，我不怕。”虚弱但坚定的声音，从铁甲里传来。

“那就好。”江愁应完，走到韩青禹面前，伸手说，“最少给我两块金属块，不能太小，再二十块源能块。不是我收你钱，钱方面，你们付掉飞机的费用就好，但是真正能熔化死铁的东西，只有源能，而且这次不是造刀的工艺。”

韩青禹扭头跟温继飞示意了一下。

“砰，砰，砰，砰。”

三块金属块，三十块蓝晶源能块被摆在桌上。

而后韩青禹还是坚持说了一句：“谢谢，拜托了。”

江愁抬头看了韩青禹一眼，犹豫了一下，然后点头：“辛摇翘留下看着吧，毕竟我是陌生人。你们先出去，要是失败……我会通知你们进来见最后一面。”

他布置好了简易的工作间，要求切断一切源能供应，说任何外部的东西，都可能干扰内部循环的重建。

韩青禹撒手，起身，然后又俯下身，托了托锈妹的面颊：“记住你说过的话，打赢以后要来我们老家找我们玩的。”说完转身。

“你放心来，来了我们不会把你当废铁卖掉的。”温继飞也笑着说了一句，说完背过身去。

锈妹在铁甲下，轻声但是坚定地“嗯”了一声。

医院楼下，贺堂堂、温继飞、韩青禹、刘世亨、吴恤五个人靠墙坐了一排。

“你们说，等锈妹好了，咱们要不要对她好一点？”沉默的氛围让人感觉不安，刘世亨主动找了话，笑了一下，说，“比如少气她一点。”

“那，当然不要啊。”韩青禹说着摘了嘴里的草叶，换了一片带苦味的草叶让自己清醒一下。

已经快四十分钟了。

四十五分钟。

突然一阵急促的脚步声，辛摇翘跑下楼梯，出门，站在那里，着急地左右张望。

五个人都看见她了，但是没一个第一时间开口喊她，因为不敢喊。最终还是辛摇翘看见了他们，远远地站在那儿，抽了一下鼻子，说：“秀秀自己的源能块，开始供给了。”

她说完扭头又快速跑回楼上。

墙根下的五个人沉默着，互相看了看，明白这大概是内部循环系统开始恢复的意思。

没有激动的尖叫，没有庆祝，温继飞一边大口呼气，一边说：“吓死我了。”

“嗯。”贺堂堂和刘世亨都应了一声。

“以后有危险的事，我跟你去。”吴恤说了从昨晚到现在的第一句话。他从小的生活经历让他对失去身边的人已经习以为常，他也听说在蔚蓝一线，牺牲很稀松平常。但是从昨晚到现在，他所看见的和感同身受的，似乎都并非是这样。

这句话他是对韩青禹说的。

同时间，温继飞也看向了韩青禹：“青子……青子？”

韩青禹低着头，已经睡着了。一直到此时，他身上的染血作战服都还没换下来。

“他睡着了。”

其实刚才的这四十几分钟，聂小真和女队员们恰好没走远，就在不远处的树林里看着。有一些无声的但是打动人的东西，能体会，但是很难形容。

“好了，走吧，不看了，再看我怕以后嫁不出去了。”那名短发的女队员打了个趣，笑着说，“走吧，小真走不走？”

“走。”聂小真又看了一眼，转身，和队友们一起走了。

“怕不怕以后不好嫁了？”走远后，有人开始打趣她。

“得嫁的呀，而且以后还要把这段故事跟孩子讲一讲，这么好的故事，不讲可惜了。”聂小真笑着说。

以后可以去他的小队科普、表演啊，然后排挤他，心里痛快一下……还可以给孩子讲，那个尼联国试炼场的传说、十年最强新兵韩青禹，当年给妈妈送花，求着想看妈妈跳舞，妈妈都没让他看成。

这个世界没疯，所以会有怦然心动；这个世界没疯，所以并不是每一次的心动，都一定要有结果。

第10章

变个魔术

韩青禹醒来已经是两天后了。

他从胸前到背后，都缠着厚厚的纱布，之前被怪蟒几次重击，他其实伤得不轻，只是因为体质实在强悍，所以一直撑着，直到听说锈妹没事了。

“你醒了啊，醒了就好，医生说你的恢复力强得惊人。”辛摇翘站在床边，看见韩青禹睁开眼睛，笑着说了一句，拍拍胸口。

其实韩青禹昏迷的这两天有一点很奇怪，他脸上、身上都在蜕皮，蜕完皮肤色变白了。但是这个，作为女孩子，辛摇翘不方便去说。

医生们都说这可能是他受伤后的特殊反应，总之没造成病变就没事，他们具体没发现什么不对，也无法解释。

至于其他人，他们上一次从尼联国回来的时候，就已经知道韩青禹在超负荷战斗后会有蜕皮的情况了，因此完全不以为意。温继飞当场上前两步，俯下身，小声说：“放心，你身上的东西我第一时间收起来了，除了……”

“除了什么？”韩青禹困惑道，同时目光看去，看到一具熟悉又有点陌生的铁甲站在那里，手上拿着一个墨绿色硬皮的小本子。

沈宜秀的身体这次并没有受太大的伤，铁甲修复、内部循环系统恢复后，就没有太大的问题了，所以反而比韩青禹先醒来。

“你拿我的小账本干吗？！”

沈宜秀两手一背，把小账本往身后藏，一脸开心得意。不然还能怎么反应呢，她总不能哭吧，哭哭啼啼的肯定还得挨骂。

“你还给我。”韩青禹一下从病床上跳起来，伸手去抢。

“不，我还没偷划呢。”沈宜秀举着小账本转身就跑。

她跑了大概三四步，突然像被人绊住了腿一样，整个人笔直向前扑倒。铁甲砸在地板上，发出沉闷的声响。

韩青禹蒙了，他这都还没去追呢，扭头茫然地看着在场的另外几个，问：“她这是怎么了？”

大家看着趴在地上的锈妹，都在笑。

“没事，就是上午刚下床，说是因为铁甲修复后有一些变化，还不适应，这半天基本走哪儿摔哪儿，已经吓着好多人了。”

贺堂堂解释完了，也开心地笑起来，他现在的战力排名暂时又挤进小队前三了。

“这样啊。”韩青禹放心的同时心底一阵好笑，慢腾腾地走过去。

沈宜秀见他过来了，慌忙爬起来再跑，跑了两步，又一次毫无预兆地扑倒在地上，跟个笨熊似的。

“跑呀，跑……你怎么不跑了？”

一片笑声中，韩青禹走过去，蹲下先把小账本抢回来，检查了一下收好，然后伸手把沈宜秀整具铁甲架起来，凌空抵到墙上，看了看，说：“好像是有点不一样啊，不过你怎么变这么菜了啊？”

锈妹身上的铁甲确实有些不一样了，如果说以前的她看着像一具破旧的机器人，那么现在，这身铁甲给人感觉很先进、很酷，机械感十足。

同时，虽然整体都进行了渗透修补和表面强化，原先是合金的部分，也都多覆了一层，却丝毫看不出臃肿。因为结构更合理了，韩青禹身体后仰，看了看，发现铁甲似乎比以前修长了，以前一米七六、一米七七的样子，现在得跟他差不多高了。

“具体的数据暂时无法测量，但是那个死打铁的说，秀秀的防御力，同状态下至少提高了三倍。”

三倍，很惊人的数字，而且这是一个关系生死的数字啊，韩青禹安心的同时感激地点了点头，然后又听见辛摇翘说：“那个跟你一样死字辈的家伙，已经先走了，说不用谢。”

“那我剩下的源能块呢？”韩青禹连忙问。

“剩？没剩呀，他看见反正有，就都用了。”辛摇翘观察着韩青禹的神情变化，藏着笑，解释说，“所以秀秀才提升这么多的嘛。”

“哦。”韩青禹扭头看一眼沈宜秀，松了手，回身拿出小账本，找了支笔，开始往上记。

最近消耗：三块金属块（沈宜秀），三十块蓝晶源能块（沈宜秀），十块蓝晶源能块（吴恤）。

剩余：蓝晶源能块二十块，金属块零块。

零，没了啊！

不管大伙实力提升怎么样，至少源能块方面，一夜又回到去尼联国前了，韩青禹算完整个人木在那里。

“锈妹你完蛋了。”刘世亨探头看了一眼，回头笑着说，“还有吴恤，你也上小账本了，知道吗？”

吴恤认真地点了一下头。

沈宜秀也一样，她还消耗了好多韩青禹源能罐里的液态源能呢，这个她自己最清楚。

“锈妹完不完蛋我不知道，但现在，我看还是先帮青子抢救一下吧。”贺堂堂也笑着挤对。

他们都知道在温继飞那儿藏着的那个大块头呢，所以很轻松。但是那玩意，说不好是要上交的啊！

韩青禹心里清楚，想了想只能暂时放下。起身，看了看辛摇翘，认真地说：“这回好多事都幸亏有你在。”

“哪里，”辛摇翘有些慌张，“哎呀，你别客气呀，我们不是好朋友吗？”

韩青禹也不会客套，就只好说：“总之你以后有什么需要我帮忙的，记得跟我说。”

这家伙突然好认真啊，辛摇翘不自觉地用余光瞄了一眼他手腕上的银镯子。他自己估计都还不知道吧？在蔚蓝女孩们的口耳相传中，这只银镯子已经越来越有名了。还好，没被他发现，辛摇翘抬头，狡黠地笑了一下，说：“你说的哟！”

相比最开始直接跑去看人的冲动和幼稚，现在认识了、了解了、熟悉了，辛摇翘反而不急了。她很淡定，她不知道自己的故事会是怎样，但是她知道，属于韩青禹的故事，才刚刚开始。

韩青禹点头：“嗯，我说的。”

现在，2所已经聚集了很多科研系统的大人物，以辛摇翘的爷爷辛明执为组长的专项研究团队开始对变异巨蟒和Ne留下的源能场进行探索和研究。

韩青禹几个每天旁敲侧击，跟辛摇翘打听里面的情况，想知道他们到底有没有发现大块金属块印痕的存在，但是始终没有得到答案。

当时那番混战，设备被砸来砸去的，印痕不会已经没了吧？韩青禹想了一下，抬头看见辛摇翘已经挥手准备去上班了，着急地喊了一句：“翘翘，你等一下。”

“什么？你说那块要交上去？”温继飞急了，在辛摇翘回去上班后，韩青禹宣布了他的决定。

“没办法，那么大的隐秘，总不能不说吧？说了东西肯定要被收走研究。”韩青禹说。

贺堂堂也着急地说："那我们回去怎么办？就剩二十块蓝晶块了。"

考虑到锈妹的消耗和实力提升的需要，这是一个很现实的问题，甚至就连韩青禹体内的液态源能储备，现在都不多了。

而且考虑到不义之城的杀手可能不久后就会到来，韩青禹还必须要有金属块傍身。从在蟒蛇洞里的情况看，他现在一次至少需要吸收三块金属块才能激发生命化源能溢出。

他当场拿出大块金属块，心疼地看了看。

小了些，这东西原本至少有15块蔚蓝标准化金属块那么大，因为蟒蛇洞里那一战的消耗，现在剩下12块的样子。

留下就是大款，但是又不能留。

韩青禹倒是确实可以在上交前直接吸掉更多源能，用来提升基础实力，但是就算那样，后续还是一样窘迫，一样不能临战使用，怎么办？！

就这样又过了两天，韩青禹身体基本康复，锈妹也开始习惯她的铁甲了，眼看着离小队出发的日子越来越近了。

这天傍晚，2所家属区，辛摇翘家。

"翘翘，翘翘？你这是怎么了？"辛妈妈看有一会儿了，女儿从下班后就一直坐在沙发上，一会儿傻笑，一会儿神情困惑，"他就要走了，是吧？"

韩青禹是要走了啊，辛摇翘抬头，扑闪着眼睛看了看妈妈。

"他突然跟我说，走之前，他想见一下爷爷。"

"是因为那个吴恤的事？可是那事也不归你爷爷管啊。"

"不是，吴恤的事暂时只能是放在讨论状态，不赶也不收，他都知道的，他不是没分寸的人。"

"那他见你爷爷干吗？"辛妈意味深长地问。

辛摇翘头一偏，支吾一下，说："不知道。"

F级融合度，非战斗人员，但辛明执是一个大人物。

翻开世界蔚蓝联盟的史册，人们会在源能战斗装置从第七代向第八代的变革贡献名单第一位上看到这个名字。同时在世界蔚蓝联盟议事会方面，华系亚共和国现在之所以能雄踞九个席位，并列成为议事会三大力量之一，也与辛明执的存在有关。

他是以科研人员身份独立入选的，不占国家名额配比。

他也是辛摇翘的爷爷。

老头一身无数荣耀，最得意的一件事，是家里有一个十七岁入档次一序列，很快成为大尖文明语言研究突破希望之一，同时还是家族历史上第一个A级战力天才的孙女。

出于一种缺啥想啥的逻辑，把这两者放在一起比较，大概还是后面这一点，更让老爷子骄傲。因为这样，他在和战斗系统的一些官员吵架的时候就可以说：“你看，过几年你都未必打得过我孙女。”

说起来，关于蔚蓝第七代到第八代装置的变革，华系亚这边一直都有一件轶闻，说是那年辛摇翘还很小，辛明执哄孙女的时候就逗她，问：“咱翘翘以后要不要穿装置，打怪兽呀？”

小摇翘当时就很嫌弃，说：“爷爷是说那个像乌龟壳一样的东西吗？那我才不要呢。”

历史的车轮就这样开始了一次加速。

第七代装置是后背一个圆盘上面加正三角形的造型，一些洗刷派至今还在使用，看着确实不是那么好看。人们说辛明执就是因为孙女的这句话开始做装置改革研究的，这当然是趣话的成分居多，但要说真的一点关系没有，怕也不对。

老爷子宠孙女，那是出了名的。

“所以翘翘，你爷爷到底是怎样的一个人啊？我的意思是，他听起来好像是个大人物。”

无奈这些小伙伴不读书啊，虽然蔚蓝也有历史课，但是除了这两天一直独自待在对练场的沈宜秀，剩下的几个，就没人好好看过书。

贺堂堂问这句话的时候，只知道辛摇翘的爷爷是这次专项小组的组长，简称小组长。

“爷爷他，嗯……”嘴里拖着个长音，辛摇翘偏头的同时大眼睛一转，偷摸看了一眼坐在旁边的韩青禹，果断地说，“就是一个很普通的老头。”

“总之他很和气的，一点都不用怕。”辛摇翘是来办正事的，临回去前特意又安慰了一句。

爷爷已经说好要见韩青禹了，毕竟他是第一个进到蟒洞的人，哪怕从调查的立场出发，亲自见一见也没问题。

可问题就是辛摇翘的心里，一点都不希望爷爷是以公事的原因见韩青禹，那样的爷爷，其实很严肃，气场很强大。

就不说爷爷了，就是她自己，如果出去参加科研会议，也会穿上正装，化上成熟的妆，表情严肃，压低语调，不然她说话很难让人信服啊。

从韩青禹那边回来正好是午饭时间，爷爷在2所的这段时间，但凡来得及，都是会来家里吃饭的。

饭桌上，辛摇翘偷偷拿手臂碰了碰妈妈的手肘。

辛妈扭头看看女儿，想起来了，忙说：“爸，你吃这个，冬笋炒肉，这是翘翘做的。”

“是吗？”辛明执脸上笑容绽开，同时眼神有些惊讶，“翘翘什么时候学会做饭了？”

说着夹了一筷子，还没进嘴呢，夸奖的话就已经准备好了。

“就今……最近。”辛妈妈说，“还不是因为爸你来了吗，换我和翘翘她爸，我们俩才没这么大面子呢！”

“哈哈哈，”老头开心地笑起来，“好吃，真的好吃，这个冬笋，明显就是特意腌过的……没有啊？那也好吃，有特色。”

辛明执说着又对一旁自己的姐姐，也就是辛摇翘的姑奶奶说：“你试一试，真的还不错。”

姑奶奶也笑着尝了一口，悠悠地说：“说起来我当年学做饭啊，也是从有心上人开始的。我生把一锅鱼片，解剖到一根刺都没有。”

一时间桌上几个人表情各异，窘迫的窘迫，偷笑的偷笑。

饭后，辛摇翘又给爷爷泡了茶，然后站一旁支吾犹豫。

“翘翘不好意思说就不用说啦，爷爷都懂。”辛明执喝着孙女泡的茶，笑着说，“可是我听你姑奶奶说，那小子是个木头做的啊，满脑子就是源能块……啧，爷爷得先看看他到底有多木啊，可别回头把我家翘翘气坏了。”

“真的要交啊？”温继飞坐在房间角落，手抚着那块源能砖，怎么都舍不得还给韩青禹，“交了咱们回去怎么办？”

“没办法，这是大义。”韩青禹说。

现在的情况，真的没办法，他们打听不到里面的情况，不知道科研人员有没有发现大块金属块的痕迹。退一步讲，就算他们发现了印痕，知道了这件事，但是没有金属块本身，他们的研究肯定也会受到很大的限制。而有实物的话，也许通过金属块某些细微的差别，他们就能研究出这东西的来源呢？也许来源就真的不同呢？

这两天想通了这一点后，源能砖，已经不交不行了。

“大义……大义失金砖啊！”

温继飞哀号了一声，捧着源能砖转向沈宜秀：“锈妹，你倒是说句话啊，你命在这儿呢。”

这一句虽然严重，倒也不失为实话。现在他们就剩二十块蓝晶块了，沈宜秀接下去连生存保障都是问题。他们现在却要把能抵十二块金属块的源能砖上交……那是五百块蓝晶块啊！

“我……”沈宜秀左右看了看，说，“可是也没办法，只能我……我以后努力省着点。”说完看向韩青禹。

韩青禹起身，对温继飞说：“给我吧。”

温继飞无奈，重重地叹了口气，把源能砖扔给韩青禹，然后偏过头不看，说：“好好跟他谈谈奖励啊。”

“好。”韩青禹在门外说。

楼道里传回来的脚步声很清晰，韩青禹竟然真的拿着源能砖走了，也没有折返回来皮一下，说“我可是韩青禹啊，我怎么可能会把源能块交出去”。虽然感觉不可思议，但确实是真的。

温继飞回忆了一下，记得是在当初去源能场做融合度检测的车上，青子曾经说过他可能很强，这一点已经兑现了。然后他还说，摆在他们面前的，一共就两条路：跟蔚蓝一起打赢；实在打不赢，也要有足够的实力可以带家人朋友逃亡。

照现在这样看来，青子心里还是更希望能跟蔚蓝一起打赢吧。

按道理说这样的想法也没错，蔚蓝虽然有一些人让人心寒，但整体还是让人有归属感的。可是源能砖对韩青禹实力的提升及对后续安定的保障作用，温继飞都是最清楚不过的。他整个人郁闷地朝后一躺，因为褥子薄，于是“咣当”一声撞到了床板上。他叹口气坐起来，还是一副不甘心的样子。

“算了，”难得看温继飞郁闷成这样，刘世亨上前坐旁边安慰了一句，“既然青子已经决定了，你别太放心上。”

“我其实还好啊。”温继飞有些无奈地说，“实话说咱们这些人里，源能块对我是最可有可无的。”

顿了顿，他又说：“但是你们有没有想过，就现在这样，剩二十块蓝晶块回去小队，青子接下来得多为难，得有多大的压力？他去尼联国，拼了老命，不就是为了攒这点底子吗？好让大家下去小队后，可以安心提升实力。”

沈宜秀站旁边犹豫了一下，抬头，内疚道：“对不起，都是因为我。”

温继飞连忙摆手，说：“不是，锈妹你别瞎想啊，想多了回头你也累得慌。再说那源能砖不也是你和青子一起弄回来的吗，你连命都差点搭上了，我就是……就是心疼，那可是拿命杀下来的东西啊，而且以前几次，咱拿命最多都只能杀个五分之一，十分之一，甚至二十……”

他这么一说，每个人都开始心疼了，想着韩青禹肯定更心疼。

老爷子和韩青禹约定的是午休时间在科研所办公室见面。

韩青禹来2所这么些天，今天还是第一次进到办公区这么核心的位置。

他面前的这栋办公楼是副楼，有些老旧，也不花哨，据说是大人物才能待的，因为在主办公楼容易受打扰。

带韩青禹来的人走到门口就停住了，换了里头一个穿西装的三十来岁的男人上来，他仔细查验过证件后说：“欢迎，辛老在楼上等你。”说完他做了个请的手势，转身走在前面。韩青禹在后面跟着，身边前后左右一共四个穿着装置、背着战刀的安保人员跟他们一起走进电梯。

这样上了九楼。

“笃笃。”

“进。”

门推开，办公室很大，几乎就是一个小型的会议室。

在场也不止辛明执一个人，满头白发的他坐在很大的弧形办公桌后面，面前还有三名科研所的工作人员，似乎正在讨论着什么。

“辛老，韩青禹来了。”工作人员等了一个对话空隙，用恰到好处的音量说。

“哦，好。”辛明执抬头看了看，摆手说，“那你先出去吧。”

然后又伸手向韩青禹示意道：“小韩先沙发上坐一下，我这儿还有点事要忙。”

“嗯，谢谢……”很随意的对话，让韩青禹把准备敬礼的手放下了，跟着神情犹豫了一下。

“不知道该怎么称呼是吧？那就叫爷爷好了，我现在也没有军衔、官衔，啥老不老的，估计你也叫不顺口……看你应该跟翘翘差不多大，叫一声爷爷不算我占你便宜。”

辛明执笑起来，他本来是打算好了今天见面要板着脸的，顺便不介意展一展官威。但是他看过韩青禹的详细档案，从劳简对韩青禹离家表现的描述，到前几天吴恤手术，再到沈宜秀受伤的情况，都了解了一遍。他当时就看得热血澎湃，现在看见人了，更是满意得不行，所以自然而然就亲切起来了。只是他对韩青禹的性格还不了解，决定先晾一晾，再观察观察。

“谢谢辛爷爷。”韩青禹照着喊了，按辛明执随手指示的位置坐下，看着很老实的样子。

就这样，辛明执一边参与讨论，一边偷偷观察，很快有了判断，心想：这一看就是一个老实的农村孩子啊，那还有什么木不木的？我们家的女人们要求也太苛刻了。一个老实孩子，一个英勇直面死亡的战士，他没那么多花哨，难道不是应该的吗？

韩青禹确实表现得很老实，但其实他也在听，且很快从辛明执和工作人员的对话里判断出来，他们大概并没有发现蟒洞内大块金属块的印痕。

想想也是，经历了现场那番混战，“电饭煲”被砸来砸去，估计里面早就乱套了，没发现似乎才是正常情况。他们现在正讨论小型源能场的源能供给呢，提了很多说法和假设，但是没有定论。

“对了，差点忘了这里还有一个最先进去蟒洞的蔚蓝战士了。”辛明执突然向另外三人笑着说，“干脆一起聊聊吧。”

其实关于蟒洞的情况，韩青禹和沈宜秀都已经被工作人员询问过不止一次了。

辛明执笑着，身体向前探了探，和蔼地说：“小韩今天找我，是私事吗？还是关于洞里头有什么情况，要私下再汇报给我的？”

韩青禹想了想，起身：“是有一个情况要汇报。”

“啊？”只是随口一问，想不到还真有，辛明执有些意外，“是什么情况，非得私下跟我说啊？”

“是很神奇、很难理解的一个情况。”韩青禹顿了顿，“我文化不高，一时也表述不清楚，要不我给辛爷爷你们演示一下……我变个魔术吧？”

包括辛明执在内，四名科研人员顿时都愣了愣。

“魔术？”

“嗯，差不多。”

“什么魔术？”

韩青禹当然不能说把金属块变整啊，那就没得玩了，他含糊地说：“把金属块变多。”

一阵沉默。

“十块，能膨胀成十二块。”韩青禹认真地说。

所以这就是洞里的秘密？不可能啊，来自科研人员的自知和严谨，让在场的四个人都不相信这个所谓的膨胀魔术，可是他们就是禁不住好奇，他到底想干吗？

现场另外三个人都是辛明执的学生，刚刚也看出来了，这个传说中的天才小战士，跟辛家关系不浅，说不定未来他们去辛家拜年，他就是在里头坐着的人。

所以他们都没说话，只把目光投向辛明执。

辛明执也不知道韩青禹葫芦里卖的什么药，心想有什么事情这么为难，他非得这样绕弯子告诉我？

“那就看看。”

所谓的魔术和金属块膨胀变多的说法，完全没有任何可信之处，但是反过来想一想，又无论如何都没有任何风险的样子。所以，看一看，至少没损失。

抢劫他也不可能这么抢啊，更不可能跑这里来抢，再欺诈又能怎么诈？他还能直接吃了那东西，再吐出十二块来？

话可是他亲口说的，十变十二……要是十没了，那个十二不出来，他可担不起。另外，这栋楼里还住着S级超级战力呢。

“所以他是真的有什么无法言明的隐秘，必须以这样的方式告诉我吗？”

想不通，猜不到，但是从一个科学家的角度，辛明执一直坚信，所有的想不通和荒诞，都可能是蔚蓝科技进步的开端。

比如曾经的那三位先贤，他们最开始尝试用人体激发源能的时候，也是被飞船方向的研究人员当作笑话的。

源能的出现，改变了太多东西。

“还有一个可能，就是他傻乎乎地想证明点什么……比如，证明他其实不是只在乎源能块，甚至金属块，因为我是翘翘的爷爷，所以来证明给我看。十块变十二块？资料上面说，他在尼联国的最大收获，估计就是得了五块金属块。前几天因为那个沈军长的孙女，用了三块，现在应该正好剩下两块。”

到此，辛明执已经不自觉地脱离了一个科学家应有的状态，开始八卦了。

起身，辛明执眯眼瞧了瞧面前一脸耿直的小年轻，笑了一下，意味深长地问：“那既然是科研所出的十，你变出来的十二，可不得归我们才行？”

韩青禹点点头：“行。”

这就对上了，这是真舍得啊，辛明执着手安排人去取金属块。

科研所承担着提炼蓝晶块的工作，自然不缺金属块，虽然每块大小都有一定的差别，但是蔚蓝制定了一个标准值，通过称量，可以获得一个精确的数字。

拿着辛明执亲笔签名的批条，他的一名学生带着安保战士走了。

趁着这个空当，辛明执也找了个理由，暂时让韩青禹和两名学生待着，自己则离开办公室，来到旁边不远的一个房间。

房间里，辛摇翘，辛妈，还有姑奶奶，三个女人都在呢，因为好奇或担心，都想来看看韩青禹找辛明执到底要干吗。

“他怎么样了？爷爷。”辛摇翘当即站起来，有些担心地问。

“他……他说要给爷爷变个魔术，十块金属块，变成十二块。”

话是看着辛摇翘说的，辛明执仔细观察孙女的表情，试着去分析这件事孙女是否提前跟他串通好了。毕竟翘翘在这方面也一样没什么脑子啊，保不齐就是那些高门大户嫌弃普通人家小子的电视剧、小说看多了，怕自己嫌弃韩青禹，所以跟着瞎折腾。

但是辛摇翘的反应让辛明执很快相信，孙女是真的完全不知情。

那是两块金属块的差额啊，那对于任何一个人，哪怕是任何一个小队来说，都绝对不是一个可以轻松平静面对的数字，放在华元990年大尖降落变得频繁之前，它甚至是很多小队一年的收获。

辛明执把办公室内发生的情况又讲了一遍，包括韩青禹最后承诺金属块变出来后归科研所这一点，以及他身上确实可能还有两块金属块这一点，都说了。

在场众人的思维混乱了。

“他……他这图什么啊？”

辛妈也是不敢相信了，早几天她还打趣说往女儿脖子上挂一块金属块，说不定就能牵走某头驴呢。所以，现在是什么情况？

“图什么？”辛明执沉吟一下，看着辛摇翘，故意夸张打趣说，“他不会是图我孙女吧？哎哟，这买卖他可赚大了呀，啧啧，想得真美。”

辛摇翘不说话，她才不信呢，她比这里所有人都更了解韩青禹，所以知道那种可能是不存在的。但是她不说。

“要真是你说的这样，那他也是够笨的了。”姑奶奶嘀咕一声，笑着说，“说起来，我这两天从护士们嘴里听到一句话，说是宣讲队那边的小女孩说的，叫什么‘偏是直人常动人’，说他虽然木，但是他做的那些事，一件件的，还真没几个女孩子顶得住。”

正说着呢，去取金属块的那名学生和安保人员的脚步从外面经过。

辛明执想了想，说：“要不干脆一起去看看吧？反正就是一个魔术。”

辛妈、辛摇翘和姑奶奶也都是科研系统的人，而且职务不低，到场并没有什么不合适。

“好呀。”辛摇翘可好奇了。辛妈也一样。

韩青禹看见她们三个出现的时候，神情平静，礼貌地打了个招呼，但其实眼神里有一点不安，只是没让人看出来。

“加油。”辛摇翘才不管他要干吗呢，她挥舞着小拳头，还给他加了个油。

韩青禹点头，笑了一下。

“那你，还需要什么辅助吗？东西，或者人？”辛明执的那名学生问了一句，放下手上的大开口特制托盘，放在会议桌上。

十块金属块整齐地摆在当中。

韩青禹摇头：“不用的，我自己就可以。”

“那你……”

“一件外套就够了。”韩青禹说着便把身上秋季作战服脱下来，很不严谨地左右翻一下，算是展示过了，而后直接揪着两边领口，盖到托盘上。

“变的过程，要保持安静。”

说完，他把双手伸进衣服下面。

堪称史上最拙劣的魔术表演开始了。

在场各位配合着不出声，但其实都已经忍不住笑了，只不过辛明执的三个学生是觉得荒唐，无奈想笑，但又不敢表现得太明显，而辛明执自己，开始会心地笑起来，心想果然被我猜中了啊……所以，还真是个木的。

姑奶奶和辛妈也都是哭笑不得的表情。只有辛摇翘觉得好玩极了。

很显然，等到衣服掀开，下面会有十二块金属块，这个一定没错，但是多余的两块，是膨胀出来的吗？当然不是。

这基本上就是现在社会上到处都有的招摇撞骗的招数啊，甚至都还不如。

所以他是来送礼的？

来逗老爷子开心的？

是逗小姑娘才对吧。

“好了。”韩青禹收手打开，手上空荡荡的，然后抬头，还是一样，没有任何表情，看了看四周的人，“那我掀开了？”

“好的。”辛明执慈祥地点了点头。

姑奶奶和辛妈笑得合不拢嘴了。

只有辛摇翘很配合，仔细看着韩青禹的动作，随着他双手一起把外套掀开，缓缓开口：“惊……”最后的那个“喜”没发出来，辛摇翘愣住了。

不光她，在场所有人，包括辛明执在内，都愣住了。

一块跟标准化金属块相比，要大十余倍的硕大的金属块躺在托盘里。

韩青禹掀开外套之后，直接把外套翻到身后，穿上了，动作很帅，他抬头看看辛摇翘，看看辛明执，再看看大家，用一种平静的声音问：“惊喜吗？”

第11章 抢功

“哇！好厉害！”辛摇翘回过神来，第一时间感叹了一声，哪怕她能觉察事情没这么简单，但是她现在可不是科学家的身份，韩青禹在场呢，而且事情与他有关。

大块金属块被放进旁边的托盘秤里，标准值十二块的量，足足的，甚至还稍微多出来了一点。

这情况要说开心，韩青禹眼下当然开心不起来，十二块换十块，生生少了两块。这要是放在平时，几乎等于要他的命。但是反过来想一想，源能砖是必须要交上去的，这一点不管从蔚蓝的立场、人类的立场，还是韩青禹一直希望保护朋友、家人，想着打赢回家乡的角度，他都必须这样抉择。因为这块源能砖，可能关系到很多很重要的东西。

这个不交，他就离成为潜伏的自保派不远了。

所以，相比于直接上交源能砖，等一份不知哪年哪月才能兑现的荣誉，现在能实打实地留下十块，就已经是最好的结果了。至少是依然暴富的结果，短期内不用为源能发愁，韩青禹想不到比这更好的办法。

所以，就当是提炼消耗吧，花掉10%的手续费。何况，如果是源能砖的状态，他也没办法拿去提炼，而包括锈妹在内的其他人，都是没办法直接使用金属块的。现在剩的那点蓝晶块，就连韩青禹自己在装置和液态源能的补充上都不够用。

现在的情况是，十块金属块就装在韩青禹的衣服内兜里，如果辛明执等人当场翻脸要搜，韩青禹就会将它们直接吸收掉。

然后在查无实据的情况下，科研系统的人估计也不能把他怎么样，再怎么说，他现在也有荣耀和名声傍身。而后他的心理，也许就会发生一些变化。

韩青禹在等辛明执的判断和选择。这是一场交易，韩青禹给它取了个名字，叫作

“愿你善良”。意思是说，我已经把东西交了，也没占科研所的便宜，没让你们为难，愿你们善良，给我个台阶下。只是这些话是不能直接说的，所以这次他才选择了辛摇翘的爷爷。

沉默中，辛明执独自往前走了几步，伸手把托盘里的源能砖拿出来，放在手里摸了几下，神情顿时慎重起来。是真的，这东西他摸了几十年，真的假的，怎么构成的，都能一辨即知。至于说它是变出来的……

辛明执是何等聪明的人啊，把几件事情稍微一联系，瞬间明白这块东西的来处了，同时也明白了韩青禹的用意。

至于韩青禹为什么要用这样的方式交，很简单，如果他直接交，那么一切就都得按蔚蓝的制度办，先保密，再评估勋章等级，甚至还要对这几天的情况进行追查、审问。而他不交……事实上，他确实是可以不交的。毕竟，科研所根本没人知道有这源能砖的存在，看样子，翘翘也不知道。

辛明执想到这里，抬头又看了看韩青禹的眼睛，心想这哪是个老实孩子啊，但是又觉得庆幸，至少这孩子在大事上还是拎得清的。

“所以折腾到最后，果然还是在算计源能块啊，臭小子，害老夫刚才一会儿的工夫想了那么多，差点都以为要当你爷爷了。”

辛明执果然还是生气了，这小子果然如传说中一般，木到天上去——你连翘翘的爷爷都敢设计，你这是不想要翘翘了吗?

但是从一个科研领导者的角度，爱才的角度……辛明执想了想，抬起双手：“啪啪啪啪啪……”

掌声中，老爷子认真赞许：“精彩！全心全意的魔术表演，叹为观止，深为感动。”

他这一鼓掌认可，就等于默认了目前的状态。

随即身边的学生，辛摇翘母女俩，包括姑奶奶，掌声就都起来了，辛摇翘尤其开心。

等到掌声平息，辛明执才看着韩青禹的眼睛，微笑着说：“这魔术不容易吧？那这个，我可得拿回去好好研究。”

迎着老人的目光，韩青禹郑重点头。

两人之间现在最好的状态，就是心照不宣。

事情接下来要怎么说，怎么操作，自然都由辛明执去办。他有足够的权威和地位，可以轻松处理这件事，毕竟相对于这些旁枝末节，这东西本身和它所包含的信息，才是关键所在。

交易达成，辛明执最后掂了掂手里的源能砖，说：“一会儿的工夫，两块金属块的量，这回科研所赚大了啊。”

韩青禹走后，气氛有些古怪。辛明执坐在那里，脸色略有些尴尬，忍了会儿，终于还是没忍住，没好气地说：“翘翘你再偷笑，爷爷可就生气了啊。”

“没，我没有笑。”辛摇翘当即抿住嘴唇，不笑了。

辛明执无奈地看看孙女，心想：唉，我这宝贝孙女的心哦，怕是早就已经不知道偏哪里去了。

“笃、笃笃……”

金属块落在桌面上的声音，悦耳到无法想象，韩青禹抬头，看了看屋里的人。

“1、2、3……10。”

数完了。一个负责点，剩下的也都默默跟着数了一遍……原以为全没了，也痛苦过了，最后无奈接受了，所以，现在回来了10块，瞬间变成了巨大的惊喜。

这一来，就真的可以安心回小队了，不用发愁锈妹维系生命的消耗，不用担心实力提升的所需，也不用担心遭遇危险，青子无法爆发全力。

庆祝和欢呼都被压到了最小声，但是止不住。

吴恤站旁边默默看着，看到大家从刚才的无奈和忧虑，到现在那么真实的喜悦，心里不自觉也跟着开心起来。

“你，青子你是怎么做到的？这可不是蔚蓝的风格。”

平静下来后，温继飞抓着韩青禹，着急问了一句，意思是蔚蓝绝对不可能还这么多。

韩青禹笑一下，说：“就变了个魔术。”

“魔术？”

“嗯。”

“那为什么不提前跟我们说？”

“说了你们就没现在这么开心了呀。”韩青禹微笑一下，换了痛苦的表情说，“你们就该跟我一样，满脑子都是弄丢那两块了。”

贺堂堂想了想，说：“还真是，快别说了，开开心心收拾东西。”

走之前，韩青禹经过温继飞和刘世亨的提醒，特意去给宣讲队的姑娘们道歉，但是吃了闭门羹。只有窗户是打开的，有人在窗台上摆手说再见，说：“下回一定去你的小队表演，但是不让你看。”

韩青禹说：“好，那我给你们站岗。”

姑娘：“……”

还是来时的机场，来的时候下了雨，今天却是晴天。临上飞机前，辛摇翘拉了韩青禹一把，递过来一只箱子，说：“这里面有86块蓝晶块，我按平均值取的，知道你要用，就帮你提炼了。”

然后她笑着，把白净的手掌摊开。

"谢谢。"韩青禹放了两块金属块在她掌心。

一样是心照不宣。

所以，截止归程，韩青禹等人除身上剩余的几块，一共带回去八块金属块，一百零六块蓝晶块，好像是能干点什么了。

"吴恤的事，对不起啊，我……"辛摇翘这边看着飞机已经启动，突然又说。

"吴恤的事现在这样就已经很好了，至少部队不会赶他走了。"韩青禹诚挚道。

辛摇翘点头，摆手道别，同时说："那你下次有空，要记得再来看我。"

韩青禹这次来，真的只是为了办事……但她还是这么说。

"好啊。"韩青禹心里也有些惭愧，想了想，说，"放心，我下次不带甘蔗了，我争取给你抓一只大尖来，让你和它聊天……它敢不理你，我就揍它。"

辛摇翘开心地点头。

小型飞机起飞的动静不算很大，升空，迎上中午正好的阳光，耀眼的光点在银色的机翼上绽开。

辛摇翘站在地上挥手，忽然想到了什么，连忙冲上前去，仰着头兜手喊："喂，你别真的去抓大尖啊，那个又不能抓……你平平安安的啊！"

机上的人也在挥手。

"她说什么？"韩青禹隐约听到一点声音，没听清。

"她说，你什么时候去抓大尖啊？"

贺堂堂自信地模仿了一遍。

"哦，那个……估计没那么快啊。"

韩青禹说着自己先笑起来。

抓大尖还远，但他们确实在变强。尤其2所这一行的收获是巨大的，吴恤更换了第九代装置，锈妹身上铁甲防御力大增，韩青禹自己也把身体底子提高了许多，而且开始逐渐适应生命源能溢出状态下，同时动用三涡轮源能的战斗。另外，现在他手上剩余的金属块，基本确定能保证两次全力爆发，这让他的安全感大增。

总之小队前三战力基本成形，只要不是特别惨的实力碾压局面，应该都能打一打。

"你们三个回去后，在源能块上都不要再节约了。"韩青禹偏头对贺堂堂、刘世亨、温继飞说，"瘟鸡你也是，就算一样是翻面，底子提高后翻出来的C，也跟现在的C不一样。"

温继飞点点头："放心吧，既然有，我就不会客气。我还没放弃我的枪神梦呢。这回我算是知道了，咱这个世界里的一切，其实都是不可预知的，连蟒蛇都会进化，还有什么不可能？所以源能动力和死铁子弹的枪，我看未来也不是没有可能。"说完他顿了顿，伸展身体，看着窗外的云层突然感慨道，"我想米拉队长了，还想劳队。"

他说想米拉队长不奇怪，但是，想血葫芦娃吗？贺堂堂挤对道："你想咱米拉就想咱米拉，我们都想呢，不要故意带上劳队啊。"

"可是我是真的想劳队啊，你们说我贱不贱，哈哈……青子你想不想？"温继飞笑着问。

韩青禹想了想，笑了一下，说："有点。"

这是一种很奇怪的感觉，韩青禹曾经恨过劳简，现在大概也能轻松把他打趴下了，却莫名开始想念他总是逞强、拿大的样子。韩青禹甚至会想起他来家里的那次，他和老爸分喝一瓶白酒，互相称兄道弟。

这一趟，飞机的目的地并不是第九军战训基地。因为1777小队已经于两天前在劳队的带领下先一步出发了，开始前往小队驻防区域，F省境内HD山脉的某处。

他们之前通过电话，了解了车队路线和大概路过的时间，韩青禹等人会直接飞到路经点，跟小队会合。所以沈宜秀也只能在电话里跟爷爷道别，短时间内没法回去了。

那通电话沈风廷后来让韩青禹接了一会儿，说是很开心，看到锈妹变强了，独立了，还有了这样一群朋友，但是说着说着，又在电话那头哽咽，说不出话。

宛市，傍晚。

古旧的老胡同里，几个原本在跳皮筋的小朋友，此刻不管是负责撑的，还是跳的，一概停住，仰头看着高处，哇哇感慨着。

大人骑车经过，问："都看什么呢？"

孩子们伸手指着天空说："小飞机，在电线杆上，又飞到屋顶上了。"

"那玩意有什么好看的？"大人偏头看一眼，嘀咕一句，蹬一步又走了，"再玩会儿记得回家吃饭啊，玩太晚小心挨揍。"他看起来对所谓的小飞机习以为常的样子，一点都不好奇。

因为事实就是这样，从华元9世纪60年代开始的漫长时间里，这种奇怪的小飞机在华系亚各地就曾经多次出现，尤其这两年，目击事件更是多到进入了一个高峰期，全国各地隔三岔五，总会有类似的情况出现。所以，大家确实麻木了。

在自行车渐渐远去和孩子们重新又玩耍起来之时，一架形态跟普通飞机几乎无异，但是大约只有60厘米长的小飞机，正在巷弄边一栋楼房的房顶上悬停。

刚才它还在电线杆上停留过，有孩子捡了石块去丢，它就挪了挪。

总之这玩意肯定不是玩具，这年头没有这么厉害的玩具，而且它们虽然看着飞得不高也不快，却从来没有被人砸中过。

其实，这是拒绝者的最后一道防线。

拒绝者对于大尖飞行器的误导和阻碍，一共分为四个层次，第一层在太空，通过月球基地和空间站实现，而后是大气层，高空……再低，也是最后没办法的办法，就是这种普通民众都能目击到的，装置有和大尖文明同波段信号的小飞机了。

它们负责最后的关门——尝试将大尖"劝离"城市。

这一年多来，小飞机开始越来越多地被民众目击，同时渐渐被习以为常。他们并不知道，这其实意味着，这个星球已经越来越危险了。

现在的局面，不只是大尖的降落变得频繁，而且它们的组队倾向也在增加，甚至对拒绝者方面的判断，它们可能变聪明了。

误导工作的压力大增，失手的情况，似乎随时可能发生。

这天，约六个小时后，也就是夜里十一点多。

“宛市，蓝云山，梭形飞行器降落地点，市区风景点，蓝云山……”整片区域的小队通话器中，来自乌鸦的急促的通报声，不断地响起。

“区域通报，区域通报，金色板擦8人小分队，已接近事发地点蓝云山，金色板擦8人小分队，已接近事发地点蓝云山……周边有没有小队可以提供外围警戒？周边有没有小队可以提供外围警戒？”

“笃笃笃笃笃笃笃笃笃……”

奇怪的声音从头顶空中掠过，两个已经在山脚下小酒馆喝到微醺的男人一起抬头看了看。

“啥玩意？”

“直升机。”

“哦，干啥的？又不打仗。”

“不知道啊，哎，往蓝云山去了，落了，我咋看见往下掉东西呢？怎么着，去看看？说不定还能捡个宝贝。”其中一个拎着酒瓶子，摇摇晃晃站起来，晃着胳膊说。

毕竟是喝了酒的人，胆都肥，另一个当即也拍桌站起来，说：“走着，捡个大飞机去。”

同时间，连续三辆吉普车，从他们身边急速飙过。

“1777小队，赴驻地途中正好路经宛市附近，可以出击，可以出击。”劳简坐在车上，整个人兴奋得不行。

“哈哈，说起来我也好久没跟老队友一起上阵了。”出身金色板擦的秦国文扭回头，假装不经意，跟小战士们炫耀着自己的履历。

“请1777小队做好外围警戒，请1777小队做好外围警戒。”通话器里，金色板擦的通讯传来。

华系亚方面军，拒绝者第五分区总部。

坐在会议室里的十多名指挥人员在连续接到来自金色板擦和1777小队的到场通报后，终于有时间抹去额头上的汗。

之前他们已经快崩溃了。

长久以来，唯一目击军团各小队的驻防地点，大多都离中心城市有一定的距离。这次还好乌鸦的预警及时，也正好有金色板擦一支配备了直升机的分队相距不远，同时凑上过路的1777小队可以帮忙警戒，要不然……

“其实我们早就知道的，这一天迟早会来。”有人突然出声，说话的语气有些沉重。

“要是接下来的一段时间，咱们拒绝者方面的技术手段一直都没有什么突破的话，那么，唯一目击军团那边的布防战略调整，几乎已经可以预见，势在必行了。”有人又说了一句，像这样失手的情况，有一就会有二，这是每个人都在担心的。

“对的，不过不管怎么样，大家现在都先放松一下吧，喝点水，然后等结果。有金色板擦在，这次应该没问题。”领导尽力收起来沉重的表情，安抚了一句，起身亲自去给大家倒水。

但是现场的情绪和氛围，并没有任何的好转。

巨大的防御压力已经持续一年多了。拒绝者一直引以为傲的四道防线，第一次全部失手，一艘梭形飞行器，在华系亚境内人口逾80万的宛市降落。

时间是华元991年2月7日，周四。

与世界上其他国家出现类似情况时的处理办法一样，他们做了最后的努力，让这艘“不听话”的梭形飞行器，最终降落在了市区内的一座山上，而不是居民区。

华系亚绝大部分的城市都有一到两座这样位于市内的风景山。但还好，宛市的这座蓝云山面积还算大，因为经济相对落后的原因，并没有做太多的开发，平日里居民游览，都不会太深入。而且现在的时间，是深夜。

“不对，你不是警察，你骗人。”

月光浅淡，此时已经摘了战刀的劳队长面前，一名喝得晃晃悠悠的醉汉拎着酒瓶子，斜着身体横走了几步，抬头看他：“你没有帽子。”

他说完，因为自己的聪明睿智，得意地笑起来。

劳简无奈地看他一眼：“我们是特种部队……我再说一遍，我们正在追捕逃犯，请你们立即离开现场。”

“什么，嗝，什么叫特种部队？”

劳简想了想：“飞虎队，电影里那种。”

十年蔚蓝军龄，劳队长其实也没有这样的警戒经验，他还是第一次遭遇这种情况。

“哦……不对。”醉汉还是不服，歪着头梗着脖子，拿手指着说，“那你……你怎么都没有枪？”

劳简：“……”

这时，秦国文从后面走过来，抬手一下把醉汉打晕，然后拎起来，走到旁边，跟那边已经先一步被打晕的那个扔在一起。

“一会儿顺路送山下去好了……喝成这样，明天醒过来大概会断片，就算没有，也查不到我们头上。”

秦国文拍拍手站起来，眼神有些着急，说：“现在的关键是里面啊，劳队，这种紧急情况，战功评级很高的。”

说完他扭头示意了一下——蓝云山景区。

山里头，金色板擦的8人小分队应该已经遭遇大尖了。

“我知道啊。”劳简皱了皱眉头，神情一样很着急，抬手同时打开通话器，“1777小队呼叫，1777小队呼叫，你们那边……”

“只是普通大尖，我们这里暂时不需要援助，请帮忙做好外围警戒，防止不必要的目击情况出现。”

“我知道，但我们来了快20人，我们可以派……”

“不用，放心吧，我们可以搞定。上了啊！”

通话结束，劳简放下已经熄灯的通话器，无奈的同时，有些尴尬地看了看身边的队员们。

这就是金色板擦啊，他们就是有资格说这样的话，而别人，还没有办法反驳。

“其实这种情况是可以加一队的。”秦国文有些郁闷，但也没办法，“邵队他们又不在，现在那8个是赵丰带队，要打两只，战术肯定是分3个牵制一只，等剩下5个先干掉另一只……”

“那他们为什么不让我们去？抢功吗？”齐柔柔上前问了一句。

“当然是抢功啊，不然你以为板擦和全军排前面的那些小队，每年那么高的战功，都是怎么来的？”

秦国文自己就是金色板擦出来的，说话并没有顾忌，实际上这种情况只要不是强抢，并承担得起责任，军团方面一直都是默认的，甚至隐隐鼓励。一方面这样确实有利于解决很多突发情况；另一方面，这种激励和奖励制度的存在，可以实现在蔚蓝大公平原则下，一定程度的资源倾斜，有利于培养高手和高手团队，同时还不会被诟病，或引起不满。

“那我们为什么不去抢？”又有年轻的队员问了一句，回头看看山里，很热切的样子。

秦国文目光扫了一圈：“怎么抢？咱们18个人，去几个跟他们分一只？去少了干不动，去多了，这一大片山脚，警戒的人又不够。”

以1777小队在场人员的实力，要保证安全迅速地拿下一只大尖，至少得去15个人，且其中必须包括劳队、秦国文等主要战力。

所以劳简刚才说帮忙，想的也不是去分一只，而是自己和秦国文带几个老兵过去，一起搭把手，这样等到战功评估的时候，1777小队或许就能多分一点。

“所以，除非有一天，我们也有五六个人拿下一只大尖、十个人左右阻击两只的实力，不然像覆盖援助和抢功这种事，永远都只能靠边站。”秦国文又说了一句，只是分析，而没有去说后悔离开金色板擦之类的话。

之后便没人吭声了。

倒是有人想说韩青禹和沈宜秀，但是尼联国峡谷的战绩只是听说，而且算算，就只有两个人，好像也不够吧？据说秦国文也只是金色板擦吊车尾的实力啊。

年轻的战士们侧着脑袋，看了看劳队长的神情，果断收起好奇，闭嘴不问了。

从通话器关闭一直到这会儿，劳简作为队长，始终都没再说一句话，就这么拿着通话器站在那里，手臂自然垂落，脑袋微微耷拉着。

外围的分散警戒还在继续，但是除了那两名醉汉，再没有遭遇任何特殊情况。

劳队就这么干站着，也许一会儿还要跟金色板擦的人握手吧？要被感谢一下……

“嘟嘟嘟。”

突然，手上通话器的讯号响了起来。

劳简连忙拿起来，快速接通：“喂，喂……需要帮忙吗？”

劳简以为是金色板擦的通话申请，有些激动，他太希望小队有这样一个不凡的开端了，希望1777小队的历史，能从解决一次历史性危机开始，哪怕只是参与战斗。金色板擦不也总说他们曾参与击杀红肩的那场战役吗？说了十几年了，从来没有人追究他们当时是不是主力。

“什么，什么需要帮忙？”有些困惑的声音从通话器那边传来。

很熟悉。劳简愣了一下，蔚蓝的便携通话设备只在一定的范围内有用，所以，那小子，到附近区域范围了？！

“那边打完了没？劳队，我们听到全区域通报后，第一时间就从机场赶来了……喂？劳队？”

“现在具体是什么情况啊，劳队？”韩青禹从车上跳下来第一时间着急地问道，对于战功，尤其是战功背后意味着的源能块奖励，他一向都很敏感。

虽然现在身上的金属块和源能块数量都不少，但是也不能坐吃山空啊。这时候考虑节流肯定不行，节流会影响实力进步，所以只能开源，开源才是目前最重要的。等1777小队也搞到配备直升机的份儿上了，他们就能财源滚滚。

早在机场落地听到乌鸦的预警时，韩青禹就已经觉察到了，这次突发任务不论价值还是意义，都很不一般，要不然他也不可能这么着急赶来。

劳简抬头看看他，默默把已经到嘴边的关心又咽了回去，说：“没说……但是应该还没打完，他们就来了八个人。”

好一阵子不见了，劳简说话的同时从头到脚把人仔细打量了两遍，倒是没在韩青禹身上看出太大的变化，也没看到伤，这才放下心来。接着，看见后续下车的沈宜秀时，劳简眼神愣了一下，正想说沈宜秀的一身铁甲好像不一样了，身边韩青禹已经抢先一步道：“那咱们怎么还待在这里啊？”

“负责外围警戒啊！这是城市。”劳简回头，无奈地说道。

“哦，也是。”韩青禹扭头看了看在场的人，开心地喊了声“米拉队长”，又跟大家打招呼，接着说，“那这样，劳队，秦上尉，咱们几个走。”

说罢他直接开启装置，带头往山里头冲去，身后一声不吭跟上的还有沈宜秀、贺堂堂和吴恤……一阵蓝光闪烁。

温继飞和刘世亨明智地自动留下，跑去找米拉诉说想念了，他们这回还给米拉带了礼物呢。

劳简和秦国文自然都不认识吴恤，不过一时间也顾不上问这个了，稀里糊涂跟着跑了几步，才赶上去问：“去……咱们这样去干吗？”

“抢功啊！”韩青禹没回头，直接应了一句。

这一句声音不小，在场的老兵新兵们听在耳朵里，情绪都有一个奇怪的转折。刚刚秦上尉说，颜色板擦和军里排名前列的那些小队，他们每年那么高的战功，就都是这么抢的。所以……这就开始了？1777小队的第一战，直接抢金色板擦的战功吗？青子膨胀了啊。

“你这就开始了？”另一边，秦国文直接把大家的想法问了出来。

“机会难得啊。”声音远去。

“那也行吧，那就去搭把手，不过咱们跟他们没有配合，待会儿动手……”劳简话说一半，顿了一下，心想不对，咱们自己都没有配合呢，怎么打?

“不配合，咱们直接分一只。”

这是现场还能听到的韩青禹说的最后一句话。

“他说什么？”

“他说直接抢……分一只。”

身边人在议论着，米拉紧张而困惑的目光着急地投向温继飞和刘世亨。

温继飞轻松笑了一下，说：“放心吧，米拉队长，其实不用劳队和秦上尉，他们仨现在大概都能干掉一只。”

前方，劳简和秦国文连忙发力追上去：“就咱们六个，直接抢一只？！”

“是啊，你们注意安全，堂堂注意安全。”

韩青禹这一句说的需要注意安全的人里，并没有包括他自己，也没有沈宜秀和吴恤。但是劳简并没有觉察这一点。前方战斗的声音已经隐约可闻了，劳队长抽出战刀，开始布置说：“那待会儿正面我……”

“正面锈妹上，吴恤自己找机会。”韩青禹抢功心切，情急之下也没注意身份，说着抽刀，锵锵两声，“前面金色的兄弟，别怕，我们来帮忙了！”

“我的正面啊！”劳队长都已经快哭了。

作为金色板擦这支8人小分队的队长，赵丰带着其中4名队员，此时正急于尽快结束面前这只已经破开三处伤口的黑甲大尖。而后，他们就可以去会合那边正牵制另一只大尖的三名兄弟，完成这次任务了。这是金色小分队一贯的操作，有点难度，结束战斗会慢上不少，但是绝大多数时候都能顺利完成。

这一刻，声音传来，赵丰还以为自己听错了，什么叫“别怕”“帮忙”？帮什么忙啊？

苦战中无法分神，赵丰背着身，直接回了一句：“不是，你们来干吗？外围警戒……”

“外围人够。”一个声音回答他。

对于秦国文的声音，赵丰还是熟悉的，抽空扭头看了一眼，五个？六个？

“就这几个人，你们能干吗？没队形配合，你们……”赵丰有些着急，想说在没有队形配合的情况下，千万别去给我那边三个兄弟添乱啊。

“咱们也没配合过，要不三位兄弟先旁边休息下？”另一边，有个声音抢在他前面，礼貌地说道。

赵丰听清了，所以他们六个人要接手另一只大尖？！

他们疯了吗？以为自己是颜色板擦吗？

“你们快退下去，秦国文，你要让队友送命吗？快，退……”赵丰一个分神，差点失去位置，连忙跳闪，避开大尖的一次攻击。与此同时，他的视线里，好像有东西突然砸倒了一棵树。

什么玩意？赵丰眨了眨眼睛，不会是看错了吧？大尖，被撞退了？

但事实是，大尖真的在退。

锈妹目前的整体力量当然还比不上大尖，但她刚刚找到一个空当，趁着大尖一次横扫到底、势竭力尽的机会，直接从侧方向给了它一记肩撞。

一个小姑娘，硬是用了战场上最野蛮的招数。

下一秒，还是在赵丰的视野里。

一杆黑色的长枪，已经破开空气，如电光一般，插向暂时失去重心的大尖的咽喉，去势凶猛霸道，如长虹贯日，但是出手的人，连一声呼喝都没有。同时间还有另一个身影，已经用树木借力在空中完成转身，凌空跳向大尖身后，双刀挥斩……

喂，不要腾跃啊……这个，他不会就是韩青禹吧？

作为金色板擦的人，赵丰自然是知道韩青禹的，邵队对他的评价很高。那么另外两个是谁？

赵丰这边发蒙的同时，劳简和秦国文也互相看了一眼。

——这情况，咱俩还上吗？

——当然必须上，不上像话吗？！

他们俩一个是队长，另一个可是来自金色板擦的友谊啊，秦国文某种程度上还是带着金色板擦战力扶贫的意思来的。

面前的这只大尖已经命在旦夕了。

按说应该乐观的情况，赵丰却有些着急。因为现在他的身后，有人在看。大概十几秒前，1777小队那边的战斗已经先结束了，他们已经干掉了那只大尖，而且好像只有一名队员受了点轻伤。

“注意队形，不要乱。”赵丰提醒了一句，但是他自己其实有点分神，因为现在这种感觉，实在是太糟糕了。金色板擦被人围观了，这要是被邵队知道了……

赵丰紧了紧手上的战刀，直接扑了上去。

劳队长站着感慨了一会儿胜利的喜悦，把目光投到吴恤身上，这家伙用枪，特制武器，那他应该已经一身战功了才对啊。肯定是了，这家伙这么强！刚刚那场战斗，他的表现完全不逊色于韩青禹，战斗风格太猛、太莽了，劳简从没有在和大尖的战斗中见到过这么刚的人。

如果不是亲眼所见，谁敢相信，这家伙刚才用长枪和大尖的柱剑横扫直接对拼！

1777小队拥有一个韩青禹，就已经是劳简和李团长几个私下里野心膨胀的基础了，现在又来一个吗？

而且沈宜秀……沈宜秀现在好像也变强了很多！

作为队长，劳简有点晕，他没领导过这样的队员啊，还是一次三个……但是，他绝不能露怯，不能慌，作为队长，他要见多识广，波澜不惊。

“哎，你是？”劳队长扬了一下下巴问。

“这是我们劳队长。”沈宜秀连忙提醒。

“劳队长好，我叫吴恤。”吴恤转身说话时嘴角有一抹血，他还没学会和大尖战斗的正确方式，刚才那一记正面对撞，终究是吃亏了。

“把血吐出来。”韩青禹提醒了一句。

吴恤看看他，点头，老老实实地朝地上吐了一口血。

劳简心想：这是要入队啊！

在心里激动澎湃过后，劳队长竭力保持平静地点了点头，拿捏身份说：“你好，小伙子。你的实力，好像还可以啊？”

“嗯。”按吴恤的性格，这一个字也就算回答完毕了，但是刚才在来的路上，他已经被温继飞反复提醒过了，让他对这个劳队长必须礼貌，多说话、多表现，所以，他说，“温继飞说我能排小队前三。”

前三？劳简数了数：“喀咯，韩青禹。”

“到。”韩青禹也很老实，一方面因为长时间不见后那种莫名的亲切感，另一方面，他马上还有求于劳队长呢。吴恤的入伍审核悬而未决，现在能不能留在队里，就只能看劳队肯不肯睁一只眼闭一只眼了。

“你过来一下。”

劳简把韩青禹拉到一边，小声问：“这人你是从哪儿拐来的？他原小队是哪个？是不是老兵？转队手续办了吗？”

韩青禹神情犹豫一下，原来吴恤的事，军里之前并没有通知到劳简这里。

要不要骗他呢？可是吴恤没有编号，这怎么骗？韩青禹想了想，无奈老实地说：“他现在，暂时还没加入蔚蓝。”

劳简：“……”

“轰……咔咔咔！”

身后，令人牙酸的声音传来，另一边，剩下的那只大尖和梭形飞行器，终于同时开始了自毁。战斗结束了。

“这事咱回去说吧？现在先抢功啊，劳队。”韩青禹偷偷摸摸示意了一下那边金色板擦的人，说，“要来谈了……你可千万不能虚啊，咱就咬死了，一半对一半。”

劳简点点头：“这个你放心，颜色板擦而已。”

第12章

平静的驻防生活

哪怕三十分钟前还待在山脚，站着如喽啰，此时的劳简很清楚，自己这个1777小队队长，很快要不一样了。因为面前这三个战力的存在……他们都还很年轻。

以后他可能有机会参加军里的会议了，可能要去和颜色板擦，以及那些排名前二十、前十的小队队长坐在一起，好商好量、争荣誉、争资源、争配置、争覆盖区域，甚至可能有一天，这个小队的名声还会大到军团范围之外。

这些时候绝对不能脸皮薄，更不能大方谦让。不能虚、不能屃，否则他亏待的就是自己的兵，寒的就是自己队员的心。那可都是队员们一刀一刀砍出来的成绩……所以，C级怎么了，前列小队战力最弱队长怎么了？他劳简一生，就是要刚正面！所以，就从今天开始吧。金色板擦是朋友没错，但是这点气度，他相信邵玄还是有的。

靴底踩在积年的落叶和枯枝上，沙沙地响，赵丰走过来的时候，劳简迎上去，赵丰递了一根烟，劳简接了，兜手就火去点。

“实话说要是你们没来，我们自己……”赵丰先开口。

“实话说要是你们没来，今晚我们自己也就砍了。”劳简说完拍了拍赵丰手背，打断了他的话，抬起头来，一脸的平静。

“那我那三个兄弟还牵制了那么久呢。”赵丰有些急，意思是你们砍的那一只，我们也是出了力的。

摆在面前的是战利品和军功，哪怕是友军，也是要分清楚的。

劳简淡定地笑了一下，扭头示意山下方向：“我还有十几号兄弟在下面望风呢。”

赵丰被怼了一下，他不能说外围警戒不算数，想了想只好转开这个逻辑，说：“讲道理，这是金色板擦接手的任务，劳队长你这样硬插一手，我们……”

“讲道理，从职务上来说，这事应该你们邵队长跟我谈的。”

劳简说罢顿了顿，笑着伸手：“既然今天邵队长不在，那就这样吧，报功的时候，1777小队和金色板擦各占一半……很高兴我们小队的首战，就和金色板擦合作。”

这事这样说，其实没问题，只是赵丰在金色板擦待久了，不太习惯被人抢功、跟人分功，所以犹豫了一下。就这一下的工夫，他的手已经被劳简握住了，还晃了几下。

消息很快传回拒绝者区域分部，通话器里一阵欢庆和感谢。同时，危机解除的消息也迅速传向拒绝者总部，乌鸦总部，军团总部，议事会……

第九军，第425团，新建第1777小队的名号，就这样，第一次出现在所有人面前。至于随后的嘉奖令和实际奖励，自然都不用去操心。

“这事咱们要跟李团长先报告吗？”贺堂堂兴高采烈地问了一句，刚才的战斗，他把刀捅进大尖后背了，做了贡献的感觉真好。

劳简想了想，摇头，笑着说：“干脆给他个惊喜好了，425团这么多年没露过脸了，他突然知道，肯定更高兴。”

另一边，金色板擦的人打了招呼，挥手告别。

直升机机翼的旋转从慢到快，“笃笃笃笃笃笃”，开始爬升。

劳简也挥了下手，然后就这么仰头看着，一直看到直升机在夜幕中变成一个小点。

“听说他们这些配置了直升机的小队，队员进去都得加练跳伞，飞下来砍大尖……”他一边看，一边嘀咕着。

韩青禹默默走过去，从后拍了拍劳队长肩膀，说：“以后我们也会有的。”

劳简点头，应了一声。他突然收起笑容，严肃起来小声说：“还有心思笑！那个吴恤，既然上面都还没审核通过，你就这样直接带来队里，打算怎么办？”

韩青禹看看他：“不能留吗？”

“这怎么留？”劳简神情夸张地反问，然后说，“我倒是想留，可是这部队的纪律，让一个入伍审核还没通过的人待在小队里，你知道是多大的责任吗？”

“那现在怎么办？”韩青禹一脸失落地问，“总不能把人扔这里吧？他刚帮忙砍完大尖啊，吴恤也不熟悉外面的世界，而且身上还有伤……还吐了血。”

吐血？是啊，“入队申请”都打了，怎么办？劳简被问住了，犹豫了会儿，突然一迈步，一摆手，背身说：“算了，就……假装我现在还不知道，还没看到他……先让上车，一起过去再说。”

贺堂堂走到韩青禹身边：“劳队人真好。”

“是啊。”韩青禹笑着点头。

韩青禹叫上沈宜秀、吴恤，准备一起下山，走了几步才发现似乎少了一个，回头看见一个身影呆呆地站在那里，就喊：“秦上尉，秦国文上尉，走啦！”

“哦，好。”秦国文似乎这才回过神来，把刀插回背上，小跑了两步，追上韩青禹几个。

“你怎么了？”看到他脸色不太对，韩青禹问了一句。

“没事。”秦国文摇了摇头，沉默着一起往山下走。隔了一会儿，他突然说：“我大概是回不去金色板擦了。”

大伙这才想起来，按原先的说法，他一年后还是要回金色板擦的。

“那多好，干脆留下一起。”贺堂堂笑着接了一句。

“留下，留下……”秦国文嘀咕了两声，突然发力，追上劳简，“劳队，我认真问你个事。”

劳简转头，看了看他的表情：“什么？”

“我现在还是不是你特别想要的人？”

秦国文很认真，他最初来1777小队的时候，是来当王牌的，现在才过了多久啊，算一算，战力好像已经排不进去前三了。

“那是当然的啊。”劳简被问得一身鸡皮疙瘩，勉强忍耐住了，安抚道，“你有这一身战力，还有来自金色板擦的先进战术、素养……1777小队和我，都很需要你。”

秦国文想了想觉得也是，满意了，开心地笑起来。

两人一边继续说着，一边并肩走。

此时已经接近山脚了，温继飞突然从旁冒出来，笑着说：“其实最关键的是什么，你们知道吗？幸亏秦上尉有见识，能够告诉劳队，将来作为一个排名前列的小队，咱们可以任性、可以去争抢的那个度啊，就像暴发户不知道怎么当员外爷，劳队心里其实虚着呢。”

把从机场借来的车留在宛市，等机场派人来接收后，韩青禹几个挤上了劳简等人开来的三部吉普，把车子塞得像沙丁鱼罐头似的，一路欢欣鼓舞，出城会合了大部队。加上此时回来的三部吉普，停在路边的一共是五部吉普，六辆大卡的阵容。

这，用不着吧？

心里这么想着，韩青禹几个在米拉的带领下参观了大卡车车厢：衣服、食物、电视机、游戏机、台球桌、乒乓球桌、篮球、羽毛球、麻将……

“这些东西……”

“驻防多数时间都很无聊的，以后你们就知道了。”米拉笑着说。

“蔚蓝真有钱。”

“也不全是。”米拉摇头，然后指着物品商标说，“这些都是咱们蔚蓝后勤基地自己生产的，你们以为蔚蓝这么多家属，还有囚犯，都不做事的呀？农业、工业，蔚蓝都有。”

这么介绍了几句，米拉突然扭头，看看沈宜秀，说：“秀秀你等一下哟。”说完爬上另一辆卡车，隔一会儿下来，俯身放下一只小动物。

一只猫……它抬头看见沈宜秀了，歪着脑袋愣了愣，站在那里，有点茫然的样子。

“茫茫茫茫？！”沈宜秀惊喜地喊道。

猫听见了，反应过来，立即撒欢似的跑向她。

“你怎么来了啊？”沈宜秀激动地把猫抱在怀里，扭头连声说，“谢谢，谢谢米拉队长。”

“不客气，其实是出发前，沈军长特意托我带来的，他说怕你在外面闷。茫茫茫茫很可爱啊。”米拉在旁笑着说道。米拉的手上戴着一串佛教风格的手串，是这回韩青禹几个从尼联国带回来的礼物。

大概十分钟后，车队开动。

劳队长的吉普车上塞了好多人，温继飞、贺堂堂、刘世亨、韩青禹都在。

“劳队，烟。”

“酒……”

“你再看这个项链，这些都是我们特意从尼联国特意给你带的。”

“所以我戴项链吗？合适吗？”劳简板着脸，没好气道。

除了米拉那条手串很特别，队里每个人拿到的礼物几乎都一样，一看就是那个地方一次包圆的，劳队长早就发现了，当时因为自己的那份没拿到，心里隐隐还期待了一会儿。想不到啊，自己的竟然也是同一批货，劳队不开心了，冷漠地说：“我不要。”

其实他知道这帮小子这么殷勤是想干吗，但是他以一个老派蔚蓝军人的立场和观念去看，真的没办法让吴恤长期留在队里。

可是吴恤的经历和具体情况，他现在都已经了解了，刚还找人来聊了几句。虽然没能聊起来，但他是真不忍心把人赶走啊。

“以后像尼联国峡谷那种事，不要再做了。”劳简坐在车里，眼睛看着前方，语气严肃地对韩青禹说道。

这其实是最开始一见面他就想说的话，本来打算骂几句的，以韩青禹父母交托照顾和管教的名义教训几句，现在感觉不太合适，就这么说了。

韩青禹知道，笑着解释说：“那也不是我愿意的啊，是他们要杀我。”

“难道不是因为你跑去打劫别人的源能块，才变成这样的？”

劳简没好气地说了一句，心想：虽然我早就看出来你身上藏着匪性了，但是怎么也想不到，你能匪成这样。你竟然敢在那种地方打劫？

劳简有些感慨，因为回头想想当初的那些场景，他一样想不到，自己在巧合之下带来蔚蓝的这个小子会强成这样，以至于把他的整个蔚蓝生涯都改变了。

所以尼联国那件事，外界看起来是这样子的吗？韩青禹想了想，没开口，只在心里说，这舆论引导得真好啊，难怪阿方斯家族这么放心让他们离开。

对话中断了，隔了一会儿。

“前面就是我们到驻地前路经的最后一座城市了。”劳简拿起来车上的通话器，发布指令，“找地方停车吧，给大家45分钟，便装下去，买点自己喜欢的东西。”

停车，便装战士们散出去，又陆陆续续地回来了。

点到，开车。

1777小队的驻防生活就这样开始了，甚至没有人察觉，接下来他们要面对的，其实是命悬一线的战斗生活……

大约三个小时后，车队驶离省道，转到一条略有些狭窄的公路上，继续向山里进发。

又是一个多小时的车程，直到前方再也看不到道路的延伸。

“这里好像建得不错，是什么地方？好像还有点大。”

“原先是正规军队的驻地，以前为了准备打仗，在全国有很多这样的军事驻地，后来废弃的一部分，就给我们蔚蓝拿来当驻地了。”

“可是，这下面不远就有村子啊，喏，现在就能看见人。”

“嗯，没事，他们不会上来的，他们会以为我们就是驻军。他们也早就养成习惯了，知道这些地方是禁区，不能拍照，不能进来。”

“这样啊，那我们呢，我们能跟他们接触吗？”

“不要频繁接触，不过遇到了，一般接触是没问题的，平时没有任务的时候，我们也可以把自己当作驻军。”

“这样好，那要有个万一，可以和村里的姑娘谈恋爱吗？哈哈。”

“这个……你先问你自己，真的想好要把一个生活安逸平静的山村姑娘，带进蔚蓝吗？”

“不想。”

“那就行了。”

类似的对话几乎发生在每一辆车上。

韩青禹也已经回到了卡车上，顺手拿了一个篮球，给它打上气，同时说：“吴恤，你原来待的地方，好像离HD山这一带不远，对吧？”

吴恤点了点头：“大概是，我不知道。”

“好吧，那个……”韩青禹犹豫了一下，因为吴恤的事，现在劳简那边一直都还没有拿出来一个定论，他们也只能就这么拖着。眼看着到驻地了……

“劳队长刚才找过我了。”意外的是，吴恤自己先主动开口，“他说这里往山上四五里，有个哨所，我先住那里，等审核。”

没有一点怨气和不满，吴恤就这么平静地说道。但是对于韩青禹等人来说，这种感觉一点都不好……几个人一时都没说话。

“这样挺好的，我很习惯。”吴恤说，“我会做饭。”

众人到达驻地，下车。

韩青禹几个没去整理自己的行李，而是直接先帮吴恤拿了几套备用的衣服，还有被褥，锅碗瓢盆，以及一些随车带来的米面、蔬菜。

出门的时候，劳简站在那里，欲言又止，有些尴尬无奈的样子。

几个人看见了，也没说话，都知道这事讲道理怨不得他，可是也没心情多说。就这样，一行人往山上走了四五里，转到山路侧面，找到一个上下两层，土石结构的岗哨。条件还行，试了试，灯也能用。

几个人帮忙一起整理好了东西。

“没事就下来找我们，劳队不会怎么样的。”贺堂堂说了一句。

其实新建小队里肯定有两三个老兵是可以和上面直接联系的，可能会往上报告，韩青禹知道这一点，但是不想管了。

“我们不训练的时候也会上来，什么时候试试你做的饭。”温继飞笑着说。

吴恤抬头看了看大家，点头。

说话间，韩青禹走过去，拎了一个黑色的袋子，拿起来说：“猜一下里面是什么？”

“收音机。”吴恤眼睛里有光，似乎笑了一下，只是很不明显，然后抬头看了看韩青禹。

这是在尼联国峡谷，韩青禹“拐”他来蔚蓝的时候说好的。

韩青禹放下了收音机，袋子里还有半袋子电池，又教了吴恤怎么换。

一行人不得不下山了。

一整晚，都有些不安。

第二天一早，天蒙蒙亮，韩青禹几个人起床洗漱，突然看见山间的薄雾里，吴恤站在驻地围墙外的山坡上，正翘首张望着。

这是出什么事了吧？几个人心里着急，连忙跑过去，问：“怎么了，吴恤？”

吴恤打开塑料袋，把收音机拿出来，远远地往前递了递，说：“教我开。”

几个人忍住笑，看看四周无人，干脆直接翻了围墙出去。

“这么早过来，你不会已经研究一晚上了吧？”温继飞伸手把收音机接过来，同时问了一句。

吴恤点了一下头。

温继飞示意给他开关的位置，帮忙打开，收音机里发出“刺刺刺刺”的杂音，他拉长天线，调整频率，同时说：“这也不难啊，你就没试试？”

“我怕弄坏了。”吴恤认真地说。

同时间，收音机声音出来了，是一个晨间的新闻节目，温继飞一边继续指导他调整天线和频率，一边说：“听听新闻挺好的，能帮你了解外面的东西。”

吴恤点头，跟着犹豫了一下，问：“有那个吗？”

“哪个？”

“上次那首歌，我没听清楚名字。”

他说的是《大地》。

但是当时，温继飞其实用温姬的名义在电台给他连着点了两天歌，歌单老长了，连着猜了几首都不对，温继飞只好说："干脆你哼一下吧。"

能拿病孤枪和大尖对扫，能流着血一声不吭的吴恤，这一刻，眼神惊慌得跟什么似的。

"你不哼，我真不知道。"

"我……回头有一群朴素的少年，这个。"吴恤哼歌的方式很特别，一字一顿，在"的"字上发了个di的重音，他略微窘迫地看向在场的几个人。

"老爷、小姐，我前天在城里看见吴恤了。"一个穿着灰色廉价衬衫的二十几岁的男人出现在某栋旧楼里，对上方的一个老人和一个女人恭敬地说道。

如果韩青禹几个看到这一幕，他们就会认出来，此时上方两人中的那个女人，叫作于凤姿，不久前在尼联国刚见过。在尼联国峡谷，因为吴恤的缘故，韩青禹放走了她。

而如果是吴恤自己在场，他还能认出很多人，比如面前于氏家族的族长于银斗，然后管家，以及二十多名年纪不等，跟他一样的战奴。

于氏一家先前和人合伙偷袭了一个蔚蓝储备站，补充了源能，同时也暴露了位置……他们已经从原来的地方出来有一段时间了，开始在外面的世界隐藏、生活。

"吴恤，那个叛逆，他在哪儿？"听到吴恤的消息，于银斗猛地拍一下扶手，一脸愤怒地站起来。

于凤姿更是急切，起身质问："你们当时几个人？为什么不杀了他？"

"我们……吴恤当时和那个什么蔚蓝联军的人待在一起，他们人很多。"灰衬衫连忙解释。

听到蔚蓝联军，又想到韩青禹，于凤姿眼神一下有些慌乱："爹？"

于银斗摆手示意她别说话，自己脸色变了变，偏过头思索一会儿，像是想到了什么，转回来同时眉头展开，笑着说："那混账还真和蔚蓝的人混在一起了？那好啊……不急，咱们不急。"

老式的格局，三面屋子，前开院落，二层楼盖瓦的老房子面积很大，这是于家很久之前买下的。当时于银斗的父亲于金魁还活着，做主卖了一些银元和古董，托人办下这件事，就是备着有一天，于氏可能还要入世。

前阵子于氏举村迁移后，于银斗安排了一部分人往深山里去，剩下可以作为战力的那些，差不多都在这儿了，大约三十多人的样子。

像这种老式格局的房子，居中通常都建有一个开阔的大堂，这也是于银斗十分看重的。不管到哪里，家主的座儿，他得有地方摆。

此刻站在座前，于银斗捋了捋下巴上的胡子，心里的谋划大约是从吴恤身上下手，再打一座蔚蓝储备站或驻地的主意。

他已经做过一次这事，尝过这个甜头了，也已经把蔚蓝得罪了。蔚蓝是很强大没有错，但是它同时又很分散，这就是可乘之机。何况现在的于氏家族兵强马壮，正处在近二三十年来物资最充足的阶段。

所以，于银斗听说吴恤在蔚蓝的消息后，非但不愤怒，反而有些欣喜。他太了解吴恤了，从性格到实力，他都了解。

“可是，爹，咱们别惹他们啊！爹！”

正当老父亲运筹帷幄之时，于凤姿的这一句几乎是下意识就说出来了，在满场细听的大堂里，显得格外突兀和清晰。就连她语气里的慌乱和恐惧，都很明显。

她心里忍不住想，既然吴恤在蔚蓝，那么他就肯定和韩青禹待在一块……韩青禹啊，那是什么人？！

于凤姿关于尼联国峡谷的那些记忆，一直都太清晰了，恐惧已经成了烙印。

于银斗皱了皱眉头，扭头看着女儿，语气有些不快：“凤姿，你刚说什么？”

“我……我说……”

“没出息的东西！”

“这件事真的不是女儿没出息，爹，是那儿有个人……爹，咱真的不要惹他，好不好？咱换一个地方下手。”

于凤姿彻底急了，对死神的恐惧，让她接着一股脑儿，把在尼联国峡谷发生的事情全部说了出来。

这其中有很多都是她之前有所隐瞒和歪曲过的，但是现在，于大小姐都说了，面子也不要了，只求能让父亲打消这个危险的念头。

“你是说，是他杀了那个袁庆？”在于凤姿描述完毕后，现场陷入沉默，于银斗开口问。

于凤姿连连点头：“是，不止袁庆，还有很多人……”

“其中袁庆最强？”于银斗问。

“嗯，是。”于凤姿点头。

A级穿甲13年啊，虽然融合度和穿甲时间并不直接等于一个人的战力，但是至少它能说明一些东西——袁庆的战力就算在同等级中偏弱，但放在普遍概念下，肯定也是高手。

于银斗自然也是见过袁庆的，之前去尼联国的事，就是袁庆来村里接走了于凤姿和吴恤……于银斗当场捻了捻胡须，缓缓地说：“然而，换作是老夫要杀袁庆，他大抵活不过三招。”

“真……真的？！”于凤姿眼神里露出一丝惊喜，她记得当时韩青禹杀袁庆，可是很辛苦的，一直打到最后，才杀了他。

“废话。”

这女儿太蠢了。于银斗也没去想，自己一直把她养在一个封闭的小村里，一个颐指气使的大小姐，能聪明到哪里去？

郁闷一下后，老头提振精神，朗声说：“至于其他人，听你所说战况，也不过都是些怯懦无能之辈，添油送死，才使竖子成名。”

“但我于氏一族，个个忠勇，又何来此等贪生怕死之人？”最后，双臂一振，于银斗把士气重新拾了起来。

于凤姿站在那里，默默思考着父亲的话。突然，一记巴掌甩过来，她整个人被抽翻在地上。

于凤姿蒙了，她挣扎着坐起来，捂着面颊，嘴角渗血，仰头去看她爹：“爹？”

这一巴掌，是于银斗打的，用力看起来不小。

“贪生怕死，你……你这废物东西……你误了我孩儿吴恤啊。”于银斗骂完这一句，当场捶胸顿足，双目含泪。

这天，夜晚。

“女儿啊，你说你怎能蠢成这样？”于银斗一边帮女儿上药，一边用无奈的眼神看着她。于家也是倒霉，到他这一代，辛苦努力只生出来一个不说，还是个女孩儿。

这其实也是于银斗前阵子选择冒险攻击蔚蓝储备站，然后带领家族入世的重要原因之一。而上次袁庆来的时候曾告诉他，源能……可能跟长生有关。

“爹，我……我可是你女儿，你竟然因为一个战奴打我，还骂我蠢。”于凤姿委屈地说道。

“是，你是我的女儿，而吴恤只是我于氏的一个战奴。实际上你用一条狗换得活命回来，这点没错，爹知道了非但不会怪你，还会夸你。”

“那爹你还打我？”

“但你怎么能把那些话当着这么多人的面说出来啊？愚蠢。”于银斗气得手上有些颤抖，差点把药酒擦女儿眼睛里去。

缓了缓，于银斗认真地说：“眼下的情况，我们于家刚从山里迁移到外面这个世界，同时还被蔚蓝追查。爹最需要笼络和控制的，就是底下的这些战奴啊。爹这样说，凤姿你明白了吗？”

于凤姿看看父亲，眨了眨眼睛：“爹你是故意做给他们看的，就像戏文里刘玄德摔阿斗？”

“嗯。”于银斗点了点头。

“那吴恤呢？爹你不会也打算去笼络他吧？没用的。爹你不知道，当时明明是我们局势占优，他死活不肯对那个韩青禹出手，女儿因为逼迫他……后来还被他们羞辱。”于凤姿说到最后，咬牙切齿。

“这个，爹计划先派人出去找到他们，观察一段时间再说。”于银斗偏过头，沉吟了一下，“他们既然在附近城镇停留，购置物品，想来驻地肯定不远。”

蔚蓝的驻地和储备站通常都在山里面。

第二天，第三天……于银斗派出去的人就丢了四个。

已经两周了，编队训练确实很辛苦，但是除去训练之外的时间，渐渐如米拉之前所说，有些无聊。

劳简不得已只能经常开一开会，试着通过自己的努力，把队员们的神经绷紧，以免大尖真的来了，大家却已经懈怠成习惯。

“我不怕跟你们说实话，从去年起，因为大尖降落的频率大幅升高，军团已经把小队允许出现的重伤率，提高到了百分之五十，其中死亡率，允许达到百分之三十。你们知道这意味着什么吗？”

年轻人不吓一下不行了啊，太放松了，劳队长说完这几个可怕的数字指标后，用沉重的目光扫视全场。

一只手缓缓举了起来。

“贺堂堂你说，你觉得这意味着什么？”劳简在心里期待着，不管他是勇敢说不怕，或是说害怕都好，劳队长都有办法引导。

“我不知道啊。”贺堂堂起身后，说，“劳队，我举手其实是想问，那个，万一达不到怎么办？”

劳简愣了一下：“什……什么达不到，怎么办？”

“达不到那个伤亡指标啊，怎么办？咱自己弄死几个吗？”贺堂堂认真地问。

笑声眼看着就要起来了。

“喀喀，那是允许，允许懂吗？不是必须！”劳简指关节敲击着桌面，镇压笑声，无奈地大声吼道。

“哦，那我没问题了。”贺堂堂坐下，拍拍胸脯说，“吓死我了。”

一时间满场憋笑。

还好，这时候又一只手举了起来，期待着有人能够救场的劳简连忙伸脖子望去，跟着瞬间失落，因为这只手是温继飞的。

温继飞前几天已经被踢出训练，专门弄装置和练枪去了。

最开始的时候，劳简还抱着希望，强迫他也一起参加训练来着，但是一次山头拉练，他跑累了，摔惨了，就赖在那里。劳简去赶他，他竟然说他掐指一算，发现那座山头风水不好，他就不去了。为了严明纪律，劳简只好把人踢出去，让他自己专心练枪。

“劳队我……”

“你闭嘴，你不要说话。”

劳简给他按住了，没让开口，隔一会儿发现气氛比会前还松散了，无奈只能先散会。

唉，不是都说防御形势严峻，全国“普降”大尖吗？怎么他们这里什么都没有？

小队现在迫切需要打一场苦仗，把战斗性和紧迫感激发出来啊，劳简出了会议室后望了望天，有些失落。

同样是出了会议室后，米拉独自走着，突然听见身后有脚步声，扭头，发现是韩青禹。

“米拉队长。”韩青禹喊着停下来。

“嗯？你找我呀。”米拉灿烂地笑起来。

“这个，给你。”

“什么……啊，源能块？”米拉看见韩青禹的手上拿着三块源能块呢，连忙把双手背到身后，摇头说，“这个我不要。”

“我在尼联国挣了很多。”

“那你自己多用呀，给我多浪费。”

“怎么会是浪费啊，”韩青禹认真地说，“我还指望以后打大尖，有米拉队长的远程阻滞配合呢。而且洗刷派雪莲那边有一种人猴，我以前遇到过，虽然实力不算顶级，但是速度很快，成群结队的，跳来跳去，很难对付。我觉得以后如果再遇上，有米拉队长在，帮忙火力阻滞，就会好很多。”说着，韩青禹直接把源能块硬塞进了米拉的手心里，然后回身，去追温继飞他们几个。

吴恤现在住的岗哨，大体是用大块的石块加水泥垒的，垒了两层，空间不大，但是很坚固，吴恤平时睡在二楼，把一楼当作厨房。

这段时间，虽然大家总说让他没事可以去驻地玩，但是从学会使用收音机之后，吴恤就没再去过驻地，他不想让劳队长为难。

平常大家训练的时间里，他就自己练枪；大家休息时，他就坐下来一边听收音机，一边通过装置吸收源能块。也许是以前真的太缺乏了，所以吴恤的实力提升得很快。

他自己做饭、洗衣服，以一种很平静的状态生活着，也不着急，也不抱怨。收音机里电台放歌都是随意的，他很少听到《大地》，偶尔听到了，就会当作是这一天的奖励。

通常韩青禹他们都会上来找他玩，有时候带着米、面、蔬菜之类的东西上来。然后韩青禹或沈宜秀，还会和他对练一下。

其实劳队长这段时间里也来过两三次，问他过得怎么样。但是关于这件事，劳队长不让他对韩青禹他们说，他也就没说。

收音机放在身后的小桌上，怕潮便垫了一个塑料袋。吴恤身上穿着一件驻地发的用来冒充正规军的浅灰绿色衬衫，此时正站着切菜。

这是一个很奇怪的画面，拿枪搏命的人在切菜，还好他切菜的样子通常也很酷，而且韩青禹几个看见过几次后，也都习惯了。

“不是，你们先看一下，吴恤今天是不是在哭啊？”温继飞突然张开手臂挡了挡身后的人，众人的目光通过大石砌成的小窗看进去。

“好像还真是，刚还用手抹呢……抹完哭得更凶了。”贺堂堂说。

“所以他不会是表面上一直说没事，其实内心很难受吧？”

刘世亨说这一句的同时，温继飞那边已经冲进去了。

“恤儿，你怎么了？”

吴恤扭头看看他，张嘴又闭住，犹豫一下，说：“你以后能不能不要这样叫我？”

当然，他的犹豫通常只能从眼神里看出来，就算是说这种明显带着无奈和抱怨的话，他也没有语气。

通常他说任何话，都是用木头的表情，然后用最平实、没有波动的语气说出来。可是今天，他的眼眶是红的，还有眼泪挂在睫毛上。

于是就连平常最爱闹的温继飞也不敢折腾了，用力点头说：“好好好，那你先说，你怎么了，怎么哭了？”

吴恤摇头，然后扭头示意了一下案板上他切了一半的菜，想了想，转回来说：“这个菜，好像有毒。”

大家这才注意到，案板上是一个切了一半的洋葱，也不知是哪次给他带的了。

吃过饭，猜拳输了的温继飞在下面洗碗，剩下几个人包括沈宜秀在内，都上了二楼，然后从二楼爬上岗哨顶部，在边缘上一圈坐下来，双腿悬在空中。

这几乎是每个晴天傍晚的固定节目了。

他们坐在这里，能看见下面的整个村子，房屋、道路和村里的人，而且渐渐许多人都已经看得眼熟了。他们自己根据皮肤、打扮的特点，给村里人取了名字。

“小黑又去拦小翠了。”

“上次小黑表白后，小翠就不让他帮忙挑水了。”

“其实小黑人不错，我上次看到他帮驼背婆婆背柴。”

“可是小翠不想嫁到村里啊，她爹老打她，她想逃。”

“驼背婆婆家的那只狗生了五条小狗，一条黑的，四条杂毛，小狗长大了估计要卖，母狗守得很紧。”

每天差不多都这样看着，议论着，这是一种很神奇的感觉。韩青禹觉得眼前的生活有一种熟悉感和亲切感，同时作为旁观者，看见普通世界里平实的生活，会有些羡慕。

锈妹是最喜欢看的人了，她觉得这一切都生动美好极了。

至于吴恤，他虽然也是在村里长大，但是他说，他的村子，跟这里完全不一样。

正说着呢，一楼窗户，突然一颗头探了出来。

“啊，吴恤，我好像中毒了。”

“我是温姬啊，给你点歌的小护士温姬啊。”

“我中毒了，快来帮我洗碗吧。”

温继飞很喜欢闹吴恤。

吴恤木然的表情里露出一丝无奈。

韩青禹笑了一下，说：“太贱了，对吧？你要是实在受不了他的欺负了……嗯，这得算欺负，你就找他打架，我们都是这么对付他的，他有自知之明，都会怕。”

“好。”

吴恤看来是真扛不住了，应了一声，起身下楼。

隔了一会儿，他又回来了，坐下，还是面无表情的样子。

“怎么了？没说？”

“说了，他说打。”

“然后……”

“我怕不小心打死他。”

所以，吴恤还是拿温继飞没办法，隔了一会儿，听到村里头狗叫了，吴恤突然说：“那只小黑狗每天晚上叫，叫得很响，就它叫得最响了，我在这里都能听到。”

第二天，韩青禹几个再来的时候，放下了一只小黑狗。

“跟驼背婆婆买的。”韩青禹说，“给你养。”

吴恤看看韩青禹，点了点头。

“给它取个名字吧，狗是你的了，我们几个都已经争了一路了，也定不下来。”沈宜秀笑着，特意说，“可不许叫小黑啊，那样太没特色了。”沈宜秀的猫，叫茫茫茫茫。

吴恤原本还真打算叫它小黑的，听到沈宜秀这样说，想了想，说：“那就叫不忙。”

第13章

恕难从命

转眼已是四月，山上的映山红和山下村子道旁的桃花都开得很盛，一树树，一簇簇，成排也成弧。桃花粉嫩清新的样子和老旧屋顶经年的黑瓦错在一起，透着古朴简单的美。

村里的小黑终于知道小翠想远嫁，于是背起行囊出门去打工，说是安顿好了等她；驼背婆婆家的母狗生产后，孙媳妇也生了娃；六个女儿的大胡子老汉家终于脱贫，买了一台电视机，从山下抬回来的那天放了一挂鞭炮……

韩青禹几个上岗哨的时候，温继飞正在逗狗，一群人就他不用训练，空闲时间最多，加上喜欢趴在岗哨顶上练瞄准，所以经常赖在这里。

小黑狗不忙长得很快，已经快膝盖高了，毛发乌黑油亮，眼睛也很有神，但还是总被茫茫茫茫欺负。

猫和狗玩在一起的情况也不知多不多见，但是听说，应该是互相不喜欢的啊，大约是因为茫茫茫茫本身一点都不像猫的关系吧。

都说猫是冷的、傲的，但是它爱热闹，哪里人多、动静大就往哪里凑，整天忙得脚不沾地，小队的人现在都叫它事儿猫。

“给你们看个厉害的，看看我最近的训练成果……我说的是狗。”温继飞说话时手抚着不忙的头，把另一只手搁在它鼻子下，让它嗅。

他藏有两块大概指节大小的大尖黑甲破片，是在尼联国外围看见那只被阿方斯家族守备砍死的大尖的时候，偷偷捡的。

那时候他就有了养狗的主意，他是拿枪的嘛，猎人带狗，是很容易想到的画面，只不过他将来要猎的是大尖。

“另外那块，我上来前藏在训练场边的树叶堆里了，你们看着啊。”温继飞解释完了伸手一指，大声说，“去吧，我的超级大尖追踪犬——黑色闪电，大尖毁灭者，神犬不忙！”

“去啊，不忙……去，不忙……哎哟你大爷的，白瞎我每天给你带好吃的了。”

最后，温继飞不得不自己用手，把小黑狗硬生生往前推了有两三米的样子……终于，“汪”了一声，不忙冲出去了。

去的还真是驻地的方向。

不忙一路不吭声灵活奔跑，目标明确，黑色的身影很快消失在山岭下方。

“不会吧？”韩青禹几个都踮脚看着，有些期待……虽然觉得没什么实际用处，但是看起来似乎还真行得通。总之都等着不忙把另一块破片叼回来呢，这样安静了一会儿，终于有动静了。

不忙在前面跑，后面跟着驻地伙房的厨师老杜。

杜爷拎着勺把，一边追，一边骂：“谁家的野狗？敢偷我的肉……我给你下锅炖了，站住！”

再一看，可不是吗，不忙嘴上叼着一块腊肉呢。

难不成大尖是这个味的？大伙都忍着笑，转头去看温继飞，眼神像在说：果然不是正经人训练出来的狗啊！

“哎哟，平时给它吃太多肉了……吴恤，你看看你的破狗。”温继飞推卸责任，连忙站起身，小跑着一路下去。一边跑，一边掏烟，去摆平这件事。

不忙从他身边绕了过来，黑色的身影灵便而跳跃，看着很兴奋、激动的样子，跑到近处了，就叼着腊肉在韩青禹和吴恤面前来回转，头一昂一昂的，肉就一甩一甩的，像在邀功。

吴恤一把把它揪过来，夺下腊肉直接教训了一顿，然后揪着它的耳朵训话。他对驻地始终揣着小心谨慎的态度，大概怕出岔子，影响上面至今悬而未决的资格审核。

他不懂什么审核，他想进蔚蓝，只是同时也知道这些话说了会让韩青禹为难，所以就一直没说。

“你放心，这件事我肯定给你办下来。”

韩青禹突然说了一句，把不忙救下来。

吴恤转头看看他，沉默一会儿，说：“嗯，我知道，不过急不来你也别为难，青子……就算解决不了，像这样，你们打架的地方，我能赶得及去帮忙就行。”

他难得说这么长的话，隔了一会儿，又说：“不过你们怎么总不打架……我以为你们整天打架。”

“这话说的，搞得好像我就不急、不想打似的，我现在坐吃山空啊。”韩青禹心里郁闷，无奈大尖它就是不来啊。这样驻防的日子，实在是太被动了。

隔一道山沟，对面一座山的山顶上，茂密的树木间。

于银斗把往前探的身体收回来，放下手里的望远镜。望远镜是之前手下人在儿童玩具店买的，不怎么好用。

穷啊，每天三十多口人吃饭，就是白饭加咸菜，出门连车都坐不起，是徒步走来的。于银斗刚刚看见小黑狗嘴里那块腊肉，他都咽了口口水。

于银斗手里没钱，空有银元和一些古董，但是在附近几个小县城，怎么也找不到合适的买家。上次拿出一幅传家古画，对方开价才二十块。总之都快穷到去抢劫了，只是因为怕暴露行迹，才每天辛苦忍耐。

于银斗想着等干完这一票，就换个地方。

“爹，怎么样？”于凤姿问。

于银斗摇了摇头：“靠嘴说，怕是说不动他了。他现在的主子，对他还不错。”

刚刚的一幕，于银斗看在眼里，这样的观察已经第三天了。之前他都在找走丢的人，找了快两个月，蔚蓝这个驻地也是找人的时候发现的。他看见了吴恤现在的生活，觉得要说动他，可能很难。

“那怎么办？”于凤姿又问，“要不算了吧，爹……咱们趁夜去把吴恤这个叛徒杀了就走，换地方。”

于银斗看着对面，摇了摇头：“你以为这样的机会一直都会有吗？老爹吃定这块肉了，咱得等一个时机。”

“哦，那什么是时机？”

“大尖下来，就是时机。”

爸、妈，你们身体都好吗？

过年的时候村里还热闹吧？小时候过年我炸了三叔公一身牛粪那件事，他今年还有没有想起来念叨？

小店生意忙的话，要注意休息，一定要记得，每天多留几个咱自己村的伙计住在店里。真遇上耍横的，咱该忍就忍忍。

儿子这里立功能奖钱的，你们也知道的，所以不用你们替我攒老婆本，只要你们平平安安，健健康康，等儿子回来尽孝就好。

前段时间好一阵子没写信，是因为我在部队表现很好，现在调到另一个更厉害的部队了，劳叔也一起，他对我一直很照顾。

对了，你们以后回信，要看着信封上的地址，我换地方了。

我现在身体也很好，壮实了很多，要是回来砍柴、下地，说不定扛得比老爸都多了。

韩青禹在给家里写信。

而劳简在接李团长的电话。

“哈哈哈哈，长脸啊，这一不留神，1777小队就跟金色板擦平起平坐了一回……你说你，也不先跟我说，就这个嘉奖通报，还是别人看见了告诉我的。”

李王强明显是喝了酒的，在电话那头显得很高兴，说：“你们自己见着嘉奖通报了吗？不知道啊，上面说因为是突发情况，所以这次的金属块提炼出来全部拿来作为奖励，1777小队少说能分二十块啊。”

“那还行。”说到这里，劳简终于激动了一下，然后还是沮丧，“可是没任务啊，这都两个多月了，这群孩子的热情都没处撒……再这样下去，我这个队长都要干成村长了……”

“嘟嘟嘟——”正说到这呢，驻地固定通讯响起来了。

劳简连忙接通。

“预警，1777区域预警，一艘梭形飞船，预计不久后将在区域第4至8区块附近降落，请做好出击准备，请做好出击准备，收到请回复。”

“回复，1777小队收到预警，可以出击，1777小队收到，可以出击。”来自乌鸦的预警通报，让劳简激动得连说话的声音都有些颤抖。

“好，祝凯旋。”对面回复，“请随时保持通话，有意外情况立即报告。”

“明白。”

结束了任务通话，再次拿起电话，劳简想着要跟李团长说点啥，想了一下，“啪”地一下直接挂断了，老团长哪有大尖重要啊！

他随即拿起内部通话器，清了清嗓子，克服激动，说：“收到出击任务，收到出击任务，升警示标，关闭各类仓库及所有相关出入口，后勤人员全部下安全室隐蔽。全体队员集合，全体队员集合，穿戴装置，互相检查，准备出击。”

十分钟后，设在地下的战前整备室。

队长劳简一身作战服，胸佩队长星标，背负长刀站在那里，目光已经彻底沉下来，再没有半分平时的和蔼和亲切。

在他身体侧后方，是米拉副队长，一样一身联军作战服，身上比别人多了一条斜挂的子弹带，刀柄出左肩头，右肩则是米拉11黑洞洞的枪管。

她的一头金棕色长发，此时已经绾成了发髻，严严实实地捆扎好，束在脑后。在场所有长发的女队员也都一样。

“报告，一阵24人集结完毕，装置检查完毕，源能块检查完毕，可以出击。”

一阵负责做集结报告的人是齐柔柔，这个在被闹着让他唱一出时，总是冷着脸说滚的前花旦，临战时完全是另一种气质，眼神狂热。

不过，一阵真正的核心是队长劳简本人，然后老兵搭配新兵，比如刘世亨就被编入了一阵。

随后，二阵核心秦国文上前一步：“报告，二阵18人集结完毕，装置检查完毕，源能块检查完毕，可以出击。”

二阵的老兵比例相对一阵要高一些，至于女兵，蔚蓝战时从不按性别区分比例。

“报告。”韩青禹也上前一步，不是很熟练地敬礼，然后道，“三阵三人，集结完毕，装置和源能块检查完毕，可以出击。”

与一般小队不同，一般蔚蓝小队的战术分组，都分为两阵，但是1777小队分了三阵。

这种情况，大体是一个向超级小队迈进的过渡阶段，尝试模拟现阶段超级战队的战术打法，同时锻炼尖兵。

劳简扭头看了他一眼，然后看向沈宜秀、贺堂堂，看完心里稍有些不安，不禁想着，要是三阵能再加一个吴恤，应该就很稳了。无奈吴恤的入伍审核，一直就这么悬在那里，唉！

“报告，外围警戒小组12人集结完毕。”最后一个报告情况的人是温继飞。

他此时手上一把普通军队配置的半自动步枪，肩后一把米拉09超大口径狙击步枪，再一把死铁直刀，同样背负源能战斗装置。

放在以后勤人员为主要构成的外围警戒小组，温继飞这样的，基本就是核心位置、最强战力了，毕竟他们只负责到场潜伏观察，一般情况都不需要露脸。

“好！”劳简抬起头，看了看面前整装待发的队员们，尤其是那些第一次上阵的新兵。

“今天是1777小队真正意义上全员参与的首战，是个好天气……我需要一场干净利落的战斗，像我们军团的口号一样，‘我看见，我消灭’……我希望你们每个人都能平安归来……我不想看见怯懦和退缩……服从指令，我会站在你们身前。”

劳简说完，抬手敬礼。

“是！”全体队员挺身回应，同时敬礼，“为一切正在呼吸的，战无退路，身阻长空！”

声音落下，劳简用目光扫了一遍队员，点头，沉声发布指令：“唯一目击军团，第九军，第425团，第1777小队，出击！”

队列在沉默中行进，扑进山林，他们将赶往预警指示的区域第4至8区块，提前潜伏下来观察、等待。

吴恤站在岗哨顶上远远地看着，身上是一套合身的联军作战服，身后背着第九代装置，手中紧握黑色长枪。

看见队伍最后一个人消失，又等待了大概五分钟，他便从岗哨顶上跳下来，准备跟上去。1777防区的区块划分，吴恤早已经烂熟于胸。

落地后，他刚走出去两步。

“吴恤啊。”

突然，一个熟悉的声音，从他身后山坡下传来。

吴恤愣了愣，回过头，看见一些人正从坡下走上来，然后站在那里——于银斗，于凤姿，管家，还有一些面熟的于氏战奴。

吴恤已经知道他们袭击过蔚蓝的储备站，处于和蔚蓝敌对的状态了，顿时提高警惕，同时心情有些复杂，他没有吭声。

“这阵子，你过得还好吗？”于银斗温和地问道。

吴恤犹豫了一下，点头。

“回来吧。”于银斗当作没看见，接着说，“看到你在这里被人排挤，孤单单住在一个岗哨里，我心里不是滋味啊。”

“另外关于在尼联国发生的事，凤姿回来已经跟我说过了，她很后悔，很感激你，我也已经骂过她，打过她……”

吴恤终于第一次开口：“不怪大小姐……我在这儿过得很好。”

“哈哈哈，既然你还愿意喊凤姿一声大小姐。”于银斗用故作爽利的语气说，“回来吧，吴恤，于家现在入世了，正是需要你的时候。”

“汪汪，呜，呜……”

不等吴恤说话，原本在外面玩耍的小黑狗突然跑了回来，站在吴恤身前，前腿下压，低头露齿，低声吼叫着，做出来保护、威胁和攻击的样子。

“吴……”于银斗忍耐了一下，继续开口。

“汪汪汪。”

“小畜生！”于凤姿突然甩手扔出来一把短刀，扔向不忙。

这样的攻击，不忙当然是无法闪避的。但是，一杆黑色的长枪后发先至，枪尖嵌入地面，挡住了短刀。

场面紧张了一下。

“不忙回来。”

吴恤喊了一声，小黑狗扭头看看他，十分不情愿地跑到他身后。

于银斗看了看落在地上的刀，再看看已经回到吴恤手里的枪：“吴恤你这是……打算跟我动手吗？”

吴恤犹豫了一下，摇头：“没有。”

“那你是什么意思啊？”

“蔚蓝重地，还请老爷带人离开。”

于银斗听完愣了一下，接着突然大声笑起来。

因为之前已经看到了吴恤现在的生活状态及和韩青禹等人的相处了，于银斗其实也没有抱很大希望。此时见吴恤做出选择，他索性摊开了说：“好，我今天卖你一个前程，只要你带我去下面驻地的储备室走一趟，或你给我找出几个人来，我保证很快就走。”

蔚蓝对于小队出击后的驻地防务，有着近百年的经验和教训。每个小队的留守后勤人员和驻地的储备室，都是防务的重中之重，储备室通常都被隐藏得很好。

这样若是外人趁机来攻，把驻地翻个底朝天，自然有可能找到，但是通常情况，他们都没有充足的时间。像现在的于银斗，就是这种情况。

吴恤明白了，抬头看了看于银斗，说："我不知道。"

"哦？"于银斗眯眼看着他，显然不信，"那咱们一起下去看看？"

吴恤摇头："恕吴恤不能从命。"

从时间的角度，预警通知正常情况都可以做到比大尖实际降落时间早上不少。但是在具体的着落地点上，乌鸦也只能根据拒绝者的情报推断，给出一个大概的范围，并不能做到精确。

所以，蔚蓝小队出击后，在潜伏等待阶段通常都会分成许多个小组，在多个地点进行观察。也正是因此，小队驻防点还会有细化的区块划分。今天乌鸦预估的范围是4至8号区块，1777小队在进入大概范围内后，现在已经分成了十个小组，进行潜伏观察。

春草深，时间一分一秒地流逝。

"来了。"仰天的年轻战士发出小声警示，顿了顿，又困惑道，"可是不对啊，那东西怎么还在往远处去？"

"那我们应该怎么办？"另一个新兵也十分茫然，虚声问。

其实只要队伍不直接出现，不开启装置，不大声喊叫，说话声音稍微大一点，都是没有关系的。但是毕竟是伏击嘛，几十年下来，这样的小心谨慎已经变成了习惯。

新兵提问，身边的老兵嘘了一声，指了指手上的通话器。

很快，通话器响了："预估降落地点改判第13区块，三阵恢复集结，保持装置沉默，向第13区块靠拢……开始行动。"

劳简的指令清晰明确而沉稳，从通话器中传来。

"这是乌鸦那边给的情报吗？"集结行动开始，迅速爬起的同时，有新兵好奇地问了一句。

老兵躬身带头前行，同时摇头回应："不是，到现在这个高度，乌鸦和拒绝者基本已经没用了。是劳队自己做出的判断。"

"这就是一个老兵队长的经验和能力了，尤其752劳简，以前在这方面一直是很出名的。所以啊，不要因为平时太亲近，就小看劳队。一个C级队长，能带队连年排进全军前五十，你们真以为他没实力吗？"

说话的同时，一阵的两个观察小组已经完成会合，队员们迅速找到自己的位置，继续向前，会合第三个小组……

距离第13区块3000米处，小队三阵全部完成集结，同时完成阵型位置排列，各就各位，继续保持装置沉默状态，躬身前进。

梭形飞行器开始出现下落轨迹。

距离2000米时。

“放慢速度……等……”指令声清晰地从通话器中传来，劳队说，“三、二、一，全员开启装置，全速前进。”

“嗡！嗡嗡……”连片的蓝光闪动。

四十六人，四十七柄战刀出鞘。

树林中大小不一的三股流光，开始向即将完成落地的梭形飞行器高速逼近……开启装置之后的蔚蓝战士在丛林树木间穿梭，灵活如风，风驰电掣，如履平地。

土石在靴底飞溅，枝叶在身侧颤响。

“米拉11就位。”行进中，米拉副队长的声音从通话器中传来。

米拉在战场上的位置，一概都是自己选择的，因为在第九军目击一线，数百个小队里，她是当前唯一一个被赞同使用热武器，并专门配佩特制热武器的人，没有人比她更懂得自己应该站的位置。

通话器里沉默了两秒。

“三阵绕后。”

“一阵减速。”

“二阵切换阵型，开始突击，逼它们出来。”

连续三道指令，指令声落下的同时，秦国文所带领的小队第二阵陡然再次提速，开始向梭形飞行器扑去。

“嗖。”

两只大尖受到攻击威胁，迅速弹射而出。没有看见泛蓝大尖。

之前在1123区域，蔚蓝已经遭遇过泛蓝大尖潜伏在梭形飞行器内，然后在战斗中突然出现并冲击阵型的情况了，所以现在蔚蓝每一个小队都不得不防着这一手。

“三阵注意观察，待机……不要打走飞行器。”

劳简多交代了一句。

轰！轰！

两只大尖完成落地，然后又几乎同时完成了柱剑拄地的范围攻击，尘雾升起，土石飞溅。

二阵的第一波冲击，大部分人受阻。

反应指令几乎在此同时发出：“一阵，跟我切入，分割战场！”

这一句就不必通过通话器了，劳简一声大喝，身先士卒带领一阵24人悍然提速，直插两只大尖之间的空当。

劳简、齐柔柔等数名老队员全力出手，将左侧1号位大尖逼离原先位置……这通常是最有可能出现牺牲的环节之一。

右侧的2号大尖举剑，试图追过来援助。这时，不远处倾斜的巨大子弹，准确命中柱剑重心点，造成些许阻滞。同时，韩青禹和沈宜秀已经从后方一左一右，如电光炸裂，攻向2号大尖腰背，迫使它回头。

这样，当二阵重新集结，完成对被分割出来的1号大尖的包围后，原本一阵要做的，对2号大尖的回阻突然就变得不必要了……

这就是拥有顶尖战力的感觉吗？爽啊！

关于韩青禹和沈宜秀现在算不算顶尖战力，其实没有定论，但是战况已经基本明朗了。劳简在心里情不自禁地激动了一下，随即果断改变固有思维："三阵注意对2号的牵制！"

"一阵加入二阵……目标1号大尖。"

"全体保持攻击阵型。"

"开始绞杀！"

两阵归一，阵型运转，波浪般的层次相叠，密不透风的攻势展开，车轮绞杀，开始了……

也就是说，现在一共是42人在包围和绞杀1号大尖，而通常应是这个人数一半，或者更少。

"注意安全，牵制住就好，不用带太远，不必独立击杀！"

哪怕处在战阵之中，劳简还是没忍住，多交代了两句。

"是，请劳队长放心……专心指挥绞杀。"

韩青禹这边的通话器现在在贺堂堂身上，所以开口回应的也是他，这家伙太直了。

怎么说呢，贺堂堂现在可能是全场打得最轻松的那个，前面两个猛人在那里跟大尖对轰，他的任务，就是自己找机会捅刀，同时注意在必要时提供一些牵制。

"要是吴恤也在就好了，唉。"

于银斗觉得吴恤身上似乎有一些变化，现在的情况是，问他是不是想动手，他说没有，让他带他们去驻地，他又说恕难从命。

"如果我一定要你带我去驻地呢，你会怎么做？"沉声，于银斗问了一句，说话的同时双手已经摸向自己腰侧的两柄长剑。

吴恤想了一下，抬头老实地说："跑。"

于银斗的神情僵了一下。

也对，吴恤确实可以跑，驻地现在本就不需要他去防御。问题是，他怎么会想到跑呢？这也不像他啊。

其实，这个问题，吴恤自己也一样回答不了。他只是刚才那一瞬间这么想到，然后就说了。人与人之间，有一些潜移默化的东西，是很难用言语说明的。

同时间，几名战奴从吴恤住的岗哨里走出来。

他们几乎把吴恤的东西都搬出来了，他本身东西就不多。

衣服扔在地上，米面蔬菜放在身后，另外还有一些杂物，于凤姿低头看了看，捡起来其中一件东西——是那台收音机。

“我想起来了，你好像很喜欢这个东西，上次在去尼联国的车上，你只要听到这个东西就走神。怎么，你新主子赏你的？”于凤姿把收音机拿在手里翻看，同时说道。

吴恤看着她手里的收音机。

“大小姐问你话呢。”管家知道老爷已经放弃说服吴恤了，今天很有可能要将吴恤斩杀在这里，只好站出来，讨好于凤姿，说了一句。

吴恤沉默一下开口：“不是主子，不是赏。”

“那我砸了它？”于凤姿掂了掂手上的收音机问，“或者你带我们去驻地找储备间。”

吴恤看着她，看着收音机，没有吭声。

陡然，“啪”的一声。

大小姐的风格还是没变，收音机被她用力砸在地上。收音机处于装置开启的状态，她的臂力很大，整台收音机几乎瞬间破碎。

“没了。”

迎着吴恤死神一般的目光，于凤姿轻松笑着摊了摊手，又在地上的碎片上踩了两脚。

她始终觉得，要是在尼联国峡谷，吴恤能听命和袁庆等人一起上去围攻韩青禹，后来情况就不会变成那样，她就不会被羞辱。她怕韩青禹，恨韩青禹，也恨吴恤。她不敢去找韩青禹报仇，但她可以杀吴恤泄愤。

于银斗自然没这么幼稚，笑了笑，说：“你跑了，我不带人去驻地，去那边……”

于银斗示意了一下1777小队出动的方向，接着说：“要是在他们和大尖厮杀的时候，我带人从后面突然掩杀过去，你的朋友们，会怎么样？”

他的本意，是逼吴恤带他去储备站。但是目光看去，一直沉默站在那里的吴恤，依然无话，但是他给出了反应，他手里的黑色长枪，缓缓在身侧举了起来。

“你想做什么？吴恤！”这一句，是明知故问，因为于银斗此时已经很愤怒了。他可以想象吴恤不肯回来，不肯帮忙，但是怎么都想不到，这个曾经的于氏战奴，他眼中的一条狗，今天居然敢向他举枪。

“吴恤愚笨，原本想跑，刚听完老爷的话，想了想，才发现，”吴恤顿了一下，说，“今日需留老爷和各位在这里。”

是于银斗说的，如果吴恤跑了，他就带人去给正与大尖作战的1777小队捅刀子。所以吴恤说的是实话，吴恤原本确实准备跑，不想动手，但是被提醒了，不得不战。

他不能让青子，不能让1777小队的任何一个人，在和大尖作战的时候，被人从背后捅刀子。

“你说什么？”于银斗彻底怒了，锵锵两声，重剑出鞘。

横枪在手，吴恤抬头看了看于银斗：“我说，在那边打完之前，老爷你们……哪里都去不得。”

吴恤本不想战。

新生之后，要说他还把过往的人生、于氏所谓的养育，当作是恩情……他没有这么愚蠢。但要说恨，吴恤也没有，他就是放下了，也不愿去回想。

再见面，最后的情分，是劝退、避让。

但是于凤姿还是那副样子。她只是为了彰显自己依然是主子，依然可以对奴仆肆意践踏，就把青子送给吴恤的收音机砸了。

她不知道，这其实比她在峡谷捅吴恤的那一剑，要严重得多，而且是很多很多。

然后于银斗又亲手把韩青禹等人的生死摆在了天平的另一端，提醒吴恤，必须要选。所以，吴恤选了。

此刻他横枪，那个曾经的于氏战奴，再不为奴！

于银斗很强，吴恤知道。

除去实力这个因素，曾经封闭在于氏村落的那么多年，面前的这位于氏族长留给吴恤的烙印，几乎就是神一般不可匹敌的存在。

这种烙印并没有办法轻易抹去。

但是，刚才那一刻，他依然选择了横枪。当黑色长枪在身侧横起的时候，他心中有一种豁然冲开枷锁的感觉。那种感觉是他自己也道不清的，他只是突然觉得轻松和喜悦，然后，有一种决然。

这里看不到青子他们，但是吴恤知道，这里就是青子他们的后背，他们现在正与大尖厮杀。

其实早在尼联国峡谷死地，韩青禹只身换出队友，一人双刀死战的时候，吴恤就想过，若可以，他愿意和这个人抵背而战。

而从于银斗的角度，吴恤今天是必须死的。

除非他跪地求饶，做回于氏的奴隶，否则他就必须死，而且必须死在于银斗身后这三十名于氏战奴面前。

于银斗不能让他身后的这些人，看到一个叛离于氏的战奴过得很好，所以他不能让吴恤安生。

“你竟然，真的敢……”

极度的愤怒和意外之下，于银斗发现自己一时间竟然找不到合适的话，顿住后轻蔑地笑了一下，说：“你以为你是什么东西？现在，马上跪下来求饶，老夫还可以顾念旧情，留你一条性命。”

这些话主要还是说给身后那些人听的。

“我叫吴恤……那个，不行。”吴恤终究还是不那么会说话。

他叫吴恤，善用枪，枪名病孤，他是蔚蓝第九军十年最强新兵韩青禹的兄弟……对的，就是尼联国峡谷地的那个韩青禹。

所以，他可以打不赢，可以战死，但是不可以再低头！

“不忙。”

“汪汪。”

“走。”

“呜，呜……”小黑狗站在吴恤身侧，没有动。

“去找肉。”

“汪汪汪。”

小黑狗得到指令，摇了摇尾巴，转头朝驻地跑去。

“杀了他。”于银斗说。

他身后瞬间杀出来十多名早已启动装置的战奴，手上各种兵器，同时砸向吴恤……

蓝光闪烁，吴恤不退反进，二米多长的长枪荡开，不架，不挡，直接横扫。

“轰……”

音爆和武器交击的声音不绝于耳。

人退，吴恤收枪站定。

“好强！”

吴恤很强，曾经他就是于氏新晋一辈战奴中最强的那个，要不然于银斗也不会选他陪于凤姿走那一趟。但是这一刻，在第一轮交手过后，于氏众人依然愣了一下，因为此时的吴恤，比他们原本认知中的那个他，更强了。

从第三代装置改换第九代装置，用辛摇翘的话说，吴恤的战力提高了至少一倍，同时他防御承伤的能力，至少提高三倍。

除此之外，曾经在于氏村落的吴恤，除了训练和战斗，几乎就没怎么见过源能块，而后来这些日子……

吴恤是死战之士，所以对他而言，这样的提升，其实远不是表面数据可以衡量。

其实，就连吴恤自己现在都不太清楚，他的提升到底有多大。

因为穿甲时间更长，同时战斗训练更多也更残酷，他现在比起没开三重涡轮的韩青禹来，丝毫不差，甚至可能还要稍强一点。

沈宜秀私下做过猜测，说吴恤没准是S级。

这一刻，于银斗终于从固有的思维中跳出来了，他看了看吴恤身上的第九代装置……

于银斗是很强，但是并没有自己说的那么强，而且在族里当皇帝当习惯了，他的战意其实很弱。

“你们都愣着干吗？杀了他！”又一次大吼。

这一次，从于银斗身后冲出来的人，是三十名于氏战奴。他们是吴恤曾经的伙伴兼对手，是跟曾经的吴恤一样，命运悲惨而不自知的人。

于氏在厮杀训练中培养高手，战奴之间几乎没有朋友这个概念，于氏也不允许他们成为朋友或者结成小群体。

吴恤成长的那些年，有过朋友，但是后来都变了，或死去了。

这一刻，面对扑来的人群，吴恤撤步，用他并不擅长的语言，把过往相处的最后一点情分，说了出来。

“我不够强，不得不杀。”他说。

身处下风，以寡敌众，被围杀，还有于银斗在后面虎视眈眈，吴恤的意思是：我没办法留手，你们再来，我只能杀。

然而这样的话，也只是让那些人脚步顿了一下，只一下，三十人全扑了上来。

吴恤不退了。他正面迎击，手往下滑握住枪尾，两米多的长枪在呼啸声中如龙贯出……

一人忙乱中横刀来挡。

吴恤源能浪涌到顶峰，奔涌，凝聚，枪尖破了刀身，贯进那人胸膛，而后，他迅速收枪。

吴恤手握长枪中段，抬手架住正往身上招呼的十几件武器，奋力一震，将它们震开，同时回身，面对后方袭来的数人，直接甩手……长枪脱手而出，去势如电。

脱手之后的枪，通常会后继乏力。

对方镇定下来，挥刀就斩。

但是，吴恤人比枪更快，枪出，人进，他在顷刻间已经追上，并握住长枪，随即手腕一抖，死铁长枪枪尖轨迹变幻。避开斩落的刀锋，再一次，贯进一人胸膛。

两枪，两人重伤。

吴恤收枪：“不要再来了。”

这一刻，他多希望温继飞在场。

第14章

编外战士

温继飞身在战斗区域外围负责警戒呢，只不过警戒小组12人，从头到尾没警戒到一个人。

温继飞收枪，从地上爬起来，拍了拍身上的土，扭头听了听远处的响动，说："听着应该差不多了，你们继续看着，我进去看看要不要本A级大神出手帮忙。"

后勤部队几个人看着张了张嘴，放弃了，随他去吧，反正说也肯定说不过他。

温继飞开了装置，但是怕摔，所以不敢加速。他从外围向里，在树林里循声跑了一小会儿，然后站住了。他远远地正好看见，被一阵、二阵四十多人围砍的一只大尖，突然间开始自毁了。

不自毁不行了，它浑身上下都已经被砍花了。

当场，一阵、二阵四十多人不等自毁结束，就开始向另一边战场移动。

劳简带头，抬手抹了一下嘴角。

"哎哟，这么大优势，劳队怎么还是吐血了？"温继飞惊讶地嘀咕了一声。

实际的情况是，刚才劳队长突然心大，想拿这只大尖练兵，然后有一名新兵因为太过亢奋，一时走位不慎，差点出事，劳简替他硬架了一刀，所以，又飞了一把，吐血了。

"大……劳队你没事吧？"温继飞往前走几步喊道。

"你……"劳简扭头本想骂他来着，问他怎么可以跑来，顿了顿，最后还是决定先说，"我没事，小意思。"

"那青子他们呢？"温继飞又问。

"那边，"劳简拿刀一指，"你别过来啊。"然后猛地向前冲去。

这，不会是青子那边战况堪忧吧？温继飞不敢添乱，站着想了一下。

“趴下，快趴下。”只一会儿，不远处，米拉的声音传来，温继飞一脸茫然但是迅速趴下了。

“咔咔咔咔咔……”

梭形飞行器自毁破碎的声音紧跟着传来，依然令人牙酸，然后，就是树林间嗖嗖的破片雨。

这大概说明青子那边的那只大尖，就在这前后脚的工夫，也被砍到绝望自毁了。因为不到最后，飞行器是不会一起自毁的。

破片雨结束后，现场开始收拾战利品。

温继飞顺路捡了几块弹片过去，扔在袋子里，他可不拿自家的东西……转身抬头，找到正坐在地上休息的韩青禹了。

“吴恤呢？”

“没看到啊。”

“不可能，他天天都想着打架呢。”

听见温继飞和贺堂堂这样对话，韩青禹想了想，也对，吴恤是背过区块图的，而且每天都盼着大尖能来呢。刚才的情况，按理说他肯定会下来帮忙，就算自己和锈妹不用他帮，刚劳队那边突然被砍飞，有人受伤混乱的那一下，他也该出手了。

“两种可能……”韩青禹思考的同时嘀咕出声。

“他迷路了。”贺堂堂说，“不过这种可能性不大，他只要能找到第8区块，肯定就能听到这边的动静。”

温继飞抬头同时眼皮一翻：“不会出什么事吧？可是他人在驻地那边，能出什么事？”

韩青禹一下站了起来。

“劳队，我们有事先回去看看。”

“啊，好……大家抓紧！”劳简看着几人远去，突然有些不安，催促道。

吴恤平时其实挺怕温继飞的，用青子的话说，一群人里总难免出个无赖，偏他最对付不了的就是无赖朋友，所以总是被温继飞欺负。

比如每次温继飞有事想要赖给他去做，赖不成，就会说“我是小护士温姬啊”，那个时候吴恤就会浑身起鸡皮疙瘩。无奈那家伙又不禁打。

但是，吴恤这一刻是真的希望温继飞能在场，反正砍大尖的话，他也帮不上青子的忙。如果温继飞在这里，就可以跟这些人说话，或哪怕只是远远的，说完就跑都行。

他大约可以说通他们。

吴恤认真地想着，难得一次因为自己嘴笨而苦恼，但是不等他再开口，那些本身已经有些惊惧的于氏战奴，已经在于银斗的驱使下，又一次向他扑来。

他们正被当作牺牲品，用于消耗吴恤的战力，一如他们一直以来的地位和命运。

第三代内置装置，麻木绝望的眼神。

那仿佛就是曾经的自己，也许有一些地方不一样，但是很像。

黑色长枪再次如惊鸿贯出，到最后，却只是在地面上猛地撑了一下，吴恤身形猛退，避开围攻同时喊道："老爷，吴恤请战！"

这一句话是脑海里临时跳出来的，然后就说出口了。

话音落下，前方的战奴几乎同时顿住，然后扭头。

这个规矩是有的，早在于氏家主还叫作于金魁的时候就立下来了。战奴之中，若有人可以挑战家主，就可以脱身奴籍，得到一个正式的身份和不错的职位，这大约是老于家用来激励和选拔人才的一种方式。

立规矩时，于金魁很强，据说确实有人试过，但是离成功差了很远，渐渐就没人再试了。

后来到于银斗的年代，这件事不知怎么的似乎被忘却了，没有人再提起，但是规矩本身好像还是在的，没听说几时被废除。

事情突然间被提起了，战奴们连带站定，然后回头，看着于银斗。

这一刻，他们是以战奴的身份回头，看家主是否还认可这与于氏战奴命运相关的规矩。

吴恤要为自己挣一个自由身吗？

看眼前情况，大概不是，但是不重要，因为对于场上其他战奴来说，至少在这一条规矩上，他们跟吴恤是站在同一个立场的。

他们倒不是心里盼着吴恤赢，只是想着，规矩最好是还在。

于银斗在奴仆们这样的目光里，感觉到自己的威严被挑战了，怒气先于狡猾生出。

老头子拿剑指着吴恤，怒斥："你说什么？"

枪尾拄地，向后犁开土石，吴恤猛退的身形在地面深痕的那端站定，他抬头看向于银斗，没有表情，没有语气，说："吴恤请与老爷死战。"

枪尾拔起，带出些许土石，吴恤手握病孤枪，站在那里。

当场无声，只有几十双眼睛紧盯于银斗，他们在等。

于银斗把指出的剑收回，将另一把剑指出去，顿了顿，道："你这叛逆，你现在哪来的资格，行我于氏的规矩？"

"记事为奴，不知年月，犬马效命，我的资格。"

吴恤说完了。

在场的战奴，哪一个不是记事为奴，犬马效命啊！

于凤姿说："爹，那你就砍了他。"

老父亲前些日子吹的那个"三招之内斩死袁庆"的牛，于大小姐还清楚记着呢。

而事实上，他斩死袁庆固然是没有问题，但说三招之内必杀，当时主要是为了安抚战奴振士气，具体几招，他哪里知道。

骑虎难下了，于银斗咬了咬牙，持握双剑从岗哨前的大石块上一跃而下。

吴恤翻手，黑色长枪似有韵律一般，调转枪头，划出一个弧，半在身后，半在身侧……枪身弓出一个弧。

蔚蓝有一门课叫作《违背物理学》，其中关于死铁的部分述及两个点：韧性和硬度。

就传统物理学而论，这两者通常在到达一定强度之后，便不能兼得。

所谓刚则易折，就是这个道理。常态下一件东西的硬度越高，那么它的脆性就越大，韧性相应也就越小。死铁的出现对传统物理学的违背，就在于此。

死铁除了是当前所知，唯一可以在一定程度上传导并承载源能冲击的材料，它还在硬度和韧性两个方面，都达到了一个不可思议的数值。

这一刻，死铁长枪在吴恤手中成弧。

运转成弧。尽管这个弧度肉眼看起来并不明显，但是其中蓄积的力量，依然让人心惊。

没办法，吴恤对于于银斗强大无匹的烙印，实在是太深了，此刻求战，抱的是拼死一搏的决心，所以上来就是全力。

这一招，是他在尼联国时从韩青禹的锈妹梨涡斩中学来，而后自己演化的。

此刻旁观的于氏战奴们，自然也不是傻的，他们从厮杀中停下来，有空思考，便不禁会想：怎么吴恤离开于氏时间不长，便强大了这么多？

这种思考对于于银斗而言十分危险，他不得不开口：“哪里习来的一点雕虫小技，也敢来老夫面前显摆？”

老头说话的风格一如那个封闭的于氏村落一般，停留在了过去的时代。

其实除了此刻胸前挂着的那个儿童望远镜，他整个人，差不多都是如此。“锵”的一声，他双手重剑交击，摆好架势。

于银斗手中的剑比起华系亚传统的剑要更宽更厚，以至于显得可以双手持握的剑柄有些偏小。至于用剑的人自然也不弱，哪怕是在家族源能极度匮乏的近几十年，于银斗自己的供给，几乎没中断过。

吴恤没有吭声，他只是动了，向曾经的主子，记忆中不可匹敌的那个人，出手了。

黑色长枪在空气中的运动，如同在黏稠的液体中运转，以源能装置下的标准不算快，但是厚重。枪头调转，从右转左，从身后过，调转过程中运动成弧。

这一下，它陡然崩开。

这整个过程尽入旁观的战奴的眼中，黑色长枪便如一条游鱼，正游过一个转角，在最后一下，从右至左迅猛摆尾，拉直身体，如箭而去。

枪身蓄积的巨大力量，让它去势快得不可思议。

枪身不断的震颤，源能的漩涡流转，让它的轨迹诡异到极致。

目中流光如电，于银斗不敢斩，因为他看不到枪头。

双手阔剑在身前成×状，他在慌乱之中做出格挡。

“叮！”

因为韧性的缘故，死铁交击通常很少发出清脆的声响，多是闷声，但是这一声，很脆。

剑是好剑，所以没有碎。但是伴随着一声脆响，于银斗整个人如同突然被雷霆直撞，身体笔直后退，鞋底在与地面的摩擦中瞬间破碎。双臂衣袖也是一样，直接崩碎。

此刻的一幕，对于旁观的、原本和吴恤拥有一样烙印的于氏战奴们而言，可以说是神在崩塌，新神在立像。

于银斗太久没有战斗过了。当体内的源能潮涌终于接续上来时，老头倾尽一切发力，硬顶一记后，终于身体向左，拉开一点距离。

他的源能潮涌，自然比吴恤的要厚重不少，这一下撇开，挥剑便斩，要将长枪斩落。

但是有一只手，握住了枪尾。

虚握。

吴恤持枪，不改长枪本身的震颤轨迹，只是稍稍调转枪头，再次送向于银斗胸口。

“当当当当……”

双剑连挡。

病孤枪雷霆之势终于将尽。

吴恤握枪，前送的同时手腕一转，枪身随即转向，如一个疯狂的钻头。

“锵……”

枪尖与剑身相击，火星四溅。

“噗！”

突然一声，枪尖终于滑过了剑刃，捅进了于银斗的肩窝。吴恤同时势尽，收枪。

他愣了愣：“可以杀？”

这一刻不光他愣了，每个人都愣住了，于银斗，于氏战奴，尤其是于凤姿，大小姐的整个表情，都已经僵了。她曾经也捅过吴恤肩窝一剑，那个奴才当时……

爹说三招斩死袁庆……难道吴恤比袁庆强那么多？！

“时间紧迫，你们等着蔚蓝的人回援，送死吗？”于银斗知道自己现在的处境危险了，当下一声大吼，“一起上，速战速决，杀了……”

战奴们条件反射，动了一下。

“为什么你养我们做死士，自己却没有半分死战的决心？”吴恤突然认真地问了一句。于银斗的源能浪涌，其实比自己浑厚不少，这一点吴恤能清楚地感觉到。可是他，似乎根本发挥不出来。

于银斗眼神避开："不要与他废话，杀！"

这一次，他当先扑来了。

但是这一次，在场绝大多数战奴都没有动。最后只有大约五六名于氏死忠，多是年纪都大一些，本身也已经跳脱战奴阶层的人，随他扑了过来。

围攻……吴恤挺枪迎上。

依然是危机，依然是下风，但是他此刻内心觉得酣畅无比，对比韩青禹在他所见每一战中的表现，吴恤此时再看于银斗，如见蛇鼠。

"老夫拿回你的命……"

"你不配！"

"轰！"

以一敌七，吴恤死战。

他曾为于氏断后，在尼联国试炼场孤身阻拦二十多名源能战士，保于凤姿等人逃命，不求回援，只是盲目服从。

此刻不同。他有了目标，有了期待。

不忙叼着一块腊肉回来了。它找这块腊肉找得很辛苦，厨房没人，不忙从灶台跃向空中悬挂着的唯一一块忘了收起来的腊肉，试了很多次，摔了很多次。中间有两次，它还被挂住了，好不容易才把肉拽下来。

不忙叼着腊肉回来，摇着尾巴，满心期待主人的夸奖。

"砰！"

地面上已经倒下两具尸体了。

吴恤也已经满身是血，他正面一枪荡开于银斗，长枪后转，架住身后袭来的三柄刀剑。

"刺啦！"

背后又多一道伤口。

吴恤一声不吭，更无迟滞，枪随身转，向后直接贯进其中一人腹部。

他收枪，身形晃了晃。面对又扑上来的敌人，他再次迎上。

于凤姿长剑在手，一边颤抖，一边缓缓绕着吴恤后背移动，她知道今天不杀吴恤，一切就都完了。

"啪！"不忙口中腊肉掉地，它一边叫着一边朝于凤姿扑过去。

于凤姿受到惊吓，看了一眼，骂道："畜生！"

大小姐挺剑便要杀狗。

吴恤闻声回转纵跃，人在空中，长枪从后向前挥击，砸向于凤姿。

于凤姿当场愣住。

身后于银斗苦声喊他："恤儿留情！"

说话的同时，他自己却也腾身，挺剑刺向他后背心脏位置。

源能装置下的战斗素来电光石火，其后的两秒吴恤手腕一带，枪头回转，用枪尾砸飞于凤姿。而后一瞬间，源能潮涌如韩青禹所教，突然截断，吴恤身形急速下坠。于银斗刺向他心脏的左手剑，刺进了他的肩胛。

几乎同时，吴恤的长枪朝后，斜向上，从腋下贯出，贯进于银斗的胸膛。

于银斗挂在抢上，哀号一声，右手剑欲刺。吴恤背身对他，直接手腕一转，带动长枪枪身，在于银斗的胸膛内急速旋转，豁然转出一个巨大的血洞。

收枪!

吴恤身体有些摇晃。

于银斗整个人仰面砸在地上，还没死，他低头看着胸口的血洞，哀号的同时，不断挣扎后退。

吴恤不疾不徐地转回身，看着挣扎的于银斗，目中有些苍凉，缓缓地说："我说我刚那一下，调转枪头，是在收枪，老爷你信吗？"

这一句，带着莫大的悲凉。吴恤觉得自己可悲，可恨，可笑。只是于银斗，更可悲，更可恨，也更可笑。

听到吴恤说这一句话，于银斗没有注意到他的眼神，更没有去思考真假，向后挣扎的身形猛地顿了顿，抬头直直看向吴恤。

原本已经渐渐黯淡的双眸中，竟一下又泛起来光彩。

"信啊，恤儿，我信……我当然信。"

痛苦的脸上强挤出来的虚伪笑容让人看了难受，于银斗继续说："恤儿你的品性，你对于家的忠心，老爷一向都知道的……你心性纯良……这样，你让我走，你让我们走。"

此刻在他的身后不远，近三十名于氏战奴站在那里，默默看着这一切，他们的神被彻底摧毁了。

躺在地上的这个人曾经无数次告诉他们，未来世界会有无数黑甲的怪物降临，只有于家村和他，能够庇护他们，让他们生存下去。

而现在，他们突然变成了身在黑暗里的幼童，什么都不知道，也不知道该往哪儿走，茫然、绝望，满心都是对过往人生和这个世界的疑问。

吴恤会放过老爷吗?

"不是这样的。"面对于银斗乞求的目光，吴恤耿直地摇了一下头，顿了一下后说，"我只是在想，不杀，把你们交给蔚蓝也可以……"他终究还是那个老实的孩子。

交给蔚蓝吗?

于家村和人合伙偷袭过蔚蓝的储备站，杀过蔚蓝的人啊，于银斗整个神情僵住，身体挺了挺："你……"

“不过老爷你，大概已经没救了。”

看着于银斗身上的伤口，吴恤又老实诚恳地说了一句。

因为这一句，原本还在贪生的于银斗，像是突然被提醒了，顿时眼神呆滞，脸色苍白，木木地低下头，看了看自己胸口的血洞，我……活不了了？！

他抬头看向吴恤。

这时，吴恤的身形也晃了晃，靠长枪支撑，踉跄站住，一抹血水从嘴角滑下来。

他原先就受了不少伤，刚才又被于银斗一剑从肩胛骨刺入，此时后背已被血水浸透。

“杀了他，你们……他不行了，杀了他。”于银斗眼中满是怨毒和不甘，一边挣扎向后，一边说，“快，杀他！要不蔚蓝的人来了，我们都得死……杀了他，带我跑。”

说到蔚蓝的威胁，于银斗最后的这一句提醒似乎起了效果，而且刚刚跟他一起围攻吴恤的人，也还有三个没死呢。

三人举起刀，一小步一小步向前，同时不断招呼其他人：“对，杀了他，杀了他我们走……别怕，别怕，他已经不行了。”

以这三人为首，人群蠢蠢欲动，开始缓慢地向前移动。

扶着长枪，吴恤直起身同时抬头，目光看向涌向他的人群。

他们顿时站住了。

“别怕，上，他已经快不行了，不要怕，上……”

第一时间没有人上，喊话的人自己也没上。

现在的吴恤，让他们畏惧。

吴恤左脚稍微后撤支撑，提枪，“呼”的一声，枪头调转。

他站在那里，准备决死。

“杀啊！”

最终，还是先前动过手的那三个人，在绝望中咬着牙挥舞着武器，扑了上来。

“轰！”

音爆声由远而近。

流光如电，刀锋叠影。

来人看不清楚，能看见的，只有刚扑杀上去的三人的身体凌空飞回，半空中血雨纷扬。

“这……”等后方的人定下神来，终于看清。

吴恤的身前，已经站了一个人。一个人，两把刀。

这个背影，吴恤自然认得……青子来了。

而对于于氏的人而言，他们并没有见过韩青禹，只是眼前这个画面似乎和之前听过的某段叙述有所重叠……是大小姐说过的，在尼联国峡谷，一人双刀，杀出死地。

“你……你就是那个韩青禹？”

一片悄然中，传来的声音有些微弱。于银斗意识已经有点混乱了，本是脑海中的思索，却下意识嘀咕出声。

韩青禹闻声，扭头看看他。

“我是韩青禹，大爷你是谁？”

吴恤拄着长枪站着，温继飞正在帮他止血。

小黑狗不忙像个大功臣，站在吴恤身旁，高高地摇着尾巴。隔了一会儿，它又跑到前方正与于氏族人对峙的韩青禹、沈宜秀和贺堂堂之间，做出凶恶的样子，伏低，低吼，威胁对面。

“死了……”温继飞示意了一下不远处已经没有气息的于银斗，说了一句，“可能是被青子气死的。”

吴恤点头。

“所以这个就是于家的老爷啊，他会叫你恤儿？”温继飞顿了顿，嘀咕说，“难怪你不让我叫你恤儿……”

吴恤点了一下头。

“那你早说嘛，早说我肯定不那样叫啊，恤恤。”

“噗！”

终于，吴恤忍了很久的一口血，还是喷了出来。很难受，又很想笑。

“吴恤……你怎么样？”前方韩青禹闻声回头看了一眼，担心地问。

吴恤摇头：“没事。”然后默默扭头示意了一下，意思主要是因为温继飞。

这是在告状，不过韩青禹并没有注意到。因为这时，在韩青禹的视线里，吴恤的身后有数十道蓝色的流光，正从山林草木间，奔涌而来。

这一幕煞是好看。

“吴恤你回头看看。”韩青禹提醒说。

吴恤回了一下头，看见了之后，整个人愣在那里。

“开心吗？”韩青禹等了几秒，在后面笑着问。

吴恤转回头，用力点了点头。透彻的眼眸里有光，有笑意。

劳简带队回来了，韩青禹几个匆忙离开后，他就变得不安而急切，迅速收拾了部分战利品，顾不上仔细检查，就带人开启装置一路赶回来……果然出事了。

他赶到现场，稍微打听了两句，知道对面是偷袭过蔚蓝储备站的人。

劳简扭头，先看了看山坡下安然无恙的驻地，再回头看了看来路，即战场的方向，最后看向一身是血，站在那里的吴恤。

对于劳队这样一个老兵来说，眼前这种情况已经不需要再问了。他看着吴恤，沉默了几秒钟后，说：“嘿！”

吴恤扭头看他。

“我想你当我的兵。”劳简说。

“你先进队，有什么事我扛了，蔚蓝再审核你，我就去……”想了想，劳队长接着说，“我就去议事团吐血抗议。”

吐血有用吗？

知道是玩笑，吴恤想配合着笑一下，可惜不太成功。

另一边，几乎没有人注意到，温继飞几人押着于氏的管家，已经走到山坡下了。

“我们去干吗呀？”沈宜秀是被偷偷拽来的，有些茫然地问。

“捞……不是，是怕有余孽逃走……赶紧去抄家啊，咱们。”

温继飞压低声音。

“砍大尖的缴获全部上交，那没问题。但是这种缴获，要是也让大娃全部上交了，我不得气死？”

正说着呢，山坡上，两个身影出现在那里。

是米拉和齐柔柔。

米拉看着想了想，脸上露出笑容，没吭声。倒是齐柔柔没搞懂，板着脸问了一句：“你们……”

“嘘。”

齐柔柔：“……”

“给你带好东西。”

齐柔柔想了想，哼了一声，还是板着脸，但是默默转过身去。

吴恤现在住的岗哨侧面，就是一道土山崖，不是很陡，但是视野很好。劳简安排了人，想着去驻地的时候可以帮忙搬东西，吴恤想了想说不用。

他不爱说话，过大集体生活，可能会有一些困扰，同时也想着这个岗哨其实最好能有个人守着。

不过从今以后的训练，吴恤都会参加，也会在驻地吃饭。

这一天，是华元991年4月10日，冲龙、煞北。

在劳简的担保下，那个听说是被韩青禹从尼联国峡谷地捡来的吴恤，终于加入蔚蓝华系亚方面军，唯一目击军团，第1777小队，第三阵。

没有什么入队仪式。本来劳简的打算，是要让大家一起给吴恤鼓个掌的，一来感谢他今天对驻地和小队后方的保护，二来欢迎他加入，不过被韩青禹拦住了。

“吴恤他不习惯这个。”

韩青禹在解释的同时扭头示意了一下，不远处，不少战士正依次上去笑着跟吴恤打招呼。他们表达感谢和欢迎的方式，就是挑他身上可以下手的地方拍上两掌，或捶上一拳。

吴恤看起来有些不知怎么反应才好，但他是开心的。

对他而言，刚刚那一幕，那么多人漫山遍野冲回来的画面，就已经是最好的入队欢迎仪式了。

“那，也行吧。”劳简想了想，没有再坚持，扭头对韩青禹示意一下，“旁边聊聊？”

说罢他先朝土崖边走去。

现场，一部分战士正在处理尸体，治疗伤员，另一部分在给于氏战奴做登记，场面有些嘈杂但是有序。

“这些战奴要怎么处理啊？劳队。”穿过现场，韩青禹追了两步上前问。

“这就不是我们能操心的了，总之交上去，上面对于他们和类似情况的封闭家族，大约很快会有一个政策出来。”劳简说，“当然了，于家毕竟是对蔚蓝做过恶的，审讯出来他们合伙哪一家后，肯定得杀几个。”

就这样说着话，劳简和韩青禹一前一后走到土崖边站定下来的时候，下方温继飞几个人的身影早已经消失了。

两人负刀，面朝远处，背身而立。

“你的身体，没问题吧？老是这样，打一打就吐血。”韩青禹难得关心了一句，说话时感觉有点不自在。

“没问题啊，老吐才没问题呢，正好给身体补充新鲜血液，保持年轻。”劳简淡定地笑着说。

韩青禹：“……”

“经过这次的事，吴恤的审核应该不会再有问题了，按道理还应该给他记功才对。”看着远山，劳简点了一根烟。

“要是还有呢？你真的去闹啊？”

劳队递了烟，韩青禹不太会抽烟就没要，一样看着远山，笑着说：“而且你现在这样直接把他招进来，你不怕麻烦？”

远山似乎比这里高，但是更远处，还有山更高。

“真去闹也不怕。”劳简看山，笑了一下，“我想好了，这几年我就负责正面刚到底，该争、该抢、该闹，哪样咱都不虚，我不怕先把人得罪一遍……”

他说到这儿顿了顿，接着很得意地说：“到1777小队真的挂上颜色那一天，我就退下来，给你接手。到时候，你再从头开始，建立光辉形象。”

听到这里，韩青禹犹豫着笑了一下，想开口，却不知道应该说点什么好。

“但你得留我在队里养老，我不去后方。”劳简没让他开口，顾自又说了一句。说这话的时候，劳队已经四十二岁了。

他说完转头看了看，自己岔开话题问：“他在捡什么？”

吴恤已经从现场退出来了，现在蹲在岗哨门前的大石旁边，似乎正在捡什么东西。

他身上的血也已经止住，伤口经小队医务人员做了初步处理，剩下进一步的治疗，要去医疗站做。

不忙摇着尾巴，跑过去凑热闹。

吴恤抬手拦住，摸摸头，把它赶开了。

“我过去看看。”

韩青禹朝前走的时候，劳简在身后小声说了一句：“温继飞几个已经去抄家了，你抓紧也去一趟吧，记得注意一下分寸。”

韩青禹站了一下，问：“分寸在哪儿？”

“具体……你自己看吧。”劳队长的话，似乎默认了一些意外收获的存在，“总之这次捞到于氏，是职责外的功劳，上面给奖励，不会太小气的。”

这，韩青禹就懂了呀。

“谢谢劳队。”他说。

劳简没开口，看着年轻人的背影，无奈笑了笑。1777小队现在养不起精英啊，所以，在那些规则没有具体涉及的地方，在不违背蔚蓝大原则的前提下，他总要打开一点口子。

韩青禹走到吴恤身边。

“你在捡什么？”

吴恤把手上的塑料袋打开问：“这个，还能修吗？”

韩青禹看了看收音机碎片，说：“回头再买一个吧。”

吴恤点点头，但还是把收音机碎片收了起来。

韩青禹去找温继飞的时候，另找了一名于氏的人带路，米拉带着另外三名战士也一起去了，同时还带上了之前在绞杀大尖过程中受伤的两名年轻战士，以及吴恤。

几个人开了一辆卡车去，待会儿卡车会把东西和一部分人拉回来，然后安排人带上三名伤员，开温继飞他们先前开走的那辆吉普车，去距离最近的101号医疗站。

在车上，米拉给了韩青禹101号医疗站的特制地图，又教了地图的看法。

韩青禹听完有些困惑，问：“我也去吗？”

“是的呀，”米拉把地图折好，递给他，说，“伤员往返医疗站的安全，一直都是我们很重视的问题，所以劳队刚才专门交代了，让你一起去，这样咱们反而能少去一些人。”

“那万一又来大尖……”

“哪那么巧？连着来，不会的。”米拉看了韩青禹一眼，“再说就是你不在，我们也打得过好不好，只是不可能这么轻松，难免会有伤亡……”

韩青禹想了想也是，最后决定让沈宜秀、贺堂堂两个都留下。

“那样路上遇到突发情况的话，就你一个人，够吗？”米拉问话的时候，自动排除了韩青禹准备带上的温继飞和刘世亨。

“够的，你别忘了，还有吴恤呢。”

米拉想了想，说：“也对。”

那个人，就算是伤员，大概也是很强的。从战斗受伤到现在，不论是流血的时候，还是治疗的过程，米拉都没看到吴恤吭过一声。

“对了，我有件事，一直忘了跟你说。”隔了两分钟，米拉突然又开口说道。

韩青禹：“嗯？”

“我爸爸妈妈今年下半年可能要回国工作了，最多到年末……然后他们，还有联盟方面，都希望我也能一起回去。”

“啊，为什么？”

“这个……”米拉想了想，压低声音说，“你知道我的祖国，是没有自己的方面军的吗？”

韩青禹知道，米拉来自一个西方小国，不过那里没有自己的方面军吗？

“我们和周边一些国家一起，都归属熊占里方面军统一管理、指挥。”米拉扭头观察了一下，靠近，谨慎地说，“熊占里方面军的情况不太稳定，他们被政府渗透得很严重，似乎有脱离联盟的倾向……我爸爸妈妈是这么说的，他们还说，正是因为这样，联盟方面才想多调一些可信可靠的人回去，争取稳定局面。”

“那米拉队长你要走吗？”

“也许吧，我也不知道。”

第15章 神秘的骨头

距离于氏所住的宅子仅隔一条巷子处，有另一栋类似的老式房子。

四十几岁的妇人一身现代打扮，但是喝茶用的茶杯，还有端碗喝茶的整个动作，看着都有些年代感。顾盼姿态中展现出来的，是旧式的教养。

若放在几十年前，大约一眼可辨，这是大户人家养成的气度，裹着岁月历练的沉淀，透出来韵味十足。

一阵急促的脚步声从门外到堂前，穿着一身藕色衣服的豆蔻少女从门外跑进来，神色看起来很是着急的样子。

“总是这样急吼吼的，一点姑娘家的样子都没有。”名叫商年华的妇人，此时看向少女的眼神里，既宠溺又无奈。

但是少女像是实在情急，以至于并没有听见，或可能已经听习惯了，所以并不在意，奔跑中不等站定，顾自说道：“完了，完了，干娘……于氏被人先下手为强了。”

她叫阙清商，很奇怪的名字。

商年华却不意外，轻轻点头，说：“我已经知道了。”

话是轻的，但是神色，实在有些失望。

他们一直在隐藏，偷偷打于氏的主意，等机会……只是想不到，他们还没等到合适的时机，于氏就先把自己送到蔚蓝嘴里了。

“那咱们……干娘，”阙清商眼皮一翻，抬手突然做了个手刀的动作，说，“咱们去抢吧！我看了，他们就来了四个人。”

“啧。”商年华表情一嗔，眉眼间风情万种，“你说什么胡话，咱们可不惹蔚蓝，再说你没看到于氏的下场吗？”

“可是就四个人……”阙清商分辩道，眼神依然蠢蠢欲动。

可惜商年华并不理会，继续说：“还有啊，你后院那只黑白小无常，你也快点给我放回山上去，小心被人看到，让警察把你抓走。”

她口中的“黑白小无常”是一只大熊猫。

这个过分的名字，是阙清商小时候取的。小姑娘养大熊猫，养了得有五六年了，从山里出来的时候舍不得放走，就一起带了过来。

商氏之所以会出山，其中少不得有于氏的牵连因素。在于银斗跟人合伙偷袭了蔚蓝的储备站后，蔚蓝的报复和搜索行动，让类似状态的商氏害怕被殃及池鱼，只好也迁移出来。

不过商氏的状态，其实并不完全和于氏一样。他们一方面封闭“修炼”，另一方面很早就分了一支入世，一直都保持着和外面世界的联系，甚至在社会上还有自己的生意，并且做得不小。

“哎哟，干娘，我现在在说于氏呢，于氏。”阙清商避开大熊猫的话题，着急地说，“我们再不抢，就没了呀。”

“没了……也不能招惹蔚蓝啊。”商年华沉吟了一下。

按照蔚蓝的说法，商氏应该算自保派。自保派与蔚蓝的关系，并不是完全敌对的，其中存在很大的转圜空间。

不加入、不招惹，这是商氏很早就确定的和蔚蓝相处的立场、原则，只是这样的话，他们的相关物资就会很缺乏，倒是可以从不义之城买，可是很贵。

“夫人。”这时门口又进来一个人。

此人是安排在于氏那边观察情况的。

“过来说。”商年华赶紧招呼道。

来人上前，小声说了一会儿话。

“你是说，那些人……在私下侵吞缴获？！”

“是的，夫人。”

“确定？”

“确定，属下听得清清楚楚，他们四人中有两个一直在谈论东西的价值、用途，还说‘发财啦，哈哈哈，发财啦，哈哈’。”

“咯，这个，你不用模仿得这么像的，听着怪瘆人……”商年华蹙了蹙眉头说，接着低头想了想，隔一会儿起身，毅然说，“走。”

“走？干娘咱们去……”阙清商激动了一下。

“去谈生意。”商年华笑了一下，“于氏没了，不是还有之前和于银斗一起合伙偷袭蔚蓝储备站的何氏吗？这拨人既然敢私吞公家缴获，我相信他们一定有兴趣跟咱们谈。”

就如盯上了于氏一样，商氏也知道何氏的去向。

阙清商想了想，似乎想通了，激动地跟了两步，说："干娘好主意，一石二鸟，这就把何氏也算计了。这就是最毒妇人心，对吗？"

商年华无奈转头看看她："为什么不好好读书？唉，要不这样吧，干娘拿钱让你去插班，到县里上小学，好不好？"

"我不要。"阙清商摇头，"我又背不来那个乘法表，七七八十一。"

于氏屋宅，二楼。

桌面上蓝晶源能块分了两堆，一堆大概一百二十块，另一堆看着只有二三十块。

这是两种源能块，能轻易从表面区分开来。

多的那堆，是蔚蓝的标准制造，而少的那堆，大概是很早以前的蔚蓝制造，或者自保派某家的粗糙工艺。

"不是吧？青子。"

温继飞几个搜罗半天，兴奋了半天，结果韩青禹来了。虽然他只带了米拉上来，却还是令人意外地站在了公家的立场。

大的那堆交公，小的留下。

没得商量。

"那这些呢？"温继飞放弃了在源能块上的挣扎，起身指着另一张桌上的一堆东西说，"我和世亨看了，这些可都是古董，拿出去卖了，能值大钱。"

古董?

韩青禹没见过，有些好奇，当场上前翻了翻。

古画，瓷器，银钱，饰品……韩青禹一边翻，一边说："可是咱们现在也不缺钱啊，这些东西……蔚蓝一般会怎么处理这类缴获啊，米拉队长？"

"大多数情况会交给本国政府，毕竟咱们也经常麻烦他们的。"米拉说。

"那就交吧，这些东西咱们也没地方保存，拿了迟早弄坏。"

因为家庭出身的关系，还有对这个世界真实处境的认识，韩青禹对钱的需求，大约几十万华系亚币就封顶了。

韩青禹此时心里想着，这些画吧，他都不认识，就更别提爸妈了，拿回去说不定还被嫌弃没有年画颜色喜庆。

"那咱就捞这么点啊？按我说这些东西，留个一两件的，应该也没关系吧？"拍了拍那一小堆源能块，温继飞有些失落地问，问话的同时，偷偷把一个精致的凤冠藏了起来。

他回头，看了看："青子……青子？你干吗呢？"

"源能块！这儿还有呢！"韩青禹开口道，语气有些激动。

他刚刚翻着翻着，突然在古董杂物堆里感觉到了源能的波动。他手上正摸到一个古朴的木头小箱子。

他把箱子搬出来，小心地切开死铁造的锁，盖子打开后，里面却不是源能块，而是一块骨头。

这什么情况？！

众人正困惑呢，却听见窗下传来脚步声。

“商氏拜访。”楼下的人说。

商年华仰着头。

“锵锵锵”，楼上的回应传来，是拔刀的声音。

“干娘你看！”阙清商小声说，“咱不抢他们，他们见面就要抢咱们。”

韩青禹往下一看，站在老宅院子里的有四个人。

除了硬是跟来的阙清商，商年华只带了两名护卫。这两名是她现在手下最精英的护卫，在原本的计划中，如果有机会，这是会用于袭杀于银斗的两个人。此外就在这四周不远，她还有四十多名战力在潜伏待命。

然而商年华不是来动手的，而是来谈生意的。跟几个无视规矩、胆敢私吞军队缴获的蔚蓝联军士兵谈……从这个角度来说，她确实已经足够谨慎，这个保险，也已经买得足够大。

继楼上传来抽刀声后，身后也有拔刀的声音传来。

商年华回头看了一眼，眼神一冷：“清商，把刀收起来。”

“干娘……”

“收起来！”

身后院门开着，巷弄无人，但是隔巷有一道破损的围墙，围墙上有一个不小的豁口，商年华看见有一个人站在那里。

他一身纱布裹缠，将一把黑色长枪抱在怀里。没说话，就只是站在那里，表情木然，眼神里也没有威胁，自然更不知道实力。

但是这一刻商年华感觉，他们要想再走出去，怕并不容易。

商年华本就是来谈生意的，在心里镇定了一下，回转，仰头，看见了出现在窗口的韩青禹。

商年华愣了一下，她没想到对方会这么年轻。

不过想想也是，几个不守规矩、胆敢侵吞缴获的人，也只可能是年轻气盛的新兵了，似乎也没有什么不对的地方。他们大约是有些实力的，而且野心勃勃。

“商氏……”商年华仰着头，露出雪白颀长的脖颈，脸上露出迷人亲切的笑容，商年华一直都是一个很擅长运用优势的女人。

做一个让人吃不着的狐媚子，这是一门技术。

“自保派？”楼上人语气麻木地问。

“大概算是吧。”通常自保派并不叫自己自保派，商年华却直接认同了蔚蓝的这个界定，莞尔说，“但我们更是生意人，与蔚蓝向来没有冲突，安分守己。”

“哦，不重要，请。”韩青禹示意对方上楼，然后收刀转身。

你安不安分不重要，这是他心里想的，你是自保派，有源能块就行了。到最后反正都是个“抢”字。之所以先说“请”，愿意先谈，是因为韩青禹想着，对方既然主动找来，那说不定还有更大的好处可以挖。

商年华走路的脚步轻盈平稳。上楼，微笑着欠了欠身，同时观察在场的人。

六个人，其中两个有些特别，一个是西方面孔，女性，再一个，一身铁甲。

从眼神和站坐的姿态看，这是一个向心力很强的小团体。

商年华很快做出了判断。她的目光在落回韩青禹身上前，随意扫过桌面上分门别类摆放好的两堆源能块和字画、古董等杂物。

商年华看定，微笑着说：“这里你说了算吗？”

“大概。”韩青禹也笑了一下，示意说，“坐？”

“不坐了。”商年华开门见山，“我只是来谈一门小生意，若是顺利，很快就走。”

韩青禹点头。

“和于氏一起偷袭储备站的那家，是何氏。”

“你知道他们的去向？”

韩青禹的兴趣表现得不加掩饰。

商年华对此很满意，点头说：“是。”

“准备告诉我？”

“对的，不过我想换点东西。”

旁边贺堂堂条件反射看了看桌面上的源能块一眼。

商年华看见了，依然笑着，嘴里说：“放心，我不跟你们要源能块。商人逐利，我只是一直想要于氏收藏的几件古董而已。”

“几件？”虽然知道给的可能性微乎其微，但是出于本能，刘世亨还是有些心疼地插嘴问了一句。

这种心疼被商年华看在眼里，她把目光投向刘世亨，笑着伸手示意说：“五……三件？”

她的计划分两步，第一步做交易，用信息换桌面上的某件东西，第二步告知他们何氏的实力，寻求合作，谋划下一件东西。

对方贪婪，而且人数不多，这是商年华的依仗和考虑。

“我们怎么确定你给的消息是真的？”温继飞在旁插话，问了一句。

“就是这两个声音，‘哈哈哈，发财了，发财了，哈哈……’”身后那名护卫突然小声地报告。

商年华心里无奈，眉头蹙了蹙，这关头，为什么还要模仿?

“照片。”商年华努力保持微笑，说出来一个让韩青禹等人都有点意外的词。

这商氏竟然会用照相机！比拿儿童望远镜做潜伏观察的于氏先进很多的感觉。

很快，几张照片就放在了桌面上。照片上，人、装置和场景，都很清晰。

韩青禹几个看了看。

商年华站得稍远，介绍说：“这上面分别是何氏出山后待的第一站、第二站和第三站，不过他们现在定居在第四站。”

桌上没有第四站的照片，不过她的意思很明显，她们既然能跟到前三站，自然也知道第四站。

锈妹已经准备拔刀了，她很了解韩青禹。但是令她意外的是，韩青禹抬头说：“挑。”

挑吗？成了？！

饶是商年华阅历不浅，这一刻内心都难免有些激动，她努力缓了缓，稳住身体和表情反应，道：“那我可挑贵的。”

她说着便从稍远处走近，身上有熏香的香味，低头在桌面翻看的同时，问：“还没请教小军官姓名呢。”

“这个不急，你先挑。”韩青禹笑着说。

商年华也不多想：“嗯，这个画，这个首饰盒，还有这个瓷盘。”

“这就挑完了？”韩青禹站起身问。

“嗯，挑完了。”商年华转头看向走近自己的韩青禹，神情恰如其分，既有自己口中所谓生意人对财物到手的喜悦，也不至于过度兴奋。

韩青禹站定，看看她：“不换。”

“嗯？”商年华愣了一下，不……不换吗？

很直接地，韩青禹抬手拍了拍那个装有骨头的所谓的首饰盒：“这个，才是你真正想要的东西吧？”

商年华脸色没变，但是眼神里闪过一丝错愕和不安，刚想开口时，韩青禹已经接着道：“所以，你家是不是也有一块？”

商年华看着面前的年轻人，神情僵硬。

“谈个生意，”韩青禹微笑着说，“把你家那块给我，再告诉我何氏的消息，换你们活命。”

这一刻，商年华将挫败、无奈、气恼、愤怒通通压住了，竭力镇定下来，看了韩青禹一眼：“小军官这么自信？”

她依次把目光投向窗外、墙面，暗示完了，说：“我既然敢来，就有把握安全走出去。”

外面有埋伏。当场，沈宜秀几个都做出备战的姿态。

韩青禹抬手示意他们不必着急，依然看着商年华，说：“我猜一下，四十几个人，没错吧？”

商年华心里咯噔了一下，勉强镇定道：“不够吗？”

“不够。”

“小军官哪里来的自信？”

“你知道于氏族人败在几个人手里吗？”

“几个？”

“一个。”

“你？”

“不是我。”

因他这三个字，商年华不自觉地想到了刚才在楼下看到的那个人。一个人击败于氏吗？明明是不可信的情况，却不敢不信……平静了一下，商年华问：“那你……”

“我叫韩青禹。”

面对面，商年华蓦地抬头，两边睫毛帘子唰一下向上，睁大眼睛看了韩青禹一眼，这一眼，停留的时间稍微有点长。她一个字没有说，就默默别过脸，用侧脸对着韩青禹。

“如果你想说，你没听说过，我大概会有一点尴尬，但是并不会介意。”韩青禹微笑着说了一句。

商年华依然侧着脸，咬了一下下嘴唇，微有些恼火的样子，没好气地说：“我听过。”

这一句说出来，神情配合语气，像受了莫大委屈的感觉。

韩青禹这个名字，商年华确实听过，商氏安排了人在不义之城活动，同时和一部分活跃的自保派也都有联系。所以她对这个名字及他做过的事情，大略都有听说过，而且印象不浅。此刻，把传说中的形象和面前站着的这个年轻人比照了一下……应该是本人。

商年华只是没想到，事情会这么巧，自己会这样突然和这个名字产生交集……这么倒霉！

“这风情……啧啧，可惜白费了，唉。”温继飞在旁，跟身边两个人小声嘀咕了一句，“那是个瞎的呀，姐姐。”

贺堂堂点头：“就是啊，太浪费了。”

商年华外貌体态乍看也就三十几岁，身上风情、韵味十足。

另一边，韩青禹淡定地说：“那还真巧。”

“是啊！真巧啊！巧死了！”商年华一句一顿，没好气地说完，隔两秒又转头，顿了顿，“韩……小军官有不杀女人的原则吗？”

“这个碰巧没有。”韩青禹说。

但商年华还是看着他，眼睛里满是柔情和委屈。

“别浪费表情了，姐姐。”温继飞站得稍远，实在看不下去了，开口劝了一句，“没用的，他说的是真的。”

商年华也不尴尬，自己调整一下状态，走到旁边，在一把椅子上坐下来，说：“那就开始谈吧。”

“椅子挺脏的。”

“没关系。”

“好的，不过我的条件，其实已经都说了，你家的那块骨头，加上何氏的消息，换你们四个人活命。”

“我家没有，何氏有。”商年华抬头看了韩青禹一眼，“真的，不骗你。”

“我信。”韩青禹点头。

“谢谢，那……”

“带我去搜一搜吧。”

商年华人生中从没有遭遇过这种在她面前一点风度都不要的男人，眼神愤恨了一下，说：“商氏基业不在这里。”

“没关系，那我们可以晚点再去，或者你叫人送过来。”

源自尼联国试炼地的印象，加上自保派一贯墙头草的作风和小动作不断的行径，让韩青禹对自保派没有任何好感可言，自然也没道理留情。

商年华也不在这件事情上纠缠，直接问：“那现在呢？”

“先告诉我何氏的位置，证明你的诚意。”

商年华想了想，诚意？所以，诚信交易吗？想了想，她问：“然后呢？”

“把你们带回驻地啊。”韩青禹说。

商年华咬了咬牙：“我们与蔚蓝并没有冲突。”

“有的。你们与何氏、于氏，同流合污，一起偷袭过蔚蓝的储备站。”

商年华愣一下，辩解道：“我们没……”

“你们有，”韩青禹扭头，示意一下桌上的那些照片，说，“你们真的有。”

打，打不过，迷，迷不住，而且这还英雄少年呢，竟然一点原则都没有，做事这么无赖，商年华最后看了韩青禹一眼：“你还是直接杀了我们吧。”

说完，她低头不再吭声。

商年华在赌，赌韩青禹不会杀人，因为他肯定不愿意放弃何氏的信息。只要坚持不说，她就有得谈。

就她低头沉默这一会儿，楼梯口近处，阙清商像是终于忍不下去了，突然说了一句：“他是谁啊，干娘？咱这么怕他干什么？把外面人都叫进来，我就不信咱们杀不出去。”

她说着当场就开启装置冲过来，做出要上前保护干娘退走的姿态。

旁边沈宜秀几个见状，动都没有动。

韩青禹也没转身，甚至看都没有去看她，就这么侧身站着，左手抽刀，很随意地劈了一刀。

阙清商前冲的惯性还在，试着避了一下，两下，却意外地发现，自己怎么都避不开，鬼使神差般地依然朝着刀锋斩落的地方冲去……

无奈，她横刀架了这一刀。

“轰！”

“砰。”

刀锋接触的一瞬间，她整个人如同突然风筝断线，凌空倒飞出去。

差点被砸着的一名护卫灵活跳开，站定后扭头看了一眼，再转回来，默默庆幸缓出一口气。

阙清商撞在墙面上，带着碎砖泥土落地，一口血水翻腾上来，堵在胸口，半天没能说出一个字。

这个过程中，韩青禹自始至终，看都没看她一眼。

倒是温继飞站得挺近，想了想后突然上前，微笑着低头对坐在地上的阙清商说了一句：“要是我没看错的话，你好像很想害死你干娘。这装疯卖傻的演技，有点过了，太明显，知道吗？小丫头。”

阙清商抬头看他，眼神中闪过一抹慌乱。

“这件事你知道吗？”温继飞转头，看向正关切地看着这边的商年华的眼睛，直接问。

商年华没说话，但是她不及避开前那一瞬间的眼神已经暴露了，她知道，知道阙清商装傻卖愣，也知道阙清商很想置她于死地。可能一直都知道，但是尽管如此，她还是装作不知道，一样温柔对待阙清商。

“反正四个人呢，青子，杀一两个没关系的。”温继飞直起身的同时，轻描淡写地建议了一句。

韩青禹配合他的话，转头看去。

目光经过那名护卫，护卫看看他，诚恳地说：“杀我没有用的。”

韩青禹目光掠过他，看向坐在地上的阙清商。同时间，温继飞开口：“两个人互相关心、爱护，并不代表危难临头，这两个人一定愿意为对方舍弃生命，因为在生死恐惧面前，很多情感都会变得渺小。但是，如果有一个人明知道身边的某个人很想害死自己，却还是装作不知道，依旧善待她，那这个人，一定为了她什么都舍得。”

阙清商似乎愣了一下。

商年华缓缓抬头，眼神整个变了，似乎一下失去了算计谋划的能力，无力地开口：“我先告诉你何氏的位置。”

韩青禹看了看她，莫名有些动容，没有继续为难，点头说：“好。”

遮着厚厚篷布的军用卡车开进了院子里，楼上的人开始往下搬东西，其中有一个不那么熟悉，但是干活很麻利的身影。

商年华带来的那名会模仿的护卫，竟然也在帮忙搬。完全没人注意，他就参与进来了，很自然的样子。

韩青禹几个人都看傻了。

“按道理他应该也是要被看管的吧？”

“大概是。”

“差点被他骗过去了。”

温继飞偷偷把凤冠裹好了，准备一会儿自己带下去，抬头又看一眼，正好看见那名护卫上楼，笑着说：“这上楼下楼的，好几趟了，他倒是也不跑……”

“既然这样，也没关系，让人稍微注意一下就好了。反正装置和武器都已经卸下来了，下面也有吴恤守着。”

韩青禹看看现场，东西已经搬得差不多了，就只随口交代了一下，没再过去问。

这一次他们剿了于氏，按劳队的话说，毕竟是在职责之外，替蔚蓝缉拿了偷袭储备站的要犯，同时追回了那么大损失，所以小队能得到的奖励肯定不会少。

除此之外，韩青禹几个人私下缴获的源能块是二十六块。

这部分是于氏自身储备的遗留，也不知出自什么时候、什么地方，总之提炼和制作工艺都很差，每一块的满额储量，大约也只有蔚蓝标准的三分之二不到。得算是很差的收获了。

然后就是那块骨头，韩青禹把它留了下来。

骨头表面的源能波动其实并不算强烈，至于内里的蕴藏，韩青禹试过了，暂时没有办法具体感知，也不能直接汲取。但就算是这样，韩青禹还是把它留了下来，因为骨头上的源能波动很特殊，有一种莫名的亲近感在吸引他。

温继飞几个干完活凑上来一起研究。

“是什么东西的骨头啊？”

“人骨？”

“看着不像。”

因为这块骨头是一块裂骨，所以一时间无法判断它来自什么动物的身上，但是从裂骨的大小和结构上看，似乎并不是来自人体。

“但也说不定……说不定是源能改造人呢？”

“也可能是改造兽。”

“超级大尖？”

“可是大尖不是都会自毁的吗？”

“那谁说得清？”

几个人七嘴八舌讨论了一阵，没研究出任何东西，此时沈宜秀带着商年华回来了。

只出去一会儿的工夫，这个女人就又恢复了生气。只不过她大约是很擅长观察人的，也擅长找到对付一个人的切入点，所以再跟韩青禹说话，便一点没有了刚才的风情万种。

“按你说的，我的人，已经都遣回去了。”商年华说话时神情平静、倔强。

她刚才由沈宜秀陪着，遣走了外面埋伏的人。

基于蔚蓝现在对大部分自保派的政策，像商氏这种情况，确实是不需要赶尽杀绝的，甚至非特殊情况，也没必要抓回去。

韩青禹现在也没这个心思，当场点了点头，问：“你能保证他们回去后会安分守己吗？”

“能……我可以用性命担保。”

商年华的眼神有些不安，担心韩青禹出尔反尔、动手杀戮，毕竟他现在的形象，已经和传说中的尼联国“峡谷杀神”重合在一起了。但是至少面上，她仍然做出了刚强的样子，补充说：“商氏一直安分守己。”

说这一句的时候，商年华并没有像刚才一样，去表现自己的气恼和委屈，因为她已经知道了，这些女人姿态拿来对付面前这个人，毫无用处。

“那就好。”安分不安分的，不还是一样在折腾吗？

韩青禹不想在这些问题上分辨对错，看她一眼，把骨头拿出来，说：“这个，你应该知道的，这骨头具体是什么东西留下的，有什么秘密？”

商年华看着他，摇头：“是什么东西的骨头我不知道，我只知道它很重要，据说可以改变一个人的源能体质。”

“改变？！”在场几个人同时惊诧了一下，因为在他们的认知里，源能融合度不可改变几乎是不可推翻的真理。

“据说可以将人的源能体质提升到一个很可怕的程度。”商年华已经对目前的形势看得足够透彻了，便像一个已经放弃抵抗的犯人，说话没有什么保留，主动继续道，“但是到目前为止，都只是存在这样一个说法，并没有人实际做到过……至少我知道的情况是这样。”

“那你还这么想要它？”温继飞当场质疑了一句。

商年华转头看他，平静地解释说：“没人达成，但是各家都猜测，可能是数量的问题，所以有机会的话，还是会尽力去争取。”

“哦，那么何氏也有一块？”

“是。”

“何、于、商，还有谁家有？”

“我知道的就这么多。”

“不可能吧？这东西若是动物，块头肯定小不了，不止这么几块骨头。”

“但是我知道的，真的就这么多。”

“那不如，你把你知道的，跟你们情况相似的家族，都说出来？”

商年华：“……”

两人对话的这会儿，其实韩青禹在发愣：商年华说骨头能让人的源能体质提升到一个传说很可怕的程度，而我能在骨头上感受到亲切感，所以，是提升到我这种程度吗？能直接吸收金属块、蓝晶块中的源能的程度？

想到这里，韩青禹内心莫名有些不安：我的骨头以后不会变大吧？那我还怎么去相亲，娶媳妇啊？

“你真的不知道这是什么东西的骨头？”韩青禹抬头，紧张地问了一句。

商年华从和温继飞的辩说中转过头，说：“真的不知道，而且它们一开始是怎么来的，我也不知道。”

她的眼神很真诚。

“好吧。”韩青禹想了想，把骨头收了起来，“那就先这样，你们四个先跟车回驻地，老实待几天，剩下的等我办完事回来再说。”

他要先去一趟医疗站。

“……好。”商年华应罢转身，跟着沈宜秀走了几步，到楼梯口，又回头，“如果你说的我都做了，你最后真的会放了我们？”

“会。”

“好。”

下楼后，商年华看见被战士看管、坐在院墙角落的阙清商，跟沈宜秀请求了一下，走过去对她说：“没事了，清商。”

“你别怕，干娘一定会让你安全回去的。”

好像两人之间什么都没发生，也没改变，她到干女儿身边，说了这么两句。

“靠你跟一个比我大不了几岁的男人卖弄风情吗？”

“不是的。”

商年华回答了一句，见阙清商不再说话了，便蹲下来，拿了沈宜秀给的药，给她上药。

阙清商挣扎了一下，说：“你别碰我。”

她停了下来。

“所以你一直都知道？”阙清商转头，“像我故意骂你最毒妇人心这种，你也都知道？说话啊，你是不是其实一直都知道……”

“是啊，干娘都知道，因为我家清商，怎么可能是那么笨的孩子啊。”商年华温柔地对她笑了笑。

第16章

木头与花炮

现场，两部吉普车已经腾出来了，卡车也已经装好。韩青禹、温继飞、刘世亨、吴恤，以及两名1777小队受伤的队员一起，会先去一趟101医疗站。同时沈宜秀、贺堂堂、米拉，以及另外三名战士，会带着缴获的东西和商年华等四人回去驻地。已经打电话通知过了，劳队会派车过来接应，防止意外。

人都聚集在院子里，准备分头行动。

“青子，你来一下。”吴恤走到韩青禹身后，突然小声说了一声。等韩青禹回头，他示意了一下卡车车厢的方向。

他先爬上去，然后韩青禹跟着。

车厢里没有人，吴恤放下病孤枪，用双手把车厢侧边用来坐人的长椅椅面掀开，然后回头示意韩青禹。

韩青禹上前看了一眼，里头有两把跟于银斗用过的类似的重剑。

“这两把剑很好？”

两把重剑本身看起来一点都不华丽，厚重的剑面，粗糙的剑锷，加上因为对比反差而显得略有些细长的剑柄，光泽也很黯淡。但是，既然吴恤会把它们藏起来，韩青禹猜想，东西肯定不会差。

“嗯。”吴恤点头。

果然是近朱者赤啊，韩青禹心里觉得好笑，实在想不到吴恤这么快也学坏了，都已经知道私藏缴获了，没忍住，打趣了一下，说：“你这是学坏了啊，吴恤。”

“是温继飞叫我藏的。”

吴恤认真说完，看了韩青禹一眼，眼神有些无奈，似乎很想说，“你哪来的立场说我”，但是最后没有说出来。

“过分了，这也能推给他？”韩青禹笑着说，“温继飞怎么可能知道这两把剑好？剑又不是母的。”

他在打趣，但是吴恤回答得很认真：“他说有好东西就藏起来。”

看来于氏的藏品里最好的东西，就是这两把剑了。韩青禹抽出自己的双刀跟剑放在一起，看了看，觉得还是刀更适合自己，就说：“你用吗？”

吴恤问：“可以吗？”

“可以，直接用就是，劳队会默许的。”

吴恤点头:“那我用一把。”

说完他随手拿了一把，反手斜插在后背作战服的钩钉上，又捡起来病孤枪握在手里。

一枪一剑的造型，看起来倒是比原来更英武了。

剩下还有一把，韩青禹想了想现在也只有贺堂堂或沈宜秀能用。但是沈宜秀的战刀本就是特制的，也特别适合她。于是喊来贺堂堂，把重剑给了他。

贺堂堂拿到重剑当场激动得不行。倒不是因为觉得这剑真有多好，而是觉得，这大概能代表青子对他战力和地位的认可。

话说因为两次参与小团队对大尖的实战绞杀，同时源能块供给充足的关系，贺堂堂在战力方面的进步确实还挺大的，要是放在外面，肯定也是许多小队的重点培养对象，风光无限。只是因为身在这个小团体里，才处在了一个不上不下、尴尬的位置——后面两个自暴自弃，毫无威胁，前面三个……不是人。

“对了。”韩青禹正准备下车呢，猛地想起来吴恤是于氏出身，又把那块骨头掏出来，问他，“你在于氏的时候知道这个吗？”

其实这也就随口一问，考虑吴恤在于氏的身份，韩青禹并没有抱太大的希望。

意外的是，吴恤看见直接点头，说：“知道。”

韩青禹顿时惊喜万分：“那它……”

“祭祀的时候，会放在上面拜。”吴恤说。

韩青禹等了一下，发现没下文，追问道：“还有呢？”

“没有了。”

韩青禹：“……”

何氏家族现在待的地方离101医疗站不远，这事是米拉意外发现的。韩青禹知道后想了想，决定趁这次机会，顺路先去看一眼。为此，他还特意找商年华多了解了一下具体情况。

商年华除了告诉韩青禹她所知道何氏的相关情况，还留了一名护卫下来给他们带路……就是刚才主动帮忙收拾战利品的那个。

“上车了，老兄。”

卡车开出去后，温继飞回头喊了一声。

那位老兄正迷茫呢，不知道卡车为什么不带自己走，听见喊声回头看了看，也不多问，直接热情地边跑边说：“来了。”

他似乎连一点被俘虏的意识都没有。而且他的这种状态，无形中把韩青禹几个也都感染了，很难拿出对待俘虏的态度对他。

上车，坐定。

“那什么，按规矩，你的眼睛得蒙上。”这小心翼翼是什么情况啊，温继飞自己忍不住笑了一下，抱歉地说，“不好意思啊。”

“没事，规矩我懂。”对方主动转过身配合，让温继飞把他眼睛蒙上了。

隔了一会儿，他又主动说：“我好像还看得见。”

温继飞转身比了个手指：“这是？”

“是手指。”

“好的，你确实能看见。”

蒙眼睛的布又裹了两层，终于护卫老兄说他看不见了，等车子开出去，韩青禹终于没忍住，问了一句：“你叫什么？”

“朱家明，王族后裔，真的。”对方说。

“小王爷？”

“哈哈！不敢当，不敢当。”

101医疗站，某间病房门口，路过的小护士端着铁盘，斜着身子朝里看了看，看见一群同事正扎堆聊天呢，左右看看没有领导，便将身子一扭，也凑进去。

“是真的好看啊。”一名小护士说。

“可是好看有什么用？”另一个哀怨地说，“还不是‘死铁直人’一个？”

“也是哦，哈哈……”

小护士们边说边笑，倒是都没有恶意，反而觉得有趣极了。

今天医疗站发生了一件大事——韩青禹来了。早在两个月前，他的名声其实就已经传遍了蔚蓝一线医疗系统，包括他的战斗事迹，“死铁直人”的绰号，以及曾经在201医疗站期间的神奇表现。

小护士们扎堆聊得兴起，旁边病床上受伤的女兵翻了翻身体，勉强坐起来，问：“你们在说的人，是韩青禹吗？”

“对呀，对呀，姐姐你也知道他？”

“我认识他。”

“认识？对哦，我都忘了，姐姐你也是第九军，第425团的了。”

小护士顿时兴奋起来。

“是啊，我还掐过他的脸呢。”坐在床上的女兵眼神里浮现回忆的色彩，笑了笑，伸手演示的同时病号服衣袖滑下来，露出一道有些吓人的长长的疤痕。

回忆很短，很快结束，她突然察觉身边小护士们都不吭声了，扭头看一眼，发现她们都愣在那儿，错愕地看着自己，她心想怎么，掐韩青禹的脸……有这么让人难以置信吗？

“怎么，都不信？这样，你们去把他叫来，我让你们看看，他有多好欺负。”

蔚蓝的医疗站多数以军队疗养院等方式作为伪装，少数建在山里，但是也会挂一个可以公开的牌子。

101医疗站就是少数之一，建在深山里，不过因为沿河，所以交通问题并不大。

通常情况下，目击前线的一座医疗站，要覆盖几十个小队的救护任务，规模都不小，也有自己的武装守备力量。

小王爷朱家明自到医疗站之后就被交给守备小队暂时关押起来了。人也没怨言，还夸这里环境不错。

吴恤和另外两名1777小队伤员的治疗工作都很快安排上了。

韩青禹没有伤，但是到地方后，特意申请拍了几张X光片。

面前的这个医生……还是女的。蔚蓝的医疗站，女性比例大大超过普通世界里的医院，因为男的进蔚蓝后，往往都很难抵抗战场的诱惑。

女医生拿着刚拍出来的片子，反复看了好一会儿，她似乎挺期待能看出点小伤小痛来，好做进一步的身体治疗，但是没有。

放下片子，她抬头看了看韩青禹，说：“没有问题，你很健康。”

“我知道。”韩青禹应完支吾了一下，有些不安地说，“医生，麻烦你再看一下，我的骨头什么的，有没有比一般人大？”

女医生愣了愣：“你是说，骨头？”

“是的，骨头。”

女医生带着困惑，又把片子拿起来反复看了几遍，摇头，说：“没有，都很正常。不过你的骨骼和肌肉的强韧度，似乎都很高？要不要顺便检查一下？或者……我摸一下？”

这一句，就有点儿故意逗韩青禹的意思了，恰因为他那个“死铁直人”的名号，所以医疗站的医生护士工作中若有机会，就特别想逗他一下，看看传闻是真是假，顺便乐呵乐呵。

韩青禹紧张得直摇头，说：“不了，不用。”

因为紧张，所以他拒绝得有点生硬。

作为一个身上藏有秘密的人，非必要情况，韩青禹不想被窥探太多。先前答应涂紫，今年再接受一次源能场测试那件事，他现在都有点想反悔。

原因之一，是他通过阿方斯家族的事，察觉了一些蔚蓝内部高层可能存在的阴暗面，因此他感觉不安。原因之二，他怕如今的自己，再跟科研所那座巨大的源能场干起来，冲突会更激烈，最后直接给其中一方干炸了。

女医生点了点头，然后低头，神情有些尴尬。她心里还想着，是真的啊，回去一定要跟大家说，这家伙是真的死铁，死直啊。

韩青禹“死铁直人”的相关事迹，很多其实也是被冤枉的，一个人一旦有了这样的名号，很多不经意的行为，都会被自动归类。

“没变大就好。”韩青禹在心里嘀咕了一句，跟女医生道谢，顺手拿走X光片，出门的时候暗松了一口气。

到现在，单是蔚蓝标准的金属块，他就已经直接吸收了差不多七块的量了，另外还有蓝晶源能块，一块一块吃的，加上两次源能场里泡着吸的，具体数字算不到，但是少说接近二百块。就这资源消耗，足够养好几个普通小队了。

不过东西都是他自己骗的、抢的、赚的……他觉得也没啥好不安。总之，现在知道身体没出现什么变异，他就放心了。

回到走廊上，他抬头看了看，温继飞和刘世亨坐在那里，正摆弄着给吴恤新买的收音机，不过没敢放出声音来。

吴恤正在里边接受第二次治疗呢，跟上午一样，还是不用麻药。

他是那种就算受了伤，面上也看不出来的人。上午第一次治疗的时候，医生护士一开始看见他，也都没怎么在意，直到吴恤脱掉衣服，露出身上的伤口，她们就开始沉默了。然后他又拒绝了麻药。到最后，缝合完出来的时候，好几个医生护士红了眼眶。

她们倒是想温柔关心一下，但是这个人，似乎是另一块木头。

两块木头。

另外两个是两根花炮。

这是在韩青禹几个人来到101医疗站仅仅半天后，医疗站医生护士们迅速做出的准确判断。

听见脚步声，“两根花炮”抬头，看了看韩青禹。

“没事吧？”

“没事。”

“那就好，我们俩正聊呢，就骨头那个事啊，我们觉得有没有可能是这样……”温继飞比画着说，“华元9世纪10、20年代，蔚蓝在华系亚初建，时局混乱，有几个人突然发现了一具特殊的尸体，同时发现尸体骨骼很特殊。他们可能因此打了一架，死了几个，其中活着的人，分掉了那些骨头。”

“然后，他们就带着这个秘密，还有一份可能天下无敌或者长生不老的希望，带上自己的族人和手下，开始归隐山林，封闭自己，潜心研究骨头，同时准备应对末世，大尖降临。”

韩青禹听完后，联系吴恤说的于氏的人在祭祀的时候祭拜骨头这一点，想了想，觉得这种推理似乎很合理，刚想开口加入讨论，温继飞已经站起来了，斜着身体从韩青禹肩侧往走廊另一头看，同时笑着抬手热情地打招呼说："小兰姐姐，你找我吗？哎哟，换发型了，更漂亮了。"

穆小兰是住院部那边派过来，替女兵来喊韩青禹几个过去的。她刚看见韩青禹时还有点紧张，怕被冷漠对待，但是温继飞的这一声招呼，立即驱散了她的紧张。

不管怎么样，这种被关注的感觉，让女孩内心很是愉快，穆小兰开心地摆手回应，灿烂地笑着说："是呀，找你，可以吗？"

"那是当然啊，小兰姐姐但有所命，温某人赴汤蹈火，洗衣服做饭，铺床叠被……在所不辞。"

"贫嘴，你肯定对谁都这样吧？哼，大花炮。"嘴上虽然这样数落着，但是穆小兰不自觉双脚一起，蹦了一步，雀跃地说，"对了，有人让我找你们呢。"

"是哪个姐姐？"温继飞开心地问。

"是你们425团的一个女班长，在我们这儿住院呢，叫冉秋玲。怎么，你不知道她？"穆小兰发现温继飞的表情突然之间就蔫了，歪着头看他，神情困惑了一下。

"知道，怎么可能不知道呢。"温继飞果断道。

这，谁敢不记得啊？

就算是温继飞，敢撩拨装备场那么多女装备官，敢征服201医疗站……他也一样，一点不敢招惹425团的女班长。

不过，温继飞和韩青禹是真不知道冉秋玲的名字。

在团生活基地的那两次照面，对方都没说到过这个。但是，那是女班长啊……425团的直属前辈。这就够了。

蔚蓝太大了，离别也多，这种看似简单的重逢，事实上并不那么常发生。

对方既然点名要他们过去，很明显是见过面的。至于对方具体是谁，一时之间还真判断不了。

新兵期那个时候，他们但凡走在路上，动不动就会被喊过去训话，然后被迫帮忙干活，粗略算下来，少说也有几十次，没办法都记得。

温继飞、刘世亨、韩青禹三个，不自觉地互相看了看，眼神都有点虚，就像在425团生活基地的时候一样，控制不住地紧张。

从新兵期过来，他们现在对别的团的老兵，已经没什么特别的感觉了，但是对于425团的老兵，尤其是女兵们，那种仿佛天然的恐惧，如同老鼠见猫一般的条件反射，莫名一直延续了下来，至今依然在。

作为全军最著名的光棍团，也是女兵最少的团，425团女兵的地位，太高了。

"女班长找我们干吗？"温继飞小心地问了一句。

让你们过去当回新兵，挨欺负呗。是了，就算是韩青禹，也一样有挨欺负的新兵时代啊。想想真的好有趣，好让人期待……穆小兰心里这么想着，忍不住嘴角上翘，说：“班长说想你们了。”

想欺负你们了，穆小兰在心里补了一句。

“是……这样吗？”

“嗯，跟我走吧。”穆小兰已经看出来了，他们㞞了，韩青禹㞞了，她心里更期待了，昂着头转身就走。

“好，好的。”

三人一路不安，跟在穆小兰身后下楼，到了住院部，又上楼。不过这一路上，怎么走廊和病房的人，好像都有点多啊？

病房里，冉秋玲刚听护士们七嘴八舌说完韩青禹等人的各种事迹。

她之前在深山里服役，像这种无关军情的消息听得不多，现在终于听说了，一会儿听得大笑，一会儿又红了眼眶，忍不住热血沸腾，感慨满怀。

——这是那个在告别的时候说“要活着，姐姐们也一样，下次再见面”的傻小子啊，真的出息了！但是，你知道吗？当时在场的姐姐里，已经有两个，再也不可能见到你了，我也是差一点……

“他现在真的很木吗？”努力让自己从哀伤中脱离出来，冉秋玲笑了一下，带着回忆说，“不会吧，他可是第一天到425团基地，就趴在车尾看女兵的啊，眼睛那个直，那个亮……”

“死铁直人”韩青禹，竟然在入伍第一天就趴车尾看女兵吗？

这也太让人意外，太劲爆，太适合八卦了……小护士们笑作一团，说：“真的？”

“真的呀，就因为这个，他当时还差点被我们几个女兵拉下来揍了一顿呢。”

冉秋玲说着，一如当初，她们威胁趴在车尾乱看的韩青禹几个的时候一样，抬手，扬了扬拳头……脚步声正好到门口。

韩青禹转进病房，看见女班长了。

他眼睛里一下有了光彩，笑容在脸上绽放。

虽然没有具体的姓名留在记忆里，但是事实上，冉秋玲她们那几个女兵，留给韩青禹的印象，一直都是鲜活的，也是美好的。

那是他走进蔚蓝看到的第一个画面。

那时候的他，因为刚目击过752小队和大尖的残酷战斗，又被劳简拿刀威胁入伍，所以对蔚蓝的想象，完全是黑暗、冰冷、残酷和血腥的。

正是那一天，蔚蓝女兵们的拳头和裙角，还有笑声和威胁，让他眼中的蔚蓝开始变得鲜活、生动，有生气起来。就像黑暗里透进来的一束明媚的阳光。

第二次，也是最后一次见面，是她们离开团生活基地时，韩青禹几个无意之中做了送行的人，亲眼看着她们跳上卡车回前线，挥手说再见。

所以是真的，盼望能再见面的啊。

“唰！”三人没有交流，但是第一时间，整齐一致，在病房门口，立正、敬礼，就像当初见到女班长的时候一样。

冉秋玲是那种有点儿帅气的女生，一头短发，眼睛很亮。此时的她笑容灿烂，但是故意板起来脸说：“光会敬礼，不会喊人啊？入伍多久了！”

这是她们以前在生活基地欺负新兵的时候，常用的开场白。

“班长好。”门口三个齐声喊了一句。

“什么？只是班长吗？当新兵的时候，嘴那么甜，现在出息了，就只记得是班长了是吧？”冉秋玲埋怨了一句。

“姐姐。”韩青禹说，他没有姐姐，现在突然觉得有了。

“姐姐。”

“姐姐。”

三声姐姐，眼睛转去，又转回，冉秋玲眼睛里一下有些水雾泛起来，缓了缓，笑起来，应道：“哎。”

“我很想你……我们，很想你们。”病房门口，韩青禹又说了一句。

这一句，让在场所有医生护士，一时间都蒙了，这还是那个“死铁直人”吗？

但是冉秋玲本人是知道他为什么会这么说的，因为她也一样，记得当初的那一幕……她故意笑着问：“想什么？姐姐可是有心上人的。”

“就想能再见到就好了。”

“这样啊，现在见到了。”忍住了，没有去提当时在场的两位女兵已经牺牲的事情，冉秋玲笑着说，“记得当时有说好，再见面就不欺负你们了……可是，我手痒怎么办？”

果然，来了。

韩青禹三个心里紧张，一时间都不吭声，希望倒霉的不是自己。

“过来，你呀。”

韩青禹走过去，站在病床边。

冉秋玲仰头，伸手的时候，做了掐脸的手势，但是最后落在韩青禹脸上，却只是轻轻摸了一下，就像姐姐摸了摸弟弟的脸一样。

“真的出息了，姐姐刚听说了你好多事。”冉秋玲突然想到，要是大伙都在，多开心啊，说，“臭小子，真给姐姐们争气。”

这句接不来，韩青禹笑了一下。

“把衣服脱了。”冉秋玲突然说了一句。

“啊？”

“脱衣服呀，姐姐看看，不行呀？男的打赤膊，不是很正常吗？”

“好。”

韩青禹背过身，把衣服脱了。

一瞬间，满场无声。

一个超级新兵，不到一年时间，战绩辉煌；不到一年时间，他满身伤痕。

尽管蜕过两次皮，但是韩青禹的身上一次次战斗留下的伤疤，多数都还没有褪去，此刻看去，密密麻麻，触目惊心。

“下次你们再叫他‘死铁直人’的时候，要记得呀，他真的是一块铁。”冉秋玲说。

“本来说，既然是蔚蓝的军人，身上总难免有些伤。因为刚听说了你很多事情，就想着随便看一眼，心想你一路拼杀下来，只怕总有几处不好，却没想到会这么多。”

冉秋玲是上过战场的老兵，所以她看伤口，和医生护士们不一样。她能直接在脑海中重现当时战斗的画面，重现出刀锋是怎样划过、刺穿，血肉是怎样被豁开，才致留下来这样的一道道伤痕。

看到韩青禹的伤痕，饶是一个见惯流血的老兵也难免动容。想着那些在别人口中三五句就道尽的辉煌战绩，其实也是一双手、两把刀砍出来的，用血肉身躯扛下来的，她更是心疼。

很少有人会想到这些，包括他自己和他身边的人都一样。他们习惯了，韩青禹是最强新兵，所以，他会双刀斩敌，会以一敌百。却忘了，他不过是个入蔚蓝一年不到的十九岁青年而已。

事情似乎有一个特殊的循环在里面。

韩青禹从始至终，记忆最清晰和深刻的，都是冉秋玲小臂上那道长长的伤疤。在他走进蔚蓝的第一天，她曾经用这只手握拳，笑着威胁过他；后来临别的时候，她还是用的这只手，像一个姐姐一样，抚过弟弟的面颊。就这样，原本并不熟悉的两个人，在这个残酷的世界里，给了对方一份温暖、记挂和信念——要努力，活下来。

终于他们再见面，当时木讷、认真的青年，已经是一个独当一面的铁血战士了。

“姐，衣服能穿上了吧？”

没隔几秒钟，韩青禹那边背着身问了一句，有些示弱的，带着着急、无助、哀求的语气，跟他后背的伤一点不相称，跟他那个名号也不相称。

是“死铁直人”乖巧的样子，是另一面的韩青禹啊，难得一见。101的护士和医生们这么想着，都有些忍俊不禁。

冉秋玲也想笑，抹了眼眶，说：“穿吧，穿吧，身材不是挺好的吗，给大家看看怎么了……你们再看看，有兴趣的，上手摸摸也行。”

哄笑声里，韩青禹赶忙把衣服穿上了，转回身神情有些尴尬，他看了看冉秋玲，找话说：“姐，你把头发剪了？”

“姐短头发更漂亮了，而且英气。”温继飞刚回过神来，巴巴讨好了一句。

“在前线短发方便，等回去轮休，再留长。”冉秋玲先回答了韩青禹，转头又看一眼温继飞，说，“就你嘴甜，听得人心里高兴。但是我可听说了，你都成大花炮了，是不是？我跟你说，你可不许到处招惹欺负姑娘，咱蔚蓝的姑娘，都死心眼着呢。”

温继飞心说我那分明是温暖啊，但是也不辩论，讪笑一下，说：“哎，我记着了，以后不敢了。”

其实到此，两个人都注意到了，冉秋玲始终没有下床。他们不敢问，但到最后还是没忍住，说：“姐，你伤得重不重啊？”

“还行。”冉秋玲自己倒是洒脱，直接动手掀了半边被子，露出整片石膏来，说：“这一条腿断了……不是那个断，能好的，你们放心。”

这是她在上一次战斗中被大尖的柱剑带到的结果。关于那场战斗，她没有去提，因为一旦提了，就要说起已经离开的人。

冉秋玲说着，害怕韩青禹和温继飞他们会问。但是温继飞是多聪明的人啊，只看她的眼神，就已经知道这事不好往下问了，想知道，回头打个电话回团部就好。

他拉了一把韩青禹，说：“姐，不如等这次伤好后，你就去我们小队吧？1777，青子几个，现在可能打了，打大尖就跟切菜一样。”

“是吗，那就好。”冉秋玲安心地笑着，摇了摇头，“但是姐去不了啊，姐的战友们，都还在等姐回去呢。既然在一个医疗站覆盖的区域内，肯定不太远，以后你们过来玩啊。”

韩青禹两个都点了点头。

这会儿工夫，刘世亨已经到生活区买了两大袋子水果、零食和营养品回来了，不单有给冉秋玲的，现场每个人都有。

又聊了个把小时，冉秋玲怕韩青禹他们忙，主动让他们回去。

“但是这样就一点没欺负你们，传回团里也不像话是不是？要不走之前，你们给大家表演个节目，唱个歌？”

冉秋玲突然想到，老兵抓新兵过来，让表演节目，其实也是传统。

这个可把韩青禹为难住了，认真哀求半天，好不容易才被放过，告别的时候，冉秋玲特意在身后交代说：“这回还得待几天吧，那你待这儿的时候，记得要对医生护士，姐姐妹妹都热情点啊，不然她们来我这儿告状，我可又要找你们麻烦的。”

韩青禹老实应了，心想我不一直挺好的吗？热情，怎么热情啊？

这次1777小队来的伤员里，吴恤的伤口看着最吓人，但其实不是伤得最重的，伤得最重的是一个叫作肖伟杰的新兵，他在绞杀大尖的时候，断了三根肋骨。

医疗站把同小队的三个人安排在了一个病房里，方便照顾。韩青禹几个大多数的时间，就都在这个病房里坐着。

病房门开着，刚才打过照面的小护士经过时，从口袋里摸了个小梨子，说了声“嘿”，然后扔进来。她看着韩青禹伸手接住了，说：“这个野果，酸甜酸甜的，我们自己去山上摘的，你怕酸吗？”

韩青禹记着冉秋玲的叮嘱和警告，忙笑着摇头，说：“不怕的，谢谢。”

说完咬一口，还真是酸甜酸甜的。

“那就好。”小护士说着又扔了几个，把病房里的人都分足了，说，“你们要是喜欢吃，回头我带你们去摘。”

韩青禹连忙点头，说：“好，那等你有空的时候，麻烦你。”

这个小护士离开后，没多久，病房里又来了几个小护士……

接下来的几天，他们跟着一群医生护士，上山摘了野果，他们的头发，也是小护士们帮着剪的，吃饭的时候，桌边也会坐下来一些人，一起聊聊天。

“我不算是蔚蓝子弟，但是，确实是在蔚蓝的后勤基地长大的，从七岁那年起……”

韩青禹几个把那天扔酸梨的小姑娘叫作小梨，具体也不知是谁带的头，怎么叫起来的了。

好在小姑娘自己并不在意，每次听到，都笑着爽快答应，然后有空就拉一群人到病房来玩，兴致勃勃地打听各种战场上的故事。

今天是她第一次说起自己的故事。

“那年，我们村子里发生了爆炸，对外说是爆炸，其实是大尖落地，落在村里打谷场边上了。当时大家都不懂，看见天上掉下来个东西，就远远地去看，然后大尖出来了，就开始杀人，见人就杀。”

“很多人都死了，妈妈因为正好在打谷场干活，也死了，爸爸护着我和奶奶跑，可是跑不过……他就让奶奶带着我继续跑。”

“然后爸爸自己回头，拿了一把叉子，去拦它……爸爸说他媳妇没了，大男人连媳妇都保不住，他要去给妈妈报仇……爸爸是石匠，有能扛二百多斤粮食的力气。”

“可是普通人在大尖面前，都好弱小，对吧？”小梨说到这儿，顿了顿，把眼泪忍住，“后来第一军的一个小队来了……后来，我们就来了蔚蓝。”

小梨说她曾经的梦想是去目击一线，去杀大尖，给爸爸妈妈报仇，可是她源能融合度很低，她只好学医，来了医疗站。

“医疗站也是前线，对吧？”小梨的眼神很恳切，等到大家都认同了，才接着说，“所以我以后肯定是要嫁给一个，一个在一线砍大尖的战士，还要给他生孩子，等孩子长大了，也去砍大尖。”

说这一句的时候，是情绪带动，自然而然就说出来了。说完后，情绪缓过来了，小梨变得有些窘迫慌乱，说：“哎呀，你们回头可不许拿这个笑我啊，别笑，都不许笑，停……我又不是说要嫁给你们哪个，我现在还小，我要慢慢挑呢。”

说完，她有些羞怯地低下头去。

“不笑，不笑。”温继飞连忙说，“对了，正好我们还有件事要拜托你们呢。”

他们这一行，在路上消耗的时间，加上在医疗站停留的时间，拢共已经过去九天了。目前吴恤的伤势已经好得差不多，韩青禹决定去看一下何氏的情况，然后或先返程，或直接动手。

“什么事？你们说。”小梨拍拍胸脯，很仗义地说道，她身后的几个小姐妹也都点头，仔细听着。

“是这样的，我们几个今天下午就走了……”

“就，走了吗？”

要走了呀？因为是在医疗站工作的关系，小梨不能说“希望你们以后再来”，也不能问“你们什么时候再来”。

温继飞点头，然后指了指躺床上的肖伟杰，说：“但是他还回不去，我们走后，他就拜托你们多照顾了。”

“哦。”虽然舍不得，但是小梨几个当场都用力点头，“你们放心吧，我们一定把他照顾好，不让痛……呃，偶尔让痛，但是肯定不让闷。”

“谢谢。”韩青禹道了谢，起身说，“那就，下回见。”

小梨抬头看他一眼，摇头：“这个，不好乱说的。”

“没事，当兵的难免会受伤。”韩青禹笑了一下，说，“这个不用忌讳，我们肯定会再见面的。”

小梨几个犹豫了一下，都点点头。

第17章 撞破阴谋

午饭后，韩青禹几个人跟冉秋玲道了别，踏上行程。

崎岖的盘山道上，车开得不快，大约三个小时后才进入到一个县城边缘，韩青禹替朱家明摘了蒙眼的布，问他："是这个县吗？"

"是。"朱家明点头。他在医疗站临时牢房里过得不错，吃好睡好，几天下来红光满面。

"何氏的具体位置在哪儿？"

"在一个老头子的烧饼摊边上，还有一个烫头发的女的在那儿开小店，旁边有个修车摊，修车的老板大概四十来岁，不是好人，夜里会偷偷扔钉子扎人车胎……"

"好的，那我们就在这里停，晚上再去。"

很明显，这家伙绝不可能报出哪条街，哪条路……韩青禹再一想，他们身上都带着装备呢，武器也必须带进去……干脆等到夜深。

他们在路边找了一个位置停下来，就这么等着。

这地方很偏，过路的车很少。过了几个小时，才看见过去一辆货车。

意外的是，这辆货车过去后没一会儿又回来了，停在了韩青禹他们的吉普车边上，车窗摇下来。

坐在副驾驶位置的是一个大约四十来岁的男人，凝神看了一会儿后，男人开口："你们……于氏的人，还有你，你现在在哪里做事？"

他竟然认识吴恤和朱家明。韩青禹隐蔽地做好了扑杀的准备。

吴恤似乎记不起对方，只对视了一下，没有说话，倒是朱家明很热情地拿了温继飞的烟，探身过去递上一根，说："现在在商家，你呢，哪里发财？"

对方似乎蒙了一下：“什么发财？你不认得我啊……庞氏，庞经合……你是谁？”他的目光看向韩青禹，带着警惕。

这要怎么编？说韩氏，他们这些封闭家族里有韩氏吗？说是于氏的话，他见过吴恤，怕是会怀疑，商氏也一样……韩青禹想了想，要不干脆砍了算了？

“这咋说呀……”就他犹豫这几秒钟，一旁的朱家明反常地精明了一下，特别小声，而且尴尬地说，“这个，真要说，那就是我家夫人的姘头。”

姘头？！我女朋友都没有，我……韩青禹在心里腹诽着，却也只能尴尬地笑了笑。

“哦。”但是对方似乎并不意外，再次看了看韩青禹，嘴角带着讥讽，笑了一下说，“难怪。”

朱家明赔笑。

“明白了……”庞经合点了烟，想了想，“这么说，就是你们两家，也受到邀请了是吧？那你们怎么还在这儿待着？”

“等天黑。”朱家明笑着解释说，“怕现在去不方便。”

“不方便个鬼！”庞经合突然变脸，骂了一句，“其实就是心里害怕，跟这儿犹豫兼看风向呢，对吧？”

听到这里，韩青禹心里咯噔了一下，于氏凑了这么多家族，看来是有行动，而且听庞经合的意思，行动似乎是有危险的，所以……

蔚蓝！

他们行动的对象，只能是蔚蓝。

“行了，别磨蹭了，我车走前面，你们跟上来。”庞经合招呼了一声，货车重新启动，开走。

“咱去吗？”刘世亨扭头问。

韩青禹想了一下，点头。

此时是夜里八点多，天色已经很暗了，只是今晚月亮不错，所以还有可见度。

偏远县城，城郊的道路狭窄，路面状况很差，深到可以把车辆陷住的泥坑，到处都是。

所幸这之前天气连着晴了好几天，刘世亨的车技也很好。但是，他并没有开得太快，甚至开着开着，就默默把和前方货车的车距又多拉开了一些，颠簸驾驶中，依然不时扭头看韩青禹，表情欲言又止。

“青子，我感觉，咱们是不是有点冒失了啊？不是我怕死……”犹豫了几次后，刘世亨终于还是没忍住，“我知道你和吴恤的实力，但是……”

韩青禹迎着他的目光，认真点了点头，说：“我知道，我也正在想。”

这一次之所以决定去，理由有很多。

比如一次性那么多“有源人”的聚会，实在难得遇上，这些家族平时也不好找；

说不定除了何氏，他们还能多找到几块神秘骨头，顺便探究一下骨头的来历和秘密；而且，摆在眼前最紧迫的一件事，是韩青禹迫切地想要知道他们突然聚集这么多人，到底在谋划什么。

这一点，让韩青禹很不安。

他可能永远不会成为一个大公无私、舍己为人的人，但是也绝不愿意在自己的能力范围内，看到蔚蓝的人被伤害。

蔚蓝是有让人不安的地方。但是因为有那许许多多同在这面旗帜下的人，有他们的存在，蔚蓝在韩青禹的心里，依然是一个温暖的归属，甚至它多数时候，都挺可爱的。

那些他没有见过，也并不认识的战友，都可以以一个普通蔚蓝战士的形象，被笼统地想象出来，他们跟身边战友们一样，是决死的捍卫者和守护者。

但是去的风险，其实也很大。

看上去他们是潜藏的猎人，但是一个说不好，也许就一脚踏进坑里，羊入虎口。

假设这次对方聚集了六七个家族，以于氏的规模估算，那就是两百人左右的战力；再若其中每个家族，都有一到两个与于银斗同等级的高手，甚至真正的顶级高手，那么在锈妹和贺堂堂不在的情况下，韩青禹这边现在只有他和吴恤两个主要战力，看起来似乎远远不够。

“青子，不义之城的那个悬赏任务，是公开照片的吗？他们有你的照片吗？”温继飞突然问了一句，“可不要你一进去，他们就一起喊‘哇，韩青禹，砍死他’。”

韩青禹不自觉地想象了一下那个画面，有些无奈地说：“照片大概是有的，但是没领任务的人，应该看不到。”

这个问题，其实韩青禹自己也想到了，同时他还想到了另一个更关键的问题：于氏和商氏，这次到底有没有被邀请？

若只是没有被邀请，自己几个装作听到消息，跑来掺一脚，那还好说，他最怕的是，他们向这两家发出了邀请，结果发现：于氏不见了，商氏很奇怪。

尤其是于氏。

商氏那边情况还好，商氏绝大部分人都还在，而且之前关于商年华等人的去向问题，也有专门的说法，并且是通过商年华本人交代下去的。

想到这里，韩青禹转头，喊了一声：“吴恤。”

“嗯？”吴恤抬头，有些迷茫。他似乎根本没有参与进来分析讨论，他只负责听话、打架。

“于氏跟其他那些封闭家族熟悉吗？那些家族高手的情况，你了不了解？”韩青禹问。

吴恤看着他，摇头：“我不知道。”

好吧，意料之中，韩青禹点一下头，转向朱家明。

“问我就对了，嘿嘿。”朱家明似乎正等着呢，一见目光落在自己身上，立即热情主动地说，“那些家族，我待过五个……”

温继飞惊一下：“五个？！”

“是啊，哈哈。”朱家明笑着说，“其实还不止五个呢，还有两个我待过的，后来没了，我就没算上。”

听他的意思，那俩，已经整个家族都没了……可是他这个护卫还在，而且到处腾挪。

这一点倒是从他之前的表现里，能看出一些端倪来。他那种自来熟的神秘气场，实在是有点强大。

韩青禹低着头眼珠一转，然后抬头道：“你继续。”

朱家明点头：“嗯，我们这些人平常说的高手，差不多就是于银斗那样了，跟青子公子你……”

什么公子？夫人的姘头，叫公子吗？这就开始改口了？

韩青禹轻咳一声，说：“你叫我青子就好。”

“好的，反正我们说的高手，跟青公子你这样的级别，完全不是一个概念。”朱家明拍了个马屁，然后翻眼珠子算了算，“而且好像也不多。”

韩青禹沉默一下，点头，用目光示意朱家明继续。

“然后于氏呢，他们不见了其实也很正常。”朱家明解释道，“于老爷是一个很奇怪的人，除非实在没办法的事情，比如上次偷袭储备站那种情况，他不得不找人合作，绝大多数时候，这位于老爷都很讨厌身边出现可以和自己平起平坐的人，因此也不愿意和其他家族有过多联系。”

对于朱家明的这个说法，吴恤在旁，默默朝韩青禹点了一下头，他印象中的于银斗也是这样。

想了想商氏的照相机，于银斗的儿童望远镜……于氏似乎真的，跟所有人都不在一个世界里。韩青禹点头，接受了这个说法。

这期间，刘世亨一直在观察韩青禹的表情，到此他知道，青子已经决定要去了。问这些，不过是为了多些准备。

以这个前提去考虑，几个人的衣服倒是没问题，蔚蓝人员非任务外出，为了安全和保密考虑，一向穿的都是便服，而且现在四月天，还都穿着外套呢。刘世亨想了想，说：“那装备和武器怎么办？会不会被认出来？”

几个人里，韩青禹的双刀是特制的，没有编号，装置上有；吴恤的一枪一剑出自于氏。他俩的问题应该不大，但是其他几个人，都是标准的制式装备。

“这个没关系的吧？我原先也是第九代装置啊。”朱家明插话说，“不管是不义之城买的，还是从蔚蓝抢的，我们那边的主要战力穿蔚蓝的装置，其实很正常，当然也有人穿雪莲的装置……”

话没说完呢，前方货车已经在一处拐角消失。

朱家明打住，稍稍起身，看了看，说：“到了，这街后面就是。”然后他把目光投向韩青禹。

车上包括小队那名一起回程的伤员在内，每个人都把目光投向韩青禹。

从温继飞等人的角度，他们已经习惯了在临战之前，听从韩青禹安排每一个步骤和环节。他也许在很多方面有所欠缺，但是对于战场，一直有着常人无法企及的敏锐、理智和果断。

韩青禹开口：“我和吴恤在拐角下车。你们在附近找地方停车，慢慢找，找到了，也不要下车。”

没有解释为什么，韩青禹回身，让温继飞和那名小队伤员都把刀掏出来，接着指示他们一左一右，把刀架在朱家明脖子上。

“稍有妄动，就杀了他。”

“明白。”

朱家明神色茫然：“青公子，我……为什么呀？”

韩青禹不看他，向其他人说：“一旦有情况，宁可杀错，不要犹豫。我不确定他的目的，但是这个人，远比我们看到的要聪明。”

至此，朱家明退出讨论，果断闭嘴。

“世亨。”

“嗯？”

“联系劳队，告诉他这里的情况，让他向上报告。”

“明白。”

朱家明身上有很多古怪的地方，其中有一些疑点，似乎就在猜透的边缘，只差掀开最后那一片障目的树叶。而他今天似乎有点迫切，暴露得有些明显了。但是韩青禹暂时没有时间去思考和研究这个了，所以才做了这样的安排。

“希望再见面你还活着。”

考虑到朱家明身上的秘密，很可能是有价值的，韩青禹下车之前特意对他说了这么一句。

“你们也是啊。”朱家明回答，眼神恳切地说，“真有事的话，你们两个肯定能杀出来吧？真有事可千万不要恋战啊，留得青山在……”

都已经被怀疑，走在被拆穿边缘了，他竟然还关心上了？而且还这么自然。

韩青禹有些哭笑不得，没再搭理他，转身和吴恤一起下车。他们两个人去，也许砍不赢，但是砍几个然后跑掉，问题应该不会太大。吴恤以前不习惯跑，最近已经会了，而且真跑起来，一点也不慢。

小县城街道老旧，路灯也少，从拐角下来后的路有些黑，韩青禹和吴恤往前，朝着一处亮着红色灯火的地方走了几步。

"青子。"刘世亨突然紧张地喊了一声。

"怎么了？"韩青禹回头。

刘世亨举起来手里的通话器，说："联系不上。"

韩青禹心里的不安一下膨胀开了，问："通话器故障？"

"不知道，反正全是杂音。"刘世亨说着又试了一次，还是摇头。

情况不对，通讯莫名出现问题，而普通电话，是打不进蔚蓝的线路的……韩青禹站住，迅速整理了一下思路，回头说："你们走。"

刘世亨茫然道："走？"

"对，一直开，一路上继续尝试联系劳队，等离开屏蔽范围，马上告诉他情况紧急，让他赶紧向上面报告。"

"明白了，但是你们呢？不一起走吗？"

按道理，现在是应该一起走的，但是韩青禹心里的不安让他决定留下来，看看有没有机会把接下来未知的危机，扼杀在源头。

"我得去看看。"他说。

"好。"青子在临战关头的决定，一向都是不容置疑的，刘世亨点了一下头，闭嘴了，然后掉头加速。

车子走出一点距离后，吉普车后排，温继飞突然把头探出来，完全不带任何情绪朝后说："一会儿我开另一辆车回来接你们……如果有别的情况，不用管我，我自己能走掉，有车呢。"

他们这次来本就是两辆吉普，其中一辆一直留在城外树林里了。

说话的过程中，温继飞不让刘世亨停车，他没给韩青禹回话的机会。

"情况有这么严重吗？"刘世亨一边快速开车驶向城外，一边忍不住问了一句。

温继飞点头："如果现在通讯的问题是信号屏蔽，那么凭那些家族，是不可能做到的。"

他的意思，这次很可能有别的，更强大的力量，在参与和主导这件事。

雪莲？

何氏他们因为被蔚蓝追剿，走投无路，决定投向雪莲了吗？那他们现在要做的事……

投名状？！

在街坊邻里的眼中，小县城最近刚搬来不久的那户有钱人家，这几天正在办一场喜事。

外来户儿郎多，眼皮子似乎也很高，喜宴没有邀请任何一名街坊邻居，但是有很多从外面来道贺的人。

这是表象，为了掩饰真实目的，何氏张灯结彩，办了一场喜宴，把一切都布置得像模像样。街上有不少小孩还从这户人家手里拿到了喜糖。

韩青禹和吴恤从高挂着两个大红灯笼的院门口走进去。

意外的是，人并没有想象的多。之前带路的庞经合站在门里一侧，像在等他们。

“我还以为你们跟丢了呢，怎么，另外那几个人呢？”他往后看了看问。

韩青禹回头示意一下，笑着说：“到后面找地方停车呢，巷子窄，院旁边停了这么些车，怕一会儿不好掉头。”

庞经合想了想，也是。

正好这时，一名穿着白色条纹衬衫的年轻人走上来，跟庞经合对视一眼后，看看韩青禹和吴恤，谨慎地问：“这两位是？”

“这个是于氏的人，我见过两次。”庞经合示意了一下吴恤，然后看向韩青禹，笑着小声说，“这个，商家，商年华的姘头。”

条纹衬衫点了点头，目光再次朝两人看来。

韩青禹做好开打的准备……吴恤不用，他的人生永远都在准备开打。

“何家，何宏大，欢迎。”条纹衬衫自我介绍了一下，热情地对吴恤说，“我也见过你的……哟，现在你们于家，装置也这么好了？但是你们家老爷呢，又搬哪里去了？前些天我们去找，怎么都找不着。”

吴恤看他一眼，沉默。这些人都说见过他，但是他一个都记不得，因为他过往不管是跟着于银斗还是于风姿，都根本不看人，也不说话。

“不能说啊？哈哈。”对方似乎对于氏的风格很了解，没有追问，也没有丝毫恼火。

自己笑两声，找了台阶下来，转头又看向韩青禹，一脸猥琐，小声道：“小兄弟好福气啊，这商夫人可是大美人啊，嘿嘿。”

“嗯。”

要是现在有通话器，韩青禹就得叫那边直接砍死朱家明算了。这理由编的……他怕是一辈子都洗不了这个名头了。不过只要一开打，商氏基本也完了，他们那个圈子，肯定不会再相信商氏。

“来，里边请，我这儿忙，就不招呼你们了。”何宏大做了个请的手势，转身朝旁边走了几步，又回头叮嘱，“待会儿要是有机会见到斯丹先生，记住一定要礼貌尊重。”

那边何氏的人，似乎正在收拾最后的家当。

斯丹先生？

“斯丹先生是谁啊？”反正已经被当作不知情的人看待了，韩青禹往里走的时候，顺势问了身边的庞经合一句。

庞经合转头看看他，莫名有些得意地说：“大人物！”

“雪莲的人？”

“哎哟，敢情你们也不是什么都不知道啊？”庞经合稍稍诧异了一下，然后好奇问道，“你们商氏不是一向很谨慎吗？怎么，这回也想一起过去？”

过去？应该就是加入雪莲的意思了。韩青禹想了想，笑着说：“这不，我这趟来，就是为了先看看情况嘛。”

“看个鬼。”庞经合骂了一句，又说，“今天既然你在这儿出现了，以后商氏还想中立，门都没有。”

张灯结彩的大堂，已经在眼前了。

庞经合说话间站住，站在大堂尾部一面隔板墙的后面，顺带横出一条手臂，拦住了韩青禹和吴恤，说：“没人通报，你俩怕是没资格进去。”说着，他也站住了。

那就站着呗，好事。

声音从大堂传来，能听得很清楚。韩青禹听到有些蹩脚的华系亚语，忍不住探头看了一眼，竟看到一个三十来岁的白人男子，穿着西装，打着领带，站在那里。

“这位就是斯丹先生啊？”

“可不是。”庞经合说完也探头看了看。

“那你们家老爷也在里面吗？怎么好像人不多啊。”韩青禹试探着又问了一句，因为他发现大堂里面坐的老头，似乎有点少了。

按道理这六七个封闭家族的聚会，不得一堆老头才对吗？

庞经合转头看他一眼，似乎想解释，但是开口又改了主意，说：“你老实听着吧，等会儿该我们干吗，去做就是。”

韩青禹听着呢，很快，就听得心惊肉跳。

大堂里的对话有些凌乱，主要是那个斯丹在说，然后其他人迎合，但是事情相关的信息，很快被韩青禹整理出来。

来晚了！

这是韩青禹弄明白事情后第一时间的判断……他们来晚了，现在事情已经进行到了最后关头。

那几个家族的人，已经潜伏在101医疗站附近。他们入夜就已经出发，正是因此，大堂里各家的家主，才大部分不在。

不出意外，伪造的梭形飞行器再一会儿就会降落在距离医疗站不远的地方，把医疗站的守备力量调走；然后，信号屏蔽，那几个家族的人，会攻击医疗站，挟持数百名医务人员和伤员离开，然后威胁、勒索蔚蓝。

101医疗站的那些人……过去这些天相处的画面，都还那么清晰。

怎么办？

因为实在揪心，韩青禹的脑子混乱了一下，他转头和吴恤对视了一眼。现在的问题是，他们无法通讯。

赶回医疗站吗？太远。也不知刘世亨那边联系上劳队没有。

目光对视，吴恤看着韩青禹，问：“我们，杀出去吧？”

韩青禹愣了一下，是的，杀……不，反挟持，目标是斯丹！只有抓住他，才能威胁所有人。他现在能依仗的只有武力，情急之下，也想不出任何别的办法。

“杀人？杀什么人？”庞经合听见对话了，扭头看了他俩一眼，“杀个鬼啊！那些人，抓到手可就都是源能块……斯丹大爷还说，还能跟蔚蓝要科技呢，科技懂不懂？斯丹大爷说，蔚蓝最吃这套了，这些到最后都算是咱们的功劳。”

“哦。”韩青禹应付了他一句。

装置启动。

“你们干吗？”庞经合郁闷了，看着眼前两个毛糙的小年轻就来气，教训道，“哎哟，急什么啊，你们俩没见过一点风浪是吧？”

吴恤看看他，说：“杀。”

恰这时，屋里，斯丹拗口的华系亚语再次传来：“你们知道几百名医生、护士、伤员，能让蔚蓝付出什么代价吗？他们那个议事会，永远不可能取得一致，明白了吗？所以不要小瞧这些看似普通的人质……”

“只抓普通士兵和医务人员，雪莲就这点能耐和出息吗？”突兀的声音传来，“既然要抓，为什么不去抓几个蔚蓝的天才？”

韩青禹准备直接撕破脸开干。但是屋里，包括斯丹在内的所有人，都愣了愣，而后辨别声音方向，便整齐地朝木质隔板墙看去……人在外面。

其中一个人拍扶手站起来，大声斥责说：“是谁家的人，这么没规矩？斯丹先生说话也敢插嘴？蔚蓝的天才，你知道蔚蓝的天才在哪儿吗，你去抓？”

“我真知道一个。”隔板墙外的人竟然还回答。

庞经合已经快被身边这傻小子气疯了，这要是让他把斯丹先生得罪了，大家不都得跟着受牵连啊？

不敢出声，庞经合情急之下，直接伸手，准备来捂韩青禹的嘴巴。

但是大堂里，斯丹先生突然好奇地应了一声，似乎很有兴趣，接着问：“你真的知道？哪一个？”

“韩青禹，他前两天也在医疗站，刚出来。”韩青禹说。

“韩青禹？是那个，韩青禹？！”大堂里一下站起来了大半的人，很显然，他们都听说过这个名字。

这家伙太出名了，肯定很值钱，而且真能抓住他的话，一定很涨士气，同时很打击蔚蓝……这份功劳，大了去了。

“他在哪里？在附近吗？”

身份大概算是雪莲特派员的斯丹先生，似乎也对这个名字很感兴趣，歪着头，脚步向前，同时继续问。

“这个，不好当这么多人面说吧？”韩青禹临时改主意了，凝神听脚步，蓄势待发，同时说，“斯丹先生，你再过来点，我告诉你。”

墙内，人在往前走。

墙外。

“我说你们怎么非要赶来呢，敢情手上有这么重要的情报啊？”庞经合伸手，拍了拍韩青禹肩膀，笑着小声说，“等立功了，到雪莲那边，记得多关照关照兄弟我啊。”

韩青禹转头看他一眼，微笑，点头。

是夜，8点43分。

这一天，是华元991年4月末，农历三月近中，天上月亮近圆。

蔚蓝华系亚方面军，第101医疗站里，月光把院区路灯的暖黄灯光照得有一丝凉白。

树叶明亮，水泥地面清晰可见。

脚步声从安静的空气中传来，院区绿化的树影之间，守备小队战士们沉默的身影奔跑掠过。

这种情况外人大概看不出什么特别，但是对于住院部各个房间里，那些从一线下来的伤员来说，他们简直不能更熟悉。

“看来有大尖落在附近了啊。”

夜色中，有一丝兴奋和躁动逐渐蔓延开来。许多原本打算早睡的伤员，不管是刚离开一线战场的，还是在医疗站已经住了些日子的，一时间怎么也睡不着了。

过往一次次亲身参与的战斗画面，在脑海中清晰地浮现出来。病房壁柜里，他们的源能装置和战刀，仿佛也在呼唤着自己的主人。

脚步声远去……守备小队集结了。

蔚蓝的医疗站除了配备安保力量，一向都还有守备小队驻扎，一方面加强医疗站的防御，另一方面，也可以在必要的时候出击，消灭在周边范围内落地的梭形飞船。

原本他们很少会接到任务，因为乌鸦的预警通常都很及时，周边区域驻防的小队，通常都来得及赶来。

但是近一年，防御形势不断恶化，梭形飞船在高空突然失去踪迹，然后到近空才重新被捕捉到的情况，开始变得越来越多。因而医疗站守备小队紧急出击的情况，也渐渐变得频繁。

住院部值班室里，医生护士们刚结束一次查房，回来都有些疲惫，正坐着，或靠在桌边聊天。

穆小兰倚在窗口看月亮，背着身有一搭没一搭地和同事们说话，突然扭头，发现之前自己已经帮忙关灯的406号病房，灯光又亮了起来。

冉姐姐不会有什么事吧？

她这么想了一下，有些担心，赶紧离开值班室，上楼一路小跑到病房门口，敲门，推门。

白色的病床上，冉秋玲穿着病号服，正低头坐着。听见动静，她抬头灿烂地笑了一下。

此时，她的死铁直刀，横放在床头边的柜子上，源能装置则在手里，正被她拿着手帕擦拭。

不是身体出问题就好，穆小兰轻松了一下，笑着说：“冉姐姐，你怎么突然把装备拿出来了？”

“好久没用了。”冉秋玲没说她其实是因为刚看到守备小队出任务，突然被触动，想念战场和战友们了，所以把装备拿出来看了看，顺手擦一擦，她顿了一下，说，“我应该快好了吧？”

她的眼神里透着热切。

“快了，快了，再一个多月吧。”穆小兰见过很多日夜盼着回一线的蔚蓝战士，尤其是一些队长之类的老兵，更是着急，她笑着安慰了一句。

其实真的已经算很快了，要不是长期被源能改造的身体，像冉秋玲这样的伤势，怎么可能几个月就恢复？

看样子，冉姐姐暂时是不会睡了。穆小兰干脆找了张凳子坐下来，一边看她擦拭装置，一边陪她聊天解闷。

“刚我们在值班室，正说到韩青禹几个呢。”穆小兰主动找了个话题。

“怎么，给我弟弟做表现总结啊？”冉秋玲抬头，从心底笑出来，笑着说，“他后面应该还行吧？难道对你们还是不热情？”

“热情的。”穆小兰点头肯定道，“大概是实在很怕姐姐吧，之后我们给他好吃的，他就接着，有时候叫他一起去玩，他也都答应，然后也经常笑……虽然看着有些别扭和不习惯，但是可好玩了。”

“哦，就只是这样吗？”冉秋玲放下装置，身体挪了挪，坐近说，“就没点别的啊……没有和咱们这儿哪个医生、护士，碰撞出点火花来？”

“没有呀，一点火星都没有。”穆小兰摇头，笑着说。

冉秋玲叹了口气，跟着也忍不住笑起来。

两人接着又聊了一会儿温继飞，刘世亨……冉秋玲擦好了装置和战刀，放在床边没收起来，突然想起来另一名相熟的护士了，就随口问了一句：“红红呢？怎么今晚没见她过来？”

“她呀，她在手术室呢。”穆小兰转头看一眼窗外的月色说，“今天白天来了好几批伤员，晚上好几台手术，她在手术室帮忙，估计得到凌晨了。”

101医疗站的这一夜，病房里伤员们在期盼重归战场，值班室里医生和护士们在聊天，手术室的灯光连排亮着，而守备小队整装完毕，扑向山林。

现在时间是8点46分47秒。

何氏的宅院虽然老，但是很大，大约是某个大家族的遗产。因为这次做了家里办喜事的伪装，老宅里张灯结彩。

房屋主体开阔，从正门进来三五米处，有一面木质的隔板墙。隔板墙的墙面上，也挂着红绸。

墙外。

韩青禹的双刀还在肩上，装置处于休眠状态，人面墙而立。在他身后不到半米，是一直很安静的吴恤。

一旁的庞经合小声说："知道今天我为什么开过去，又再折回来吗？因为当时我看见你们几个兄弟，我就觉得和你们有缘……"

"是吧？我也是。"韩青禹没回头，应了一句。

庞经合听他这么说，开心地笑起来。

墙内。

七个家族留下的人此时全站起来了，心里有些紧张，又有些期待。

现在的情况是，他们几个家族的主要战力，足足三百人都在蔚蓝101医疗站附近了。所以，要是真的打听到韩青禹的消息，难道，我们去吗？

眼神交换，他们都有些发虚。

但是能有什么办法呢？很明显，斯丹先生对此很有兴趣啊……不过斯丹先生的战力，听说也是很强的。雪莲付出了那么大代价，那么多人力、物力和财力，来布置这次行动，肯定想一网下去多捞一点。

视线里，斯丹已经走到离隔板墙大约五米的距离，稍微顿了顿，他再一次开口："他在哪里？"

墙外声音回应："在……"

这一刻，每个人都在细听。

"砰！"

8点46分58秒，一声爆响，突然传来。

隔板墙木质墙面崩碎，破片和碎屑纷飞。

"这里。"

这一句话因为中间短暂的停顿，分成了两段，说话的同时，一道身影破墙而出。

在场的人都愣住了。

斯丹的反应很迅速，后脚跟蹬地，身形猛退，同时拔刀。

只可惜那道扑来的身影更快。

"轰！"

正面劈来的刀锋，斩在斯丹横架的铁刀上，瞬间两股源能潮涌的碰撞，如巨浪相击。

斯丹整个人被劈得双脚离地，身形凌空飞退。

这一刻，有人看见了，但是没来得及出声提醒。一柄划着弧线的战刀，正在斯丹身体运动的轨迹上等着他。

锈妹梨涡斩现在是无声的弧线。

但是，“锵”的一声。

令所有人意外的是，身在空中的斯丹，竟然还是反应过来了。他手中战刀朝后奋力一掷，将飞行中的蔚蓝战刀撞偏少许。紧接着，整个人擦着偏移的刀锋飞过。

下一瞬，斯丹身体砸墙，落地，准备再战。但是已来不及，一道流光，已经出现在他面前。

流光收束后，一个人站在那里，手里拿着一柄直刀，抵在斯丹的喉咙上，刀尖刺破少许，鲜血涌出。

8点47分01秒，也就是墙面破碎的三秒之后，此时何氏老宅大堂里的画面是：

斯丹仰着脖子，身体贴墙站立，脖子在流血；韩青禹站在他面前，手里握着一柄死铁直刀；大堂里所有人都已经启动装置，拔出武器；而一道手握长枪的身影，横在他们和墙边的两人之间。

庞经合还站在隔板墙外，目光从墙面破洞看进去，没吭声，张着嘴……他现在脑子很乱。

“你……你……”终于，有人出声，问题问了一半。

“我吗？”墙边持刀的青年缓缓转过头，“蔚蓝，韩青禹，幸会。”

第18章 特事专令

“呼啦！”

堂尾隔板墙上长长的红绸，突然落了下来。

动静其实不大，但是落在韩青禹自我介绍后寂静的氛围里，显得格外清晰。

现场有一部分人，甚至到现在才回过神来，现在，他们的斯丹先生被刀指着。

拿刀的人，就是蔚蓝的韩青禹。

终于，缓过了最初的精神冲击，他们再一次开口了。

“放开斯丹先生。”

“你敢伤斯丹先生，今天就别想从这里走出去。”

“你真以为你能杀出这里……”

大堂内的声音嘈杂纷乱。

吴恤依然很安静，横枪站在那里，看着他们。韩青禹也没再说话。大约七八秒钟后，似乎是发现了自己并没有底气，叫嚣声渐渐平息下来。反而是斯丹，平静地看了看韩青禹。

“从个人角度来说，我很惊讶，也很佩服，不过你是怎么来到这里的？”

斯丹发现自己疏忽了，疏忽的原因在于，他们这次动用的这些家族势力，几乎每一个人，都是从小在各个家族中成长的，混进卧底的可能性，无限趋近于零。

雪莲已经有很长一段时间没有在华系亚采取过什么大规模的行动了，这一次借着吸收封闭家族力量的机会，动用了很多资源，因此势在必得。

韩青禹没有回答斯丹的话，他在思考怎么破局。

轻微的脚步声传来。

庞经合嘴巴依然不自觉地张着，缓缓从隔板墙外走进去，站定，晃了晃脑袋，看了看韩青禹……一瞬间，他突然清醒了。

脑海中灵光一现，他决定退出去，去外面找机会把何宏大宰了，然后假装什么都没发生过，自己刚到。

“庞兄。”声音从身后传来。

庞经合：“……”

庞经合现在对这个声音已经很熟悉了，心里咯噔了一下，他决定假装没听到，猫着腰继续走。

“庞兄……庞经合，庞兄弟。”

一时间几十道目光落在庞经合身上。

“哎呀……你干吗？”声音里带着哭腔，庞经合无奈地把猫着的身体打直，同时转身，大声抱怨了一句。

“多谢。”韩青禹说，“你过来吧，我怕他们伤到你。”

“我……”庞经合左右看了看，过去吧，他就是叛徒了，不过去吧，他很可能成为今晚的第一个牺牲者。

他站在那里，纠结着。

“庞经合！”一声呵斥，刀锋指来，“原来是你出卖了我们和斯丹先生。”

“我没有啊。”庞经合哭丧着脸，条件反射解释了一句，因为看见刀锋，就不自觉地往吴恤的身后快走了几步。

当然，他也没敢走太近，这个于氏的战奴，好像随时会杀人的样子。不过，他明明就是于氏的人啊，怎么会这样？

“是他啊，是他出卖你……我们的。”庞经合指着吴恤，大声道，“他是于氏的人。”

目光转向吴恤。

吴恤没有吭声。

“可是我们根本就没通知于氏。”在场有人说了一句，“于氏的人，又是怎么找到这儿的？”

吴恤很诚实地看了一眼庞经合。庞经合想避开，但没避开。

大家明白了。

但是关于庞经合的问题，并没有继续发酵，因为当场有人突然拍大腿大喊一声：“哎呀，糟了。这样，医疗站那边会不会早有埋伏啊？我们去那边的人，我爹，我哥……不行，我得赶紧通知他们快跑。”

一时间场面大乱。

韩青禹始终没有吭声，这正是他跟庞经合打招呼……想要达成的效果。

“安静。”

一个声音突兀地响起，等到场面安静下来，才解释说："别乱，这正是他现在想要达成的效果。庞经合不知道行动目标，一个小时前，除了斯丹先生，我们七家所有的人，也都还以为攻击目标是什么69号储备站呢。所以，那边不可能知道，更不可能有埋伏。他也不是因为得到消息来的，不然现在我们肯定已经被包围了。现在外面并没有蔚蓝的人，不是吗？"

话尽，现场顿时安静下来。

韩青禹面无表情，一口血冲到喉咙，竭力忍住了，看了那人一眼，那是一个三十岁左右，有几分儒雅的男子。

"你叫什么名字？"

"田英光，幸会。"

"不幸，你死了。"

田英光的身子颤了颤，镇定下来，想说点什么，但是没敢继续，人朝后挪，默默退到几个人身后。

既然这个主意落空，韩青禹只能硬来了。刀锋往前进了少许，他看着斯丹说："解除信号屏蔽，通知任务取消。"

四周很安静。

——任务取消，然后呢？被蔚蓝追杀吗？还是雪莲有办法让我们走？这似乎很难，可是如果不照做，斯丹先生的命，怎么办？

面对刀锋，斯丹摇了摇头，开口，还是有些拗口的华系亚语："你很强，也很聪明。但是你太小看我们雪莲了，这次行动一定会继续，而我……会愉快地，死在这里。"

"很不幸，这里能解除屏蔽、向外对话的人，只有我一个，所以就算我死了，这次行动也一样会继续。"

"你来不及回去了，蔚蓝的天才，就算你能赶回去，那里有三百人。"

他说得很平静。

韩青禹看了他一眼。

"Ne永生，雪莲不朽。"迎着他的目光，斯丹说。

话毕。

"轰。"

斯丹引爆了身上的炸弹。

炸药的威力不算很强，韩青禹在爆炸发生的一瞬间，刺穿了斯丹的喉咙，同时弹射拉开距离，在最强防御状态下，减小受力面，身形飞退。

斯丹的身体在爆炸中倒下。韩青禹也在倒飞中喷出一口鲜血，他的身体倒飞向人群。

有人挥舞武器扑过来。田英光没去，因为他已经倒地了。

至于其他人，他们没有一柄刀能砍到韩青禹，反而倒下了两个。此时，吴恤和他的病孤枪，横在那里，枪尖滴血。

“田英光死了！”

“他……”

惊恐的声音中，震撼的眼神里，韩青禹缓缓站了起来，转头看了看他们。然后他走过去，捡起自己的刀，一把，两把。

“走。”他往门外走，同时对吴恤说，“我们去杀那三百个人。”

何家老宅大堂里此时留守的人，大约有三十个，外面少说还有十几个，他们身上都有源能装置，都开着，手里也都有武器。

韩青禹没时间再停留了。

他抬手用衣袖抹了一把下巴上的血迹，血痕在脸颊一侧抹开。他把左手刀插回背上，直接转身，背对这三十人，走向门口。

“走，我们去杀那三百个人。”

对吴恤说这句话的时候，韩青禹心里没有任何积极的情绪，他被巨大的忧虑笼罩着。

这次袭击对手老窝，虽然除掉了雪莲的特派员，也是对方这次行动的指挥官，但是除了打听到对方的攻击目标，并没有办法阻止后续的事情发生。

吴恤没有任何一丝迟疑，收枪转身，说：“好。”

好，两个人，去杀三百人。攻击蔚蓝101医疗站的那三百人。不管砍得过，还是砍不过，总之去了再说。

自古战争也好，仇怨也好，攻击对方的医疗站，都是最可耻、最不可饶恕的行为。

庞经合的位置很特别，他依然孤零零地站着，看了看眼前的画面——

两个人背身在走，三十多个人站在原地……没有人动；那个据说很强的斯丹先生，倒在那里；多了一句嘴的田英光，也倒在那里。

“他们去了也是死。”

“没错。”

“田家老爷，一个人就能杀他。”

“让他们去送死吧。”

人群在为自己的怯懦和恐惧找理由。

但是，他们说话都不敢大声，怕自己也会突然倒下……因为，他们刚都看见过，那一道诡异的无声弧线。

那道弧线出现了两次，一次封死雪莲斯丹的退路，一次悄无声息地兑现他对田英光说的话。

那是锈妹梨涡斩。

终于，透过隔板墙中间那个被破开的大洞，他们看见韩青禹和吴恤，踏出了何氏老宅的大门。

庞经合听见身后人群动了。

要动手了？庞经合转头，他发现人群竟然是向着他来的。

“我……”

敌人当着你们面走，你们动都不敢动，现在冲我来劲？

生死关头，庞经合装置启动，锵一声抽刀。厚背大砍刀甩手朝着人群扔过去，然后他转身撒腿就跑。

“兄弟，等等我，我投靠你们……我叛变了，你说过会照顾我的啊！”

逃出大门，庞经合左右各看了一眼。

没人？这么快？

庞经合脑子里迅速一转：“还好，韩兄弟你们俩没抛下我啊！来了，来了，等我一下。”

他一边这么喊着，一边朝巷弄黑暗的角落跑去。

韩青禹和吴恤从离开何家后就开始狂奔——他们两个都不会开车。来时慢慢悠悠，开了大约三个小时。就算实际路程不长，全速开只需一个多小时，但这个距离，他们若以立体装置状态全力爆发跑回去，等到那边，估计也剩不下多少战力了。

这不是源能块消耗的问题，源能块，韩青禹现在不缺，包括手头上剩的八块金属块，他都时时带在身上，防止突然出现的危机。问题在于他们现在的身体，还承受不起这样长时间最高强度下的持续运转。

“吱——”

一辆吉普车从黑暗中驶出来，在巷子口甩尾掉头，同时后车门甩开。

韩青禹和吴恤相继跳上车。

“去哪儿？”车子开出，车速狂飙，温继飞问。

“医疗站。”

“我明白了。”吉普车发动机的轰鸣声中，温继飞开启装置，交代道，“装置不要关。”

说完凝神专注。

不关装置，是为了防止翻车遇险。

回去的路是漫漫盘山道！温继飞要开始玩命狂飙了。

他们不知道刘世亨联系上劳队没有、劳队是否上报，而上面在没有明确信息指向的情况下，又能否及时做出对101医疗站的武力救援。

但他们想，劳队一定会想到，被屏蔽的区域范围内，也就这么几个可能被攻击的目标。

对，一定会。

他们心里是这么想的，但是至少现在，依然只能相信自己，去尽自己的那一份力。

月夜，盘山路，吉普车飞驰。

山林，夜，9点17分。

梭形飞船轰然砸在地上。

潜伏的101守备小队二阵正准备突击。

“怎么了？”队长刘春林等了片刻，发现情况似乎有点不对，连忙拿起通话器询问……一片杂音。

三分钟前还能正常通话的通话器，突然全是杂音。

“怎么了？”刘春林干脆冲过去喊。

“不出来！”二阵那边，副队长大声回应，隔了几秒，带着惊慌失措，更大声喊道，“假的！队长，梭形飞船是假的！”

“假的？！”

刘春林嘀咕一声，再低头看一眼手里的通话器……蓦地抬头，转身，回望医疗站的方向。

“回去！快！”

四十道蓝光爆起，开始向医疗站方向狂奔。

但是，他们只冲出去了不足一里。前方去路，密林之间，近百道蓝光，突然亮起。

去路被断了。

“不要停！”没有通话器，刘春林爆喊一声，拔刀。

“刺啦……”

四十人拔刀，蓝光洪流在明月夜色里，没有丝毫迟滞，向前奔涌。

“锋锐阵！”刘春林一马当先，在奔跑中调整源能涌动，凝聚到巅峰。

他要破开缺口！

身后战士在奔跑中结阵。

“杀出去！”双手持刀，大开大合，刘春林斩进敌阵，轰！

“杀！”

四十人，冲进百人杀阵。

“通讯故障！”

“电话故障！”

101医疗站，现在只有站内高音广播，暂时还能运作。

“敌袭！敌袭！A区，B区，C区，所有医务人员迅速撤离……协助伤员转往安全中心……安保小队所有人，所有还活着的兄弟，全体即刻退守D区……死守！”

“死守！”

住院部各楼层走廊，奔跑的脚步声和呼喊的声音纷乱，穆小兰脚下没有停顿，“砰”的一声，直接撞开了406病房房门：“冉姐姐，快，我带你去安全……”

前趋的身体，在门口顿住了。

因为穆小兰看见病房里，几天前刚拆了腿上石膏的冉秋玲站在那里，身上联军作战服和源能装置已经穿戴整齐。

“你快去帮重伤的同志撤离。”冉秋玲看着穆小兰说。

“那你……”

“我去告诉他们，这里，是蔚蓝。”

冉秋玲说着拿起床头的死铁直刀，走了两步，顿住。

因为剧痛，汗水从她额头上冒出来。

“嗡！”源能装置开启。

她冲向门外，擦肩的时候说：“快去呀！”

穆小兰只愣了一下，转身，一道道身影，从住院部的各个房间里出来，从她面前奔过。

他们裹着纱布，瘸着腿，垂着手臂……但无一例外的，都背负源能装置并手握战刀。

101医疗站D区，一共五栋楼，呈直角分布。背后是数十米高的绝壁，绝壁下面，是滔滔江水。

医疗站安全室就在D区地下，有通道可以直接下去乘船，只是今晚在第一艘船上人的时候，通道口就被发现了，为防止突入，通道只能暂时关闭。

安保小队派了一小部分人据守后方崖顶观察，剩下全数在直角区前，结阵迎敌死守。

他们大约还有四十人，战力并不是很强。

D区，11号楼。

三楼和四楼里，此时至少有四间手术室依然亮着灯，哪怕是在站内广播通知之后，手术依然在继续。哪怕战斗就发生在楼下，厮杀声清晰可闻，这几台手术，依然在继续。

“别慌，手不要抖……马上就好了。”

“红红，快，在我身上用力掐两把，用力点。”

医生集中精神，稳定动作，开始了最后的缝合……

终于，一台长达五个小时的手术，结束了。

伤口缝合，伤员依然处于昏迷状态，医生一边让护士帮自己擦汗，一边摘下手套说：“你们先送伤员去安全室。”

“那沐医生你呢？”护士问。

“我坐一下，缓口气。”

医生走出手术室，在门口的椅子上坐下，仰头喘息。

沐祈剑是一名医生，出生就是蔚蓝子弟，尽管是一个女孩子，但是家人依然给她取了这样一个名字。

她本想拿一把上阵杀敌的剑，最终拿起的却是手术刀……师父告诉她，救人，也是杀敌。

脚步声从楼梯口方向传来。沐祈剑连忙站起身奔过去。

抬担架的是四个女孩子，四名护士，其中一个，是刚和她一起结束那台手术，送伤员下去安全室又回来的管红红。

一名安保小队的战士躺在担架上，腹部插着一柄短刀，人已经陷入昏迷。

“沐医生，他……现在……”管红红一边试着说明情况，一边眼眶通红，手上凌乱的动作做到一半顿住，整个人显得很无措。

沐祈剑收回了按在伤员身上的手，说：“准备手术。”

“沐医生你要不要……”

“准备手术！”沐祈剑说完，直接走回手术室。

同时间，不远处另一间手术室的门打开了，一名护士出现在门口，朝外面说：“赵医生说，我们这台就快好了，有伤员赶紧送来。”

说完，她又跑回了手术室。

厮杀声就在楼下不远。

安保队剩下的战士加上一部分轻伤的伤员，正结阵死守。

在他们身后，不愿下去安全室的医生和护士们就站在不远处，随时准备救援。

“平老爷，咱们得抓紧啊，万一拖久了，他们援军来了……”

“知道，第一批在外面抓住的医生护士，已经带走了吗？”

“对，那这些……”

“杀！杀光这些人，找到那个什么安全室，我们只要伤员、医生和护士就够了。”

平光亮对手下人指示完毕，转头看了看四周，对其他几家的家主大声说：“各位，时间耽搁不得，这帮人不死看来是不会怕的，全杀了吧。”

“平老爷说得是……杀！”

一时间，二百多人全部掩杀过来。

安保队战阵瞬间倒下四人，阵型被冲散。

混战开始了。

一名年轻的战士看到对方的短枪刺到眼前，没有避，直接把手中的直刀，捅向对方的心脏，准备以命换命。

“闪开！”

声音从他身后传来。

一个持刀的人将他撞开，同时刀锋斩落，将敌方直接劈飞……人影落地，才发现他只有一条手臂，另一边齐肩位置，裹缠着厚厚的纱布。

纱布被鲜血渗透。

第一军，第147小队，上尉副队长，李金成杀到。

斩飞一人后，李金成直接斩进敌阵，瞬间连斩三人。

他浑身染血，踉跄站定，刀锋指向敌方。

“知不知道什么是蔚蓝啊？土包子！”

冉秋玲不敢让自己停下来感受疼痛，于是急速前冲，几乎直接撞进战团，刀锋从敌方脖颈划过。

敌方三柄武器同时递向她。虽然侧向可以闪避，但是她的左腿，给不出支撑力。

“轰！”

一声源能装置的呼啸声从侧方向而来，瞬间斩杀一人，冲开另外两人。

“大妹子小心！”

第四军，第516小队，少校队长王占坡杀到，他身上裹缠着厚厚的绷带。听说，他刚来没几天。胸骨及肋骨，四处骨折。

“轰”“轰”……

同时间，一个又一个，一队又一队伤员杀到，他们有的是从外围一路杀进来，有的本已经被劝进安全室，又重新出来。

战阵开始往前推移，七家剩下的人不自觉后退，留下地上二十多具尸体。

这是七家的人没有算到的。伤员，本是他们计划中的俘虏对象啊。一阵措手不及的交锋后，他们重新被推回了直角区外。

暂时的僵持，重新形成。

七家这边，大约还有一百六十人。

而这一刻，站在他们面前的蔚蓝的安保队员加上还可以作战的伤员，人数也接近一百。只是，其中几乎没有一个完好的人。

死铁直刀。

立体装置。

蔚蓝标志。

有人互相搀扶倚靠，有人身上纱布在不断往外渗血。

“有点扎手。”

“几位老爷，田老爷，你们再不亲自出手，不行了啊。”

“对面那几个，不弱的。”

七家一百六十人后方，三个人互相看了看，他们自恃地位“尊贵”，之前出手并不多。

“可是这几个，也值大钱啊。”田和泰看起来只有五十几岁，但是实际已经快七十了。

老头说话间抽出一把造型古朴的单刀，独自走上前。

“降了吧，老夫只是借你们一用，何必呢？”

“夫你大爷啊，什么年代了，说话还这么个调调。”李金成脾气火爆，当即前冲，挥刀就斩。

“锵！”

田和泰手上单刀反撩而上，双刀交击。

“噗！”

李金成整个人被斩飞，口中吐血。后方几个人连忙将他接住……

身后医生和护士跑上来。

“没事……我，没事。”李金成抬手，拒绝医生护士，逞强地站起来，“噗。”

又是一口鲜血喷出，他很清楚，眼前这个人，很强，就算是他拼尽全力，也没有赢的可能。

“怎么样……降了吧？”田和泰再问，“你们中间还有比他强的人吗？来，试试？”

答案是没有，没有人是田和泰的对手，这样被挑衅一个个上去的话，只能被逐个击破。

但是沉默，不代表没有回应。

王占坡走上前，李金成踉跄着，依然往前去，更多人走上前……今日，或不敌，但无妨。

蔚蓝，唯有死战。

“陈不饿军团长特事专令。”

作为现场军衔最高的人，王占坡开口。特事专令，其实只是陈不饿在一次全军大会上讲过的话，但是老头说过的话，从来算数。

“凡以我医疗站为攻击目标者，当场击杀，不要俘虏！杀他不死，万里追杀，不亡不止，不死不休！”

月亮其实不温暖，月光很凉。

这一晚尤其如此。

101医疗站，从高处望下去，D区五栋六层楼所形成的直角区，也是现在暂时平静的战场，地面惨白，血也有光。

树木的影子被月光打在地上，打在人身上，脸上。

“结阵。”少校队长王占坡，毅然下令。

现在的情况，双方人数相差接近一倍，己方几乎每个人身上都有伤，同时个体实力也远不及对手。

蔚蓝剩下唯一的优势，就是长期的攻防阵型演练和实战积累。不管是二十人左右的小队常规战阵，还是几个人的小组配合，都可以把战力最大化。

以王占坡为首的，是这一战的主战阵，他们现在要把田和泰这个实力明显碾压己方的高手当大尖砍了。

剩下的人也开始纷纷就近结阵。熟悉的，不熟悉的人，并肩站在一起。纷乱而急切的呼喊声中，冉秋玲默默退到一处树影下。一名头上缠着绷带的年轻战士，站在一个小规模阵列中喊她："姐姐，一起。"

冉秋玲摇头，灿烂地笑了一下，说："不了，姐姐一个人就很强。"

她的左腿，在刚刚发力的过程中，很可能又断了。哪怕有源能装置的支撑，也无法保持灵活运动。战阵需要运转配合，补位出刀或提供侧后方防御，冉秋玲知道自己跟不上，怕成为缺口，害了其他人。但是她的双手完好，身体其他部位都完好，她还可以出刀。C级6年老兵的刀，还能杀人。

在场有很多比她伤得更重的人，都还在死战，她不能退！

田和泰眯眼看了一会儿，没有阻止蔚蓝方面结阵，他觉得没有必要，同时不是很能理解这些人。人死灯灭啊，还有什么比活着更重要的事情吗？

这次投靠雪莲的决定，虽然是由已经招惹上蔚蓝、陷入追剿的何氏等三家牵头联系的，但是田和泰在其中，起到了一锤定音的作用。

若不是他的支持，事情不可能这么快决定下来，也不可能聚集这么多人，更不可能来做眼下这桩事，拿这份再无转圜余地的投名状。

斯丹谈判时，是跟他交过底的。

蔚蓝华系亚科研所有关于"源能动力飞船"方向的科研突破，这是雪莲几十年前就已经放弃的研究方向，他们现在迫切想要得到这项技术，所以策划这次大规模行动，尝试要挟蔚蓝联盟议事会。所以，他们需要数百条蔚蓝的生命来当筹码。这样的威胁，对于雪莲这样的组织绝不会有用，但是对于决策一向民主的蔚蓝议事会，很可能行得通。

而雪莲给出的承诺，或者说交换条件，除了提供庇护，最核心的一条，是关于"永生"的秘密。

Ne已经接近永生。

作为"永生骨"的拥有者之一，田和泰也相信永生的存在。

"尽力生擒吧，实在不行再杀。"语气平淡，老头开口轻松笑了笑，同时抬头看向面前的蔚蓝主战阵，说，"这些人，就交给老夫。"

尽力生擒。

这个要求对于下面的人而言，付出的伤亡势必更大，但是这不是他会去关心的。

厮杀，重新开始。

手术室在三楼，惨烈的厮杀声传入耳中，伤员被护士们抬上来，在手术室外面等候。

越来越多的手术室亮起灯来，越来越多的医务人员从安全室走出来。

今夜选择在自己应该站立的位置上坚守和死战的，不只是战士。

沐祈剑趁着穆小兰给自己擦汗、喂葡萄糖的时候，从窗口往下看了几眼。

纷乱的战场。

源能装置的冲杀，蓝光如影。

战刀的交击。

阵型的溃散。

就这么几眼，眼眶就红了，视线被泪水模糊，她回头，不敢再看，怕情绪波动影响注意力集中。

“要是韩青禹他们几个现在还在就好了。”同时回身的穆小兰没忍住，哽咽着说。

“不。”沐祈剑一边工作，一边摇头，“我宁可他们走了。”

下方的敌人太强大了，其中有一个，放在蔚蓝，大概都是顶级战力。因为她的父亲是蔚蓝第三军排名前五的小队队长，就是顶级战力，她很清楚这一点。

而韩青禹他们……他们还那么年轻。

所以，与其看见他们今夜在这里死战，战死在这里，沐祈剑更庆幸他们走了。

“等他们成长起来，会报仇的，会十倍百倍奉还。”沐祈剑说着，开始缝合，眼前是战士触目惊心的伤口，“蔚蓝的军人，都是这样的，你救过他们，他们就拿命还。”

今夜的这一幕，更坚定了她的这个观念。

三楼手术室的手术在继续。

楼下，惨烈的战斗也一样在继续。

田和泰一个人，几乎就牵制了王占坡等伤员组成的主战阵。这个阵型时不时暴露出来的破绽太多了，只是因为他并不急于杀戮，才没将战阵迅速击溃，仍在周旋。

勉强可以说，他自己也被战阵牵制住了。

七家先前没怎么出手，仅次于他的高手，还有两个。一个是何氏家主，何增生，用的是一柄长矛；再一个是巩家的后辈天才，巩兴，用的是死铁长棍。

在蔚蓝方面主力战阵被牵制后，这两人，包括平氏平光亮等人，对上蔚蓝其余伤兵，基本都处于碾压优势。

他们在抓人。

每当蔚蓝有伤兵落单，行动困难，或有战阵被冲散，他们就会寻找个体下手，打伤，然后扔到后方。

“这样下去不行，王队！”主战阵内，连站立都有些困难的李金成从防御位置往前挤了挤，“我反正跟不动阵型……拿命换他一刀……你们跟上。”

说罢，李金成不等回应，直接从人缝间爆发冲出，全无退路和防御后手，单刀直刺田和泰。

“找死！”田和泰一声愠怒。

另一边，平光亮看见了一个落单的，他冲上前，一只手臂扣住了冉秋玲肩膀，另一只手臂用刀面拍去，准备拍晕她，扔去后方当俘虏。

冉秋玲不闪不避，她就等着这一下呢。伪装成断臂，垂着好一会儿的左手从腰后翻出短刀，直刺平光亮的心脏。

“锵！”

平光亮及时收刀在胸前，用刀面抵住这一刀，同时一脚将冉秋玲踹飞，惊怒之下一声呵斥：“找死！”

何增生观察了一下战场，发现一队人围攻仅仅六名蔚蓝伤兵组成的小战阵许久，竟然还是拿不下。

“废物！”老头骂了一句，同时手中长矛一挺，加入围攻……

直角区外，战场侧面方向，汽车发动机的轰鸣声，突然响彻战场。很快，连车轮疯狂滚动的声音都变得清晰可闻，被碾飞的石子，四处飞溅。

D区在高处，从侧面下方上来的车道，有一个坡度不小的斜坡，所以，声音比车先到。

有车来了！

是谁？！

“轰——”

一辆民用伪装的墨绿色彪悍吉普车，突然出现在视线中。车头染血，只暴露一瞬，然后就是车底，车轮。

因为它在空中，超快的车速让它直接从陡坡下飞了上来。

一道身影从车里跃出，扑向战场。但是他的目标，似乎不仅是落入战场。

人在空中的一瞬，韩青禹不及全面观察，看见一处六名战士组成的小战阵正被围攻，情况危急。由于距离相差较远，韩青禹当即喊道：“吴恤！”

“呼！”

黑色的长枪，笔直贯向空中。韩青禹踏了一脚，身形再起，往前腾跃，到六人阵上方。

“轰！”

轰然落地，双刀挥斩。

围攻者如被一颗炸弹炸开，凌空横飞。只有何增生，凭长矛直立格挡，勉强站住。

韩青禹并不理他，当场接住飞来的病孤枪，调转枪头，如箭射回。

黑色长枪如电般地径直贯透两人，射向来处。

去路上有人挥刀就斩。三人劈斩，全部斩实，但是黑色长枪纹丝不动。因为有一只手，握在枪上。

吴恤接枪，手握长枪前端，“嗖”地向后一送，直接贯穿一人，然后扭转，连人带枪，一齐扫向对手。

那个人，被他砸向田和泰。

田和泰挥刀将人劈开，同时李金成换刀落空。

一声怒喝，从空中传来。

从吉普车上落下的最后一个身影，是温继飞。他在车上观察已久，看见了被砸在地上的冉秋玲，激愤之下悍然舍身扑去，出刀，劈向背身站着的平光亮。

这是骰子温继飞，那个每天和韩青禹、沈宜秀、吴恤混在一起的温继飞。在他加入蔚蓝近一年时间，吃了不知多少源能块后，终于，他第一次，在战场上出刀。

“瘟鸡！”韩青禹惊呼。

“瘟鸡……”就连吴恤都自动跳出一句。

源能装置爆发，两人准备救援。

“嚓！”

这下翻到的是A。

平光亮整个人只侧转一半便倒地。

“轰！”

吉普车落地。

温继飞落地，战刀滴血：“敢伤我姐姐？”

三人落地，至这一刀，全场沉寂。

平氏家主，虽然实力放在七家最上层高手中偏弱，但是，居然被一刀轰杀吗？！

（第三册完）

《穹顶之上4》2020年4月全国上市！敬请期待！